2021年版

現代万葉集

日本歌人クラブアンソロジー

特設項目
新型コロナウイルス関連

日本歌人クラブ 編

短歌研究社

はじめに

令和二年に続いて、今年、令和三年も新型コロナウイルスによる肺炎が猛威を振るった一年でした。しかも、デルタ型、ラムダ型等々、多くの変異ウイルスが出現して、その危険の度合いは何十倍何百倍にもなってしまった感覚でした。現に東京では一日の新規感染者数が五千人を超えた日もありましたし、緊急事態宣言が出ていない日の方が少ないというありさまでした。そんな状況の中で、今年も無事に『現代万葉集』を刊行できることはとても喜ばしいことです。これも作品をお寄せいただいたみなさま、編集作業に携わってくださったみなさま、出版元の短歌研究社のスタッフの方たちのおかげと、心からの感謝の言葉を申し上げます。

今年は新たに「新型コロナウイルス関連」という部立てを設けました。この部の作品を読むと、みなさまが如何にコロナに悩まされ、どのようにくふうして非常事態宣言下での日々の生活を送ってこられたのかが、とても良く解ります。

祝い唄も歓声もなく粛々とクレーンの動くコロナ禍の建前　福井県　洋子

アマビエも年神様も来て御座《おは》す雑煮のお椀のこころ温とし　福岡　梶原展子

コロナ禍に緊急事態宣言の出でし日スーパームーンを仰ぐ　千葉　戸田佳子

これらの作品はとても貴重な時代と生活の反映であり、時事を生活者の視点で詠うという現代短歌の効用をみごとに体現したものです。

喜怒哀楽のどのような状況の中からも短歌は生まれてきます。もちろん「新型コロナウイルス関連」以外の部立てからも、二〇二一年の日本に生きた人たちのリアルな息遣いが聞こえてきます。短歌という伝統的な形式で表現された「現在」、それを実感していただきたいと心から願います。

令和三年十月

日本歌人クラブ会長　藤原龍一郎

目次

装幀／写真　岡　孝治+森　繭
ＤＴＰ　津村朋子

凡例

＊本書は、①春②夏③秋④冬⑤自然⑥動物⑦植物⑧生活⑨仕事⑩愛・恋・心⑪生老病死⑫家族⑬教育・スポーツ⑭旅⑮戦争⑯社会・時事⑰都市・風土⑱災害・環境・科学⑲芸術・文化・宗教⑳新型コロナウイルス関連、の順で構成した。

＊項目は、原則として作者の指定に従った。

＊作品の配列は各項目別で、作者名は読みの五十音順にし、氏名には読み仮名と都道府県名を付した。

＊作品の言葉遣い・漢字・仮名遣いその他は、作者の表記法を尊重し、歴史的仮名遣い・現代仮名遣いの両方を許容した。

＊名簿欄には氏名、都道府県名、結社名、作品の掲載頁を記した。

1
春

こんな良き表情をしたわれがゐる節分草を背景《バック》の写真

埼玉　相川《あいかわ》公子《きみこ》

うぐひすの声を聞きつつ友を待つ四月の朝の単線の駅

梅林へ行く道の辺の無人なる野菜売り場でのらばう菜かふ

＊

花壇にてありしところか草繁るなかに咲きゐる鬱金香七つ

岩手　赤澤《あかざわ》篤司《あつし》

川原の歩道を散歩して見たり橋梁の下に育つ鳩の雛《こ》

思ひありて神社をひとり詣づれば鶯鳴けり「ほほゑめ今日は」と

＊

滝覆う氷弛びて中程を雪解けの水はじけ流るる

山形　安藤《あんどう》チヨ

大雪の日々の証か道に沿う丈余の雪壁横縞もよう

一面に苔むす崖のひとところさ緑まぶし淡き日差しに

ホックの位置かへる小鋏使ひゐてこれだけの糸屑が生まれぬ

東京　伊藤《いとう》泓子《ひろこ》

くれなゐのさざんくわ便りとどきたるけふも一枚の紙のごと寝《ぬ》る

春めきし川のむかうに動かざる赤きクレーンが見えて雨降る

＊

セーターを編みなほし着せくれし母ステイホームの一生なりき

広島　伊藤《いとう》玲子《れいこ》

人とほらぬ径選びきてあへるリラ　咲いてゐるからリラの木と知る

二泊後の帰宅に新聞二日分読み終へ今日の夕陽に追ひつく

＊

春昼は花虻の音に目を覚まし厨に立ちて水をのみほす

神奈川　上田《うえだ》木綿子《ゆうこ》

雨降らぬ真昼の砂場三毛猫は転がりて去る人の気配に

ばらばらと穀雨降り来て西窓の大き枇杷の葉影ゆらしをり

やよ萌えよと春一番の触れゆけば森は一斉にみどりの吐息

福岡　植村《うえむら》隆雄《たかお》

萌え立ちて森はふくらみ欣々と鳥を吸い込み鳥を吐き出す

森羅万象ひそと音なき真昼の杜ただウグイスの声透りゆく

＊

日毎増す光の春に誘はれて筑波の嶺に上り立つ立春《はる》

千葉　江澤《えざわ》幸子《ゆきこ》

冬枯るる野辺は日毎に緑萌ゆ春の精気が野辺起しゆく

春兆す野辺の遠近啼き交す姿見えねど小綬鶏の聲

＊

歯周病菌で脳内のアミロイドβ《ベーター》が十倍になりたる

和歌山　大河内《おおこうち》貴美子《きみこ》

「お蔭さまで白寿を迎えられました」名はことぶき付く嫗の賀状

ふる里の田圃つらぬく新道に千の風吹き万の風吹く

庭の端に娘の蒔きし菜の緑新春《はる》の陽を浴びみづみづとあり

神奈川　大澤《おおさわ》はず江《え》

水ばんの水飲みにくる鳩・烏・コロナ禍の新春《はる》のわが来訪者

庭土に遊ぶ雀とめじろ・鵯・四十雀みな新春《しんしゅん》の客

＊

花終へて今年小さき梅の実の生り始めたりわが目の高さに

大分　太田《おおた》宅美《たくみ》

一日は八万六千四百秒その間《かん》に人は心をみがく

太陽の光と熱の恩恵を声に示して翔ぶ野鳥たち

＊

ぽつかりと口開けて眠る少女ゐて車窓に凪ぎたる海の広ごる

茨城　大塚《おおつか》洋子《ようこ》

川土手は刈られた草の積まれゐて雨降れば著く草の匂ひす

鶯の鳴き声つたなく川土手の霧の中より途切れとぎれに

観入りたるテレビ桟敷の初芝居若手役者の父の名
浮かぶ
東京　笠井《かさい》　恭子《きょうこ》
膝痛め初釜参加かなわねど葩餅に抹茶点てたり
空からの明るき光に励まされ希望の生《あ》る春立つ
朝《あした》

＊

ふりだしに戻されてゆく福島の海を耕すさみどり
の風
愛知　笠井《かさい》　忠政《ただまさ》
満月の夜目にも白く老桜耕作放棄の山畑に咲く
コロナ禍に世界の人が勝利して花の都の五輪はじ
まる

＊

深深《しんしん》と宝来紅の名を纏いぼたんはひらく自粛の庭
に
神奈川　川添《かわぞえ》　良子《りょうこ》
たそがれて閉じゆく牡丹の花陰にたんぽぽぽうっ
と立ち居たりけり
牡丹花の生のふくらみ描かんと花びらに留むうす
墨の影

朱の牡丹を指にてひらく罪あはく備前の壺に水を
そそげり
神奈川　川田《かわだ》　禎子《ていこ》
木の性の美《は》しき姿を見つめをりひたひた濡らす甘
雨の雫
風の知らす丘の傾りのやまざくら咎あらざればう
すべに色に

＊

人知れず野すみれタンポポ咲く小道　犬と二人で
遠廻りする
愛知　倉地《くらち》　亮子《りょうこ》
その昔「サイタサクラ」の一年生教科書は今も脳
裏に浮かび
コロナ禍も地震　台風何のその野辺のタンポポ黄
色　全開

＊

さくらばな咲き盛りたる堤ゆくぬか雨の朝傘をさ
さずに
京都　黒田《くろだ》　雅世《まさよ》
花見客だあれも居らず早朝の堤を花に囲まれ歩む
樹齢百七十年の〈川路桜〉苔むせる幹岩肌めけり

岩手山に鷲型見えるころとなる　今年の鷲は小首かしげて

岩手　小鳥沢《ことりさわ》雪江《ゆきえ》

半月の光を浴びてひっそりと梅はつぼみをふくらませゆく

紅梅が一輪開き鶯は下手な初啼き　コロナ禍の春

＊

山も木も釣りする人も逆さまに春の大川流れ豊けし

宮城　今野《こんの》恵美子《えみこ》

凍て庭に小さく咲き初むナデシコの赤き花びら童の唇

百歳の形見のブラウス羽織りゆく百歳までも生きる気がする

＊

降りやまぬ催花雨ながし「桜《はな》を呼ぶ慈愛の雨」と祖母の声する

千葉　酒井《さかい》和代《かずよ》

ひと日またひと日の生活《たつき》狂いゆく隣家のさくら窓越しに眺む

樹々の声花の声聞くそれぞれに還らぬ人は何を語るや

一夜明け病窓に春日原生林みどり湛えむ今日も明日も

奈良　島本《しまもと》郁子《いくこ》

五月闇に徘徊したる半月は卯の花咲くやと低空飛行す

雨降って中止の遠足弁当を弟と分けて食べた縁側

＊

満開のさくらの下にうからからはダムに消えたるふる里を訪ふ

静岡　白柳《しらやなぎ》玖巳子《くみこ》

若葉萌ゆ山眺めをり湖に家の在り処《ど》を指さし捜す

槇の木に囲まれ記す碑《いしぶみ》の村人の名に春の陽照らす

＊

あしひきの山のくうきが雛の月あおからみどりに変わりはじめる

静岡　信藤《しんどう》洋子《ようこ》

楢の木の幹をながれる水音が雨後のひかりのなかにきらめく

春の夜をゆるくわたれる風に乗り昨日の死者が帰りてゆけり

菜の花の野辺をゆきたし故郷にも菜の花の今咲かずと聞くも
東京　鈴掛《すずかけ》　典子《のりこ》

花日傘取り出す四月この年の弾まぬ心にさしてまた閉づ

「その先はどう行きますか」「ジャスミンの香りの角を曲ってすぐです」

＊

咲き初めしクリスマスローズは俯きて静かに春を迎へゐるなり
神奈川　関口《せきぐち》満津子《まつこ》

蕗の薹チューリップの芽も日毎伸びこの中庭にも春はそこまで

小さくとも庭あり花の咲きをれば蝶も訪ひくる老人ホーム

＊

樹齢の六十五年の智恵子桜結婚記念樹と聞きて仰ぎぬ
石川　田中喜美子《たなかきみこ》

ブラジルへ嫁ぎし智恵子の記念樹を仰ぐ満開の花陰に立ち

ブラジルに智恵子は健在植ゑし樹を恋してをらむ故郷と共に

天に舞ふ風花のいのち短かけれどおのれの色を際立たせ舞ふ
富山　田中《たなか》　譲《ゆずる》

かざはなの語韻もすがし風花はひとひらひとひら風に乗り舞ふ

風に乗り舞ふ風花か風花はただに白き花びらに見ゆ

＊

東北のしだれ桜のアップ画像にふつと零るる涙のわけは
北海道　富岡《とみおか》　恵子《けいこ》

桜路の旅を思はばこみあぐるけふの涙は桜に捧ぐ

老人のうなじと詠まれし句のありて枝垂桜の深き慎み

＊

真白なる風蘭咲ける木の幹に母ふところに抱かるるごと
徳島　長垣《ながき》　敏美《としみ》

鳶舞えば気象異変と母言いし今朝は青空ゆるり輪を描く

やわらかき春日の下の散歩道腰かけ石はほのかに温し

川上犬そらと少女が立ち止まる水仙の傍　春はそこから
空を截り玄鳥がゆくそのひかりふくらむ山の緑に吸はれ
山小屋にミニ鯉幟翻り春の気存分吸ひゐたりけり

長野　中島《なかじま》　雅子《まさこ》

＊

春いまだおぼつかなくもさみどりの雀のかたびら穂さへかかげて
裸木の木より木に飛ぶ四十雀光を撒きて散らすがごとく
おのづから雑木林は揺れながら恢へてゐたり春のむずむず

埼玉　長嶋《ながしま》　浩子《ひろこ》

＊

雪やなぎしだるるもとにすずめ来るあそぶといふや花を乱せり
マスクして春の田おこし始まれり丹沢の山ぼあんとかすむ
ジョギングか散歩なるやも定めねどコロナ禍の喜寿マスクはできず

神奈川　成合《なりあい》　武光《たけみつ》

北風も陽ざしに負けて暖かく日一日と春や来るらん
花びらは何を想うやふりむいてまたふりむいて散りてゆくなり
花びらの優雅に散りしいさぎよさ見習いたくもまだまだ未熟

東京　成田《なりた》すみ子《こ》

＊

毛筆に墨ふくませて書きはじむ「枕草子」ひと文字めの春
弥生なかば暗く寒き日戻りたり雨に混じれる牡丹雪おもく
交互なるお風呂場洗ひ当番の窓に白梅の花ゆるびゆく

兵庫　西川《にしかわ》　洋子《ようこ》

＊

待つ人の無きふる里を訪れて先祖の墓に彼岸のお参り
墓参り終えて見渡すふる里の山は遠近《おちこち》山ざくら花
母ゆずりのおはぎを作り供えれば遺影の母と吾もいただく

宮崎　西山《にしやま》ミツヨ

天からのベネディクツィオや春雪の淡きの降りけり永遠《とは》思ふ瞬

神奈川　濱田《はまだ》　美佳《みか》

春宵に花影見なば影とふ抽象からの花樹顕ち来むや

この国土に幾多の花の咲きたらむ寿ぎの花たれ平和の御代に

＊

補助輪を外したばかりの子踏みゆきてきりきり舞ひの蒲公英の絮

大阪　林《はやし》　龍三《りゅうぞう》

春過ぎて夏来にけらし新しきランドセルまだ鮮しきまま

春の歌ウイルスの禍に触れずして詠むこと難しまたペンを置く

＊

庭隅の蕗叢わびし此の春は緑の薹が一つも見えず

新潟　廣井《ひろい》　公明《ひろあき》

特異なる軌道を描く此の年の桜前線はじめは東京

満開も力あまるか一本《ひともと》の桜の幹より花の咲くあり

口紅の色の種類は椿ほど人の印象のかわるくちべに

徳島　藤江《ふじえ》　嘉子《よしこ》

含笑花《がんしゅうげ》まこと地味なる花をもつ猫いる家を燕は避くる

家にいてくねくね体操するがよし花冷えの朝めぐり静けし

＊

わが前をペダルを漕ぎて行く人の濃霧の道に姿消えゆく

東京　藤沢《ふじさわ》　康子《やすこ》

霧深く先が見えぬと歩みつつ吾も包まるる心地する朝

日が昇りたちまち消ゆる朝霧に露を宿して光る草花

＊

馬を運ぶトラックなれど馬見えず春の光を弾《はじ》きつつ行く

山口　藤本喜久恵《ふじもときくえ》

春祭り拍手を打つ音さへも老いて神輿をかつぐ人なし

ガトーシフォンの白が解けゆく皿の上うさぎの傷は癒えただらうか

自転車をとめて見返る木蓮の光やはらに勢へる白さ
折鶴の翔びたつやうに木蓮の白が際立つ空の青さに
鶯のしきりに鳴ける山畑の椅子は春陽に温まりゐる
和歌山　前北《まえきた》　潤子《じゅんこ》

＊

渡良瀬を去りゆく鴨は首伸べて胸処に朝の風を孕ます
かがやかしき生にあらねど鴨の群れ遙か千里の空を目指せり
朝光に漲る川よきらめきて北帰の鴨の道標となれ
栃木　増田《ますだ》　律子《りつこ》

＊

ホルトの葉一枚もらいて帰り来ぬ遠方の友に便りしようか
茎立ちの大根白菜残る畑黄色や白の花が揺れおり
鉄橋を渡る夜汽車のひかる窓旅の宿より見つめていたり
香川　真部《まなべ》満智子《まちこ》

咲きぬれば散りゆく運命《さだめ》と知りつつもなほ恨めしき花の乱れる
ひとあはれ生き物あはれと哀しきもやがては散りゆくわれらぞ愛《いと》し
緑なりしわが黒髪もいつの日か白きを抱《いだ》きて風花と吹く
千葉　水崎野里子《みずさきのりこ》

＊

なにげない会話花咲くバス停前今日より春はぐんぐん私へ
君たちはキラキラ緑の宝石にかこまれ未来の朝にめざめる
命かけて咲きし桜がさりげなくささらさらさら風になるなり
北海道　水間《みずま》　明美《あけみ》

＊

草木瓜の紅き花はもまろまろとただあることのよろこびに満つ
赤き花椿一輪見ひらきてもの言ひたげな揺れ方をする
花大根春あけぼのの色に咲き林のなかの道のあかるさ
石川　三井《みつい》　ゆき

丑年は亡父の生《ま》り年《どし》思ひ出は歳経るごとにご恩深むる

沖縄　宮城《みやぎ》　範子《のりこ》

西表《いりおもて》島先祖の墓前に手を合はす　カンムリワシの鳴き声近し

手土産の太き鋏の島ガサミ甲羅に詰まるふるさとの味

＊

おしまひの瞳に写したきは青なりし桜の向かうの空のあの青

大分　宮武《みやたけ》千津子《ちづこ》

さくらが好き無心に言ひたる若き日を思へばそこにあなたがをりたり

新型ウイルスに侵食さるる列島の桜の涙か天の哭きゐつ

＊

白い歌ごよみを抱いて旅に出よう　三分の桜に筆を重ねながら

愛媛　三好《みよし》　春冥《しゅんめい》

懐には宛名の無い花便り　風を待つ人に届くでしょう

私の影が桜の古木に染み込む　ひらひら宛名の無い花便り

初春の弾き初めせんと古びたる琴に琴柱を立てんとすなり

静岡　山下《やました》　静子《しずこ》

ひたすらにただ昇りくる太陽の光はわが身に沁みわたるなり

幼き日父に連れられ見にゆきし奈良東大寺の夜のお水取り

＊

もう少し背伸びをすれば手の届く桜の一枝折れて垂れおり

山梨　渡辺《わたなべ》　君子《きみこ》

雪解け水の流れる沢に枝伸ばし山吹はやも莟をつける

電ノコで君が切りくれし梅の花春とは名のみの部屋に香れる

2
夏

解き放つ心にも似て噴水の夏日に煌めき街空洗ふ

渾身の声に鳴き継ぐ熊蟬よ七日のいのちに現し身重ぬ

愛知　青木《あおき》　陽子《ようこ》

森閑と降る夏落葉踏みしめる乾きし音の靴より耳へ

＊

干されいるパジャマのズボンの大き影鬱屈はじくかに土を蹴りおり

富山　安宅《あたか》　栄子《えいこ》

この暑さ鯨の丸干し乾くほどと妣の言いしはまさにこの夏

年々に暑さ増しくる列島を娘と嘆息し部屋に逃げ込む

＊

総褐色の男や女や穂や花がその先を塞ぎ途切れる線路

東京　飯田《いいだ》　健之《たけゆき》

虚ろなる蛾を閉じ込めてうなぎ屋の看板ふっと灯りを落とす

靴紐のほどけはじめて蟬時雨きこえるまでの一瞬の死

猛暑日に明くるや長き梅雨の季《とき》感染者数今日も増さむか

東京　石尾《いしお》　曠師朗《こうしろう》

敗戦の日を想ひ出す玉音の昭和も遠く二代離《さか》れり

天候不順に凶作なりと葡萄狩り止めよと農家のにべもなき声

＊

みづみづと咲く山法師見つつあれば記憶の中の銀漢に似る

北海道　石田《いしだ》　志保美《しほみ》

連雀の声にも似たるやさしさの南部風鈴吊るす七月

朝・昼・夕・夜もありけり「顔」の字を添へて咲きゐき所すみわけ

＊

窓下のビルの屋上の水溜まり梅雨晴れの空を映して青し

埼玉　石田《いしだ》　照子《てるこ》

錦江湾の堤防に打ち当たる波の音頭の中に響かせて眠る

梅雨明けを待てず泳ぎし錦江湾七十年経ても光る波見ゆ

観葉の一葉枯れて水を遣り若芽の見えてまた水を遣り　群馬　石原《いしはら》　秀樹《ひでき》

土用芽の夏の終はりのうすみどり葉脈つたひ汗のあふるる

はらわたにひかりを溜めて立ちにけり夏のをはりの雷神のわざ

*

一日の命と知るか夏椿蝉時雨の中ぽとりと落ちぬ　鳥取　市場《いちば》　和子《かずこ》

朝顔の花の命の短さを思いてあれば蝶の舞いくる

コロナ禍の茶室静もる処暑の朝蹲踞の音に心うばわれ

*

深い海の青さが空にあると言ふ夫の言葉に空見上げたり　島根　岩田《いわた》　明美《あけみ》

海の青に負けないほどの青い空深い青より朝日のぼり来

けふの暑さ納めた空に際立ちてレモンのやうな半月の出づ

人力車夕立のなか走り来るしぶきあげたる車輪の大きさ　東京　海野《うみの》　隆光《たかみつ》

浴衣着て手足を余す異邦人頭を低くせる日本の家屋

帰省してもてなしうけるよろこびに庭の鶏減りたるを知る

*

窓からの風心地よく初夏《はつなつ》のこの季節《とき》にこそ身を任せつつ　東京　川岸《かわぎし》　花澄《かすみ》

雲間より差し来《く》る夕陽眩しかり惜しみながらも橋を離るる

穏やかな五月の空は果てしなくうつくしけれどコロナ忘れじ

*

藍深き湖に霧り合ふ梟のひなの目に見るわれの輪郭　茨城　川田《かわた》　泰子《たいこ》

両足をふんばり雛は片羽交ひろげ欠伸ののちに糞する

梟のひなは巣立ちぬ満天星のもとにモグラの食ひさしのあり

白鷺が田の水を呑むあさがたに天つひかりが夏をいろどる

ひさかたの天つひかりに照らされて青田を見てるバスにゆられて

真白なる入道雲はなつぞらに天つひかりを受けて流るる

愛知　桑田《くわた》　忠《ただし》

*

さみだれてくぬぎ落葉の濡れそぼつ底なし森に踵《きびす》が沈む

現し世のものの絶ゆるも詮方なし居眠る鬼神の子の鼻提灯

栗の毬あをくかがよふ頃となり空の白雲まかげして見る

岡山　小見山《こみやま》　泉《いずみ》

*

枇杷熟るる宵宵もあり遠き地に母を老いしめ会ひがたくをり

郭公のこゑ清《す》み梅雨の空に消ゆ消えて会へざる幾月を経る

胡瓜《うり》のつる宙《そら》をさぐれり伸び著《しる》き児らたちまちに少年となり

長野　小宮山久子《こみやまひさこ》

不如帰《ふじよき》はも帰るに如かずと鳴くがゆゑ妻離《か》れし身は音《ね》をこそ愛《を》しめ

夏の野にただ過去過去とその鳥はわが幸《さき》の日を告《の》るがにぞ鳴く

独りにて老いゆく我をあはれむや慈悲心鳥《じひしんてう》は寄りて鳴くなる

北海道　酒井《さかい》　敏明《としあき》

*

一山に降る蟬声につつまれてふとも忘るる人間《ヒト》であること

日盛りの道よぎり来し野良猫はかしの木蔭にするうと入りぬ

玻璃越しの蛙に夫への愚痴聞かす夏の終はりのたいくつな朝

福島　佐々木勢津子《ささきせつこ》

*

バルーンのやうに白シャツ膨らませ夏の街へと入つてゆけり

みづからを一樹と思《も》へばその一樹いかなる一樹かをりをりに問ふ

街路樹の下を通れるをさなごよちひさきおまへの芽吹きも見せて

沖縄　佐藤《さとう》モニカ

永遠と見紛う未来をもぐように青梅摘みおり告知受くるまで　奈良　島本太香子《しまもとたかこ》

小夜更けてメリーウィドウに見入りたる母は手術の一週間前

登り坂で見上げる五重の塔の先子ツバメの離陸母入院す

*

かつてここは本土へ集団就職の沖縄の若きの踏みたる埠頭　東京　鈴木《すずき》英子《ひでこ》

第一陣は三五〇名という　東京に咽喉はうるみいたるか

八月の容赦なき陽もそのままに城南海《きずきみなみ》の奄美を聴けり

*

あぢさゐの白より紅より青が佳し宇宙から見る吾が地球《テラ》に似て　岐阜　高瀬寿美江《たかせすみえ》

カーナビに故郷の生家を入れてみる誰も住まない紫陽花の家

あといくつ生き永らへてうつつ世に色移りゆく吾が身を見むや

夏休みに入りて近所の子どもらの声にしばしば苛立ちを聴く　福井　高田《たかだ》理久《りく》

マーチングバンドはついに聞こえ来ず福井東消防署の残暑

海、花火、夏の切手を選ぶとき少しさみしい風鈴をとる

*

孤愁とは清《すず》しきことば雫してメドウセイジのむらさき濃《こゆ》し　千葉　田中《たなか》薫《かおる》

ヴェニスに死す　こゑに出だせば海辺《かいへん》のひかりと翳がきはやかに顕つ

あした死にゆふべ生まるる習ひとやチガヤをふいにバッタが飛んだ

*

わが裡のさびしさに似る音ひとつこぼして軒の風鈴が鳴る　秋田　塚本《つかもと》瑠子《りゅうこ》

うつむきて一点見つめゐる仏おのづから思惟深まりゐんか

はなひとつ季の終ひに咲かしめてしろき芙蓉の花すがすがし

夕萱はいつもの場所に黄の花を一輪咲かすけふから六月
岡山　辻岡《つじおか》　幸子《さちこ》

久々に今日は私に骨休めすべしと聞こゆ雨の降る音

無農薬の野菜作りをするわれの危惧する雑地に除草剤撒かる

*

暴風域抜けたる街の空のにほひ潮をふくみて慶良間島見ゆ
沖縄　富永《とみなが》美由紀《みゆき》

満月のビルの谷間に浮かぶ頃一夜かぎりの下がり花匂ふ

手を洗ふ君のその手の大きさに我はふれたし真水となりて

*

つま先は海を指すのか手に取ったビーチサンダル過ぎてゆく夏
滋賀　中村《なかむら》　宣之《のぶゆき》

白雲が空を飲み込み迫り来る見上げるわれの小さきを知る

籠り居て見上げることも忘れがち今宵も星が瞬くことを

形見なる指輪嵌めし手ひらひらとひとはかたちを慾にぞ遺す
兵庫　西橋《にしはし》　美保《みほ》

眼はさみどりの芽に見開かれ少年は家系図《ファミリーツリー》の樹の枝にゐつ

はちぐわつのこの世のほかの街にたつ虹がこの世の街にかさなる

*

コロナ禍に人影の無きキャンパスに新緑映えて季《とき》の移ろふ
大阪　根来《ねごろ》　緑《みどり》

ルッコラの風にゆらゆら立ち姿茎の細きも芯はしつかり

温かき日差しに蝶のゆるやかにたはむるる朝平和なりけり

*

真日頭上汚れしことば洗いおれば陽を照りかえすくちなしの花
埼玉　飛髙《ひだか》　敬《たかし》

海山も人も大地も灼き尽くす夏日閃光のごとくきらめく

逆巻ける波の走りてたれこめる空に砕けりクールべの海

畝傍山の方より雲の湧き出でて飛鳥は俄雨となりたる

千葉　細河《ほそかわ》　信子《のぶこ》

夏草を踏めば蝗の飛び立ちて藤原宮跡に日差しの強し

猛暑日の青き稲田に蜻蛉の飛びて微かな風を覚ゆる

＊

はまなすの丘の七月木道の入口に記さる「二密」の懼れ

北海道　宮川《みやかわ》　桂子《けいこ》

はまなすの丘にアキグミの花果てて川原松葉の淡黄《くわう》けぶる

原なかに密集密接の花のいろ野花菖蒲の叢立ち遥か

＊

ホースより吹きたる水に虹生れて虹色の水を撒く夕べなり

宮城　山本《やまもと》　秀子《ひでこ》

木末より吹ききたるらし開け放つ部屋にさわさわと緑がにおう

電柱の支柱を登る葛の蔓その先なくて夏行き止まる

紫陽花をひとつ手折れば水晶の千の雫の光り弾けり

千葉　渡良瀬《わたらせ》　愛子《あいこ》

夕暮れて影絵となりし里山に淡く灯れる白藤の花

道ばたの名もなき草に成りすます青きかまきり子を宿すらし

3

秋

紫陽花の枯れし花殻摘みおれば奥処に青き小人がうごく
香川　赤松《あかまつ》美和子《みわこ》

藪萱草そは古の忘れ草忘れたきこと数えきれなき

わが庭に花は山茶花一樹のみこの冬ざれに風神勇む

*

台風に倒されウンカの被害にあうに猪までが稲穂をねらう
大分　阿部《あべ》尚子《なおこ》

秋野菜植うる準備にとりかかる畑に無花果の甘きを食ぶる

人参を植えて水撒くホースから生るる朝の虹を注ぎぬ

*

久々の秋晴れの日を惜しみつつ日の暮れるまで妻と大豆《まめ》打つ
秋田　石川《いしかわ》良一《りょういち》

合歓木に抜け殻ふたつすがりおりこの木が蟬のふるさとらしい

コスモスの種子とる妻の身のまわり即かず離れずアゲハチョウ飛ぶ

遠に見ゆ朱一面のサンゴ草真水に海水混じる能取湖
東京　井上《いのうえ》津八子《つやこ》

水浴びする鳥どちに混じり掛橋を老いの昂揚わたりてゆかむ

果てし無くオホーツク海の拡がれりさながらサンゴ草は海の心臓

*

見の限り芒の穂波うねり立ち銀波広ごる仙石原は
千葉　上木《うえき》名慧子《めえこ》

なだらかな坂上りゆく道沿ひのくさむらの中ミズヒキの咲く

木犀の香の漂ふ縁に芒活け白玉団子をそなへ月待つ

*

年ごとにかぞへて二十六年の秋なり夕日をすくひ供へむ
東京　牛山《うしやま》ゆう子《こ》

遙か書く手紙のやうな空の雲滲みてしろし　コロナ禍熄まず

たづね来し楓樹くれなゐ　しんかんと千体地蔵尊立ち坐す

クローバー今日も見つけた四つの葉にふれてみる摘まずにおこう

埼玉　内田《うちだ》美代子《みよこ》

梅の木に朝顔のつる巻き付いて今朝も開いた花を数える

柿三個残しておいたと夫　スズメたち今年の柿は甘くはないよ

＊

ロータリーを出るバスどれも順調に見えてわたしのバスは進まぬ

神奈川　大井田《おおいだ》啓子《けいこ》

足下《あしもと》がふいに崩るることあらむ舗道を覆ふ欅の落葉

青空に綿雲ひとつ浮かぶ午後スティック糊で切り貼りなどす

＊

人影に反応して点く門灯が秋の愁いを感知し灯る

宮城　岡本《おかもと》弘子《ひろこ》

歳ひとつ重ねるたびに二人なるかけがえのなさ思う秋の日

秋深み長くて重い夜の闇出口のようにぽっかりと月

歪なるあまき梨あり空染める茜色あり　秋の形象

北海道　沖出《おきで》利江《りえ》

まるき梨もちかえる日の夕あかね戦火の色とまがう紅

アースカラーの二十一世紀の梨の皮剥きて滴る地球のしずく

＊

萩・桔梗・葛・女郎花・尾花咲くわが家の庭に秋が来てゐる

栃木　河原《かわはら》栄《さかえ》

五時知らす「夕焼け小焼け」のチャイム鳴る夕べを深き秋の空あり

窓近く深夜を馬追ひ鳴きゐたり小夜曲《セレナーデ》のごと老いにやさしき

＊

わが庭に紅葉のなくも杜鵑草《ほととぎす》こゑなく咲きて秋深みゆく

東京　木沢《きざわ》文夫《ふみお》

晩秋の舗装の脇に猫じやらし風に揺れゐる見る人もなく

引き出しにまたもどしおくSLの煙なびかすテレホンカード

郊外の自然公園の駐車場椎の実落ちてくることのあり
池の辺のいろは楓のもみぢして朱鮮やかに水面に映ゆる
林道のかたはらに生《な》る冬苺地にちらばりて紅のさやけし
千葉　黒﨑《くろさき》　壽代《ひさよ》

＊

握り締むる温き百円乗るバスの収受箱へと音たて落つる
紅葉の山麓を行くバスに揺れ終点まで聴く降車案内
コロナ禍に市営のバスも無料なり消毒した手で降車を知らす
奈良　駒沢恵美子《こまざわえみこ》

＊

秋の日の夕かげ淡く書架に射しむかしの本のなつかしきかな
街路樹のはまなす朱き実をつけぬ故郷の海の夏もゆくらむ
遠き日のシルクロードよ　旅の靴さかさに振れば砂こぼれたり
秋田　佐々木順子《ささきよりこ》

母のよう陽《ひ》のあたたかき晩秋に背を包まれて独り佇む
愛子らを抱いた娘の写メ届く弾ける笑顔秋ははなやぐ
高い空木も僕たちももみじ葉も笑顔が教える幸せ指数
愛知　笹田《ささだ》　禎果《ていか》

＊

空深し銀杏並木の黄の熟れて足裏の落葉踏む心地良さ
曇天に鳥さえ鳴かず裸木なる並木路行き交う人影まばら
晩秋の空に浮かんだ舟形の月に乗らんと迫る黒雲
神奈川　佐藤《さとう》エツ子《こ》

＊

ゴンドラの下の急坂九十九《つづら》折りマウンテンバイクの若者が跳ぶ
湿原は冬の入り口すずめ色　鹿除け柵の重き戸閉まる
諏訪の湖《うみ》の闇の深きを見下ろして今宵を統べる十三夜の月
富山　渋谷代志枝《しぶやよしえ》

露草の朝日を浴びて輝きぬ青き花びら露を落として
明日開く花の蕾に止りたる月夜のとんぼ金色の翅

埼玉　高橋《たかはし》　康子《やすこ》

朝顔の蔓を伸ばして高く咲く彼岸間近の青白き朝

＊

あかまんま母の頭を越え咲く秋のスナップ写真に残るゆふかげ
うしろむきになるなとけふの一歩なれさらに光へととびゆく蜻蛉

千葉　谷光《たにみつ》　順晏《じゅんあん》

かなしみの晴るると晴らすの紙一重もみぢの紅葉いちやうならず

＊

中空も地上も黄葉のいちょう並木ここは昔の御成り道なり

山口　渓山《たにやま》　嬉恵《よしえ》

握ってるつもりのスプーンぽとり落つすりぬけてゆく大切なもの
瀬戸の海わたる秋風過去ばかり連れくるごとしわが髪を撫で

腰かがめ御簾《みす》の下より仰ぎ見る明治神宮《じんぐう》の屋根光をかへす

東京　田村智恵子《たむらちえこ》

百年の明治神宮今まさに国際化の波絵馬は横文字
明治神宮《じんぐう》の杜でみつけしこの小石母の墓所の土産にひとつ

＊

晩夏光あびつつ歩く坂道に芒《のぎ》もつ草は天にそよぎぬ

神奈川　塚田《つかだ》キヌエ

風来ればひこばえゆれるあぜ道は冬どなりなる稲《は》架《ざ》の並べり
人肌の恋しき夕べ山茶花の花にふれれば返るつめたさ

＊

やりすごしやりすごし来しものあるを秋の時雨に濡るる庭石

熊本　塚本《つかもと》　諄《じゅん》

沈黙の大銀杏樹なほく立つ小さき宮の立命のなか
鳥飛ぶと思ふまぎれに木の葉散る坂のなだりの晩秋句点

秋日光《て》る芒の原に主殺しの家紋の桔梗野の香を放つ
大分　津野《つの》　律餘《りつよ》

菊人形の光秀の胸を少し開けながらふ命の水を注げり

咲くままに咲かしめおかむ主殺しの家紋の桔梗の紫の花

＊

月光の青きタクトが動くらし天にひびかす虫たちの交響曲《きょく》
茨城　飛田《とびた》　正子《まさこ》

中秋の月のひかりに照らされて浄化されるやわれのたましい

やわらかき月のひかりが届けくる母の言葉よムリハスルナと

＊

車窓過る澄む秋空の木守柿とほき日祖母と縁側で見き
佐賀　中山《なかやま》　忍《しのぶ》

耳遠きわれに男孫は「バーチャン」とゴシック体の大声で呼ぶ

勿体なきほどの秋日を浴びてゆく約束ひとつ反古にするため

栗ひろふわれとの距離を保ちつつ二頭の猪の子栗喰らひゆく
山形　蜂谷《はちや》　弘《ひろし》

寒き夜をコップ一杯と決めし酒ちびちび飲みて寝床にもぐる

夜の野辺を散歩し温泉街を見下ろすに新型コロナに明かり無く闇

＊

曼珠沙華の花芯にしみる銀の風トレモロとなる一行の詩
埼玉　服部《はっとり》えい子《こ》

ひとすじの水はしる空コスモスの花に滅びの声は届かず

曼珠沙華いっせいに咲く野の小道迷い込みたるわれの片耳

＊

あまたなる人らに笑みを届けしや五百羅漢は二百年余を
静岡　耳塚《みみつか》　信代《のぶよ》

霜月の花のあらざる花寺に楓もみじの赤の鮮やぎ

川沿いの里の景色に似たる景トロッコ列車にゆるゆる下る

秋の手はきつと長かろ紅葉《もみぢ》する山も里をも抱きしめるため
かつて聞きし鉄路の音をひびかせてわれの銀河をすぎゆく列車
透明な翅《はね》に残暑をのせつつも秋の国へとあきづ助走す

広島　森《もり》　ひなこ

＊

タネと書きし紙袋出づ綴れしを祖母の字なりき種の名分らず
密となる蜜柑の枝を伐る毎にひかりが青をより深くする
ほととぎす裏の柿の木で鳴いてます「テッペンハレタカ」お山はあをい

山口　森元《もりもと》　輝彦《てるひこ》

＊

東方に月は出でたり川端のビル屋上に常夜灯つく
秋の陽の落ち行く跡を従えて東京タワーはあかねに染まる
秋の日の空はのどかに晴れわたり八重洲通りにイチョウはもえる

東京　安富《やすとみ》　康男《やすお》

サ行の秋は秋刀魚　新米　サツマイモ心ほくほく私を誘う
白き薔薇も癖の出でくる齢なり写真の夫は昔のままで
曇り日に鉢いっぱいのビオラ植え充足というは形ばかりなり

茨城　山川《やまかわ》　澄子《すみこ》

＊

僧寺あと残る太古の石畳下野国分寺ゆかしく歩む
すっきりと高くなる空稲架がけの匂ひを引きて郵便夫来る
年々に母をたのみし板室の湯治に遠く連れられてきつ

栃木　若林《わかばやし》　榮一《えいいち》

4

冬

いつの間に積もった朝の銀世界音が無いから目を疑うわ

長崎　秋田《あきた》　光子《みつこ》

懸命に積もらせていった粉雪をバッサリ落とす意地悪な風

市電バス大型店もストップだ今コロナより強い積雪

＊

ようやくに辿り着きたる講堂の重き扉は風断ちくれぬ

和歌山　秋山登城子《あきやまときこ》

聖堂にひざまずきいる横顔のベール透けいて気高さを見す

駅出でて夜空を見上ぐ足もとを危うくさせて風冴え渡る

＊

見えゐるは雪、雪、雪と空の青万座高原厳寒のとき

愛知　安達《あだち》　正博《まさひろ》

雪達磨《ゆきだるま》つくると素手で雪に触れそのつめたさを児らが楽しむ

粉雪《こなゆき》が凍てゐるならむ吹く風に舞ひあがりつつ白く輝く

雪の上の赤き手袋寒からむ手袋なくした人の右手も

島根　安部《あべ》　歌子《うたこ》

こだわりは互みに消えて雪の夜の友の電話に心つながる

吹雪くなか雪にまあるく膨らみてトトロのようなバスが近付く

＊

青空に吹く風寒し山沿ひは雪の降るらし風花の舞ふ

群馬　阿部《あべ》　栄蔵《えいぞう》

雪雲に遠山なべてかすみゐる日の照る中に風の冷たき

朝よりの小雨もいつしか雪となり蠟梅の花包みて積もる

＊

散り終へて路肩に溜まるもみぢ葉を雪にならむとする雨が打つ

北海道　阿部《あべ》　久美《くみ》

すでにして切れ味あらずなりたるを革砥にあつるごとくうつむく

ワイパーに払はれながら早口でなにかを残しみぞれ雪去る

ことことレジの隣のおでん煮ゆ今宵は一人コンビニづくし
団地の灯早もともれり足底の冷ゆと剪定の脚立をたたむ
隣家に干さるる大根《おほね》漬けごろか冬日返してしんなり並ぶ

山梨　雨宮《あめみや》　清子《きよこ》

＊

きさらぎの寒の深さをはかりつつ歩まむわれも水のししむら
一つ二つ声引く鳥を見送りていずこの空にもわれは属さず
不揃いに過ぎゆく季節いく千の風のまなこを戦がせてみよ

鹿児島　有村《ありむら》ミカ子《こ》

＊

宮林の雪にしづもる師の墓碑に蠟燭の炎のながきうつしゑ
初雪を踏みて新聞取りにゆくこのよろこびを誰とわかたむ
一年に二度花咲かす病院のさくら並木に初雪の舞ふ

福岡　飯田《いいだ》　幸子《さちこ》

怒り声にわが餌をせがむ地域ネコ雪のあしたを七匹そろいて
銃はなぜ声なのだろう解禁の山にとーんと一声ひびく
役《えき》牛は世にない乳牛肉牛が草はむ葡萄のような大き目

鳥取　池本《いけもと》　一郎《いちろう》

＊

水際に刺の如くにささりたる一本の杭冬景色なす
拓かれし丘埋めたる家家の滅びに向かふ加速度も見ゆ
後ろより呼ばれし如し振り向けば坂の真上に凍て星光る

和歌山　井谷《いたに》まさみち

＊

雪の舞う伊吹颪の凄まじさ大きな凧のびゅんびゅん唸る
しゅるしゅると見る間に揚がる和紙の凧糸につられて子供等走る
糸絡み手助けをするベテランの老いた指先魔法のごとし

岐阜　伊藤《いとう》　麗子《れいこ》

傀儡《くぐつ》の手かもしれないが握りたいひとりぼっちの冬の日暮れは

広島　岩本《いわもと》　幸久《ゆきひさ》

ちらちらと六花の舞を眺めおりこの世の汚れを浄めるような

転生にはまだ早かろうもう少し揺られて眠れ鬼の子たちよ

*

元朝の凍つる霜田に立つ鷺の糧得る至難　暁光あまねし

栃木　上杉《うえすぎ》　里子《さとこ》

鶏の餌正月なればひと握り増やして撒きやる朝の光に

歳末の家事なし終えて夕暮れを歩けば逝きし人ら浮かび来

*

我が代で終はりとならむ旧き家の軒の氷柱の太きは淋し

富山　上田《うえだ》　洋一《よういち》

古九谷の盃で「白鶴」とふ銘酒酌めば音もなく雪降り出しぬ

雪止めば月は中天を澄みわたり名もなき里も明日は春立つ

トルソーとなりし公孫樹は吹き荒ぶ風にあらがふ冬の骨格

石川　岡野《おかの》　哉子《ちかこ》

雪に籠もる心をすっぽり包《くる》みたし花の模様の包装紙もて

滑子入りとろっと濃い目の赤みそ汁を夫が所望す寒の戻りに

*

引出しに見つけし一枚われよりも若き母笑むセピアの写真

山梨　亀田《かめだ》　美千子《みちこ》

都会での仕事辞めしと隣人の今日も早早畑を耕す

胡麻味噌をつけて大きく口を開け初生り胡瓜を丸ごとかじる

*

日捲《ひめく》りの日ごとに薄し初霜の今朝ほのぼのと牛乳のしろ

滋賀　川崎《かわさき》　綾子《あやこ》

余市へと向かう車窓日本海は冬の皺見すふみ子の見し海

運河沿いにななかまどの実は赤くかりそめかりそめと降るぼたん雪

とりどりの結晶あまた孕む雲おもく垂れ初め街衢
を覆ふ
神奈川　川田《かわた》　茂《しげる》

歴史もつ碁盤のごとき街並みにかたちくづさぬ六
花舞ひ降る

自らの命も初期化されゆくかホワイトアウトの吹
きすさぶ雪

*

寒き朝ちぢこまる背をごつい手で摩《さす》つてくれたり
きつと父は笑み
千葉　北神《きたがみ》　照美《てるみ》

木星と土星をつれて月昇るとわが明月記に書きた
きものを

白き月消え入りさうに薄つぺら　そのままわたし
の鞄においで

*

佳き友の訃報に偲ぶ新緑の阿蘇に遊びし日のつれ
づれを
熊本　紀《き》の　晶子《あきこ》

休校の子らはしやぎをり満開の桜の下でスケボー
ゴーゴー

人と人の接触阻むコロナ禍は時には便利な言訳と
もなり

ふかぶかと雪を被りて立つ木々よ数多のものを眠
らせながら
岩手　熊谷《くまがい》　淑子《よしこ》

夕焼けの茜はやがて紫に北上山地の斑雪《はだれ》を染める

枯れ枝に雪の水分《みくまり》渦なして私は別れをいくつ見て
きた

*

遠き野に子らが集いて遊びたる残像のまま風吹き
すさぶ
埼玉　高野《こうの》　和紀《かずのり》

隼の自由な空は狭くなり鴉の黒が広がってゆく

大空は気温どおりの顔をみせ青がぼやけて寒ゆる
むなり

*

イヴの夜はフィレ肩ロースまるかわで煙たてつつ
クリスト思ふ
長野　近藤《こんどう》　芳仙《ほうせん》

干支の牛めぐりくる年明くるまで六日余りの急に
愛しき

身動きも制限されて終りゆく歳末の辺にゆずを煮
立てる

つむじしては生《あ》るる小さき雪けむり河口の橋ゆく
　われの先々
福井　阪井奈里子《さかいなりこ》
ひろびろとたちのぼりくる逆白波眼下に河口の橋
わたり終う
今日のいのちやしなう鳶らか雪嵐やまぬ河口の空
ひくく飛ぶ

＊

摘み取りし菊はしばしを玄関に秋の名残の芳香放
つ
北海道　佐々木百合子《ささきゆりこ》
苦しみをいま吐きゐるに詠へとふ優しく丘の谺は
かへる
もの哀しく時に明るき音のする二月の凍て雪踏み
つつ帰る

＊

軒下の雪に届くほど氷柱のびて青き月光を宿らせ
て立つ
秋田　佐藤《さとう》ヨリ子《こ》
救急車のサイレンの通り過ぎしあとは雪降る夜の
あやしき静寂《しじま》
樅《もみ》の高木に積もりゐし雪の大かたを払ひ落してや
みし夜嵐

冬へ向かふしづかな覚悟湿原の木々は葉を脱ぎ枝
かはしあふ
東京　沢口《さわぐち》芙美《ふみ》
卓上にりんごひとつが置かれあり過ぎがてに見る
アパートの窓
木々いまだ冬の沈思に居るかたへ水仙は白き瞳を
ひらく

＊

心身が竦みてしまふ当り前のことに一夜に雪積む
ことに
秋田　篠田和香子《しのだわかこ》
室温は五度ストーブ二台点け米研ぐとにかく今日
を始める
こんな夜は鉈漬《なたづ》け凍る　祖母の漬けし凍れる鉈漬
け思ふ夜なり

＊

細氷のきらめき舞うを吾子と見しピヤシリ岳の幻
今も
北海道　白岩《しわいわ》常子《つねこ》
氷塊に向かいてノミをふる人ら伝統継がんと励み
ておりぬ
ボブスレーに遊べる童らの明るき声春待つ公園に
ひびきてやまず

辛夷咲き過ぎし遠き日よみがへる亡き父母や天神の森

神奈川　鈴木《すずき》　栄子《えいこ》

西方寺の長き参道たどり行く沙羅歌友と師の墓参り

カーテンを透きて入りくるうす明り終の栖の室に目覚めぬ

*

隣家との垣根こえたる山茶花を切りて供える節分の朝

東京　鈴木《すずき》　信子《のぶこ》

わが町にコロナ感染者増えており新聞たたみコーヒーすする

南《みんなみ》の陽のあたりいるペアの椅子　空《くう》のひとつに碁石ならべる

*

冬の海くらく重たき波音をたててさわげり逢魔が時を

香川　角《すみ》　広子《ひろこ》

蹲いの凍てつくかたえひとむらの水仙は咲く仄明りして

散り敷ける紅き花びらに覆われてあらがねの土艶《なまめ》きている

ヒヤシンスを硝子の壜に育てたりわたしの春の始まりとして

東京　関谷《せきや》　啓子《けいこ》

人生が空しくなれば豆を煮て大根を煮てやり過ごしたり

母の座りし大きな木椅子を引きとりてわが部屋に置きときおり座る

*

疫禍下に日ごと眺むる最上川　茂吉のごとく朝ひる夕《よ》べと

山形　冨樫榮太郎《とがしえいたろう》

早やばやと大雪積もるこの師走　最上川黝《くろ》く切るごとく逝く

芭蕉ゆかりの向川寺《かうせんじ》ある黒瀧山《くろたきやま》　川のはたてに白く輝く

*

幾重もの切羽の凍てをしのばせて藤原岳は残照に映ゆ

三重　冨田《とみた》　博一《ひろかず》

北枕しているさまに釈迦ヶ岳黄葉に埋まり鎮もりおわす

真向いに「サ高住」建ち転居以後借景たりし竜ヶ岳消ゆ

雪降りてやうやくいつもの冬となる寒さ静けさ指
から沁みて
富山　仲井真理子《なかいまりこ》
しばらくは家にてともに冬越さむ父のアロエと母
のサボテン
お天たうさまはだまつて見てゐると街を抱きて架
かる冬虹

*

天高くこおるこおると鳴きわたる冬の白鳥わたし
のこころ
東京　夏埜《なつの》けやき
追憶の碧き投網《とあみ》にからみつく凍える海に眠る片貝
子を案じ人の世憂う冬鏡わが背にとおく宇宙は黄《たそ》
昏《がれ》

*

積もりたる雪の土俵で相撲を取り幼なき頃は友と
遊びし
青森　西舘《にしだて》礼子《れいこ》
建物に沿ひたる道を歩みつつ頭上注意　つららの
刃
雪道を走る馬橇の鈴の音の遠く聞こゆる昭和の記
憶

後ろ手に割烹着の紐結びたり朝の体力確認終了
埼玉　野田《のだ》雅子《まさこ》
あちこちにリース飾らるる街を来て気づけば雪崩
るるごとく歳末
朝の日にきらりきらりと屋根の霜溶けて蒸気とな
りめぐり来よ

*

真夜中の障子あくれば雪、雪、雪　ほつこりとひ
とつ灯す窓あり
石川　萩原《はぎわら》薫《かおる》
凍らむとする水道の朝の水にレタスを洗ふ白磁を
あらふ
三月の昼の日差しは庭隅の残りの雪をさくさくと
食む

*

鳥たちも塒に帰り夜の帳《とばり》寂しきものがどつと押し
寄す
和歌山　原見《はらみ》慶子《よしこ》
山の木の嵐の如く揺れ動き猿の集団帰るたそがれ
夕刊をとりに出づればひむかしの空に冴え冴え冬
の満月

数年に一度の爆弾低気圧三日前より警報しきり

北海道　瓢子《ひょうご》　朝子《あさこ》

昭和、平成、令和を生承《う》け九十歳今も除雪はわたしの持場

本州に開花の梅に見劣らぬ庭の樹氷の華見ごとなり

＊

一夜にてアメリカフヨウは朽ちてをり黄菊は霜に凛と咲きをり

宮崎　廣田《ひろた》　昭子《あきこ》

ありがたう霜深き日の塵の日に感謝の気持夫へ告ぐ朝を

お早うと黄色き声の孫娘《まご》の来て霜深き日がしあはせ日和に

＊

障る身の見えざる明日を探りつつ歌会に心の張りを保てり

沖縄　普天間《ふてんま》喜代子《きよこ》

滞る思考に風穴あけむとて深き海馬の海へ漕ぎ出す

思案せる裡のよどみに寄せ返す波の音《ね》沁みゐる磯辺静けし

風強くはね返さるる凧揚げや親子あきらめこの場去りゆく

茨城　北條《ほうじょう》　惠子《けいこ》

紅梅のつぶらな蕾の咲き初むを年明け最初の散歩に見たり

猫の毛の冬日浴びたる温もりを吾手は拾ふなめらかなるも

＊

真向かひのビルを降りこめ忽ちにうつつ越えゆく雪のしばらく

愛知　堀井《ほりい》　弥生《やよい》

雪恋ふは母恋ふに似て天地《あめつち》のあはひ静かに繋ぎては消ゆ

屋根白く見下ろす街の音絶えて人影ひとつに冷気の動く

＊

初雪に小躍りしたる愛犬の親元離れて初めての冬

千葉　松田《まつだ》　和生《かずお》

山小屋を出れば広がる別世界松本平雪に静もる

君去りて窓を開ければ何事も無かったような一面の雪

極まって秋極まって君のドアを開けたよって言う立冬の朝
島根　丸山《まるやま》　恵子《けいこ》

缶コーンスープの缶を抜けだせぬひと粒のように寒がっており

この部屋にただひとつ強と自称する電気ストーブよ温めておくれ

＊

冷えしるき残照の空に大輪の花火広ごりさはやかに散る
宮城　皆川《みなかわ》　二郎《じろう》

冬花火冴えたる空に散り落ちて後を追ふごと音の響けり

ドーンドンと打ち上げ花火の音鳴りて冷えしるき冬の夜空を焦がす

＊

最終バス降りれば迎えのあるひとの羨しよわれに月あわき道
富山　村山千栄子《むらやまちえこ》

昼すぎてあまねく初冬の陽は至り田んぼは日に日にねむそうである

屋根の雪降ろす人らの声降《ふ》りく　亡父か亡夫かと思わず見上ぐ

夜祭りは寒くなくっちゃ仰ぎ見る冬の花火は凍りつつ降る
埼玉　八木橋洋子《やぎはしようこ》

一坪の花壇に植えし白菜が冬を巻きつつ立ち上がりくる

「黄桜」をちびりちびりとやっていた父に一度もお酌せざりき

＊

たまはりし肌着にぬくぬく包まれて風の街ゆく冬至《トウンジー》のまち
沖縄　屋部《やぶ》　公子《きみこ》

街中に飼はるる山羊はゆふぐれをビブラートきかせ声のばしゆく

いつまでを蔓延るコロナウイルスかさよならの握手　掌の届かない

＊

夜の間に水吸い上げてまっすぐな花首今朝の花瓶にありぬ
石川　山崎国枝子《やまざきくにえこ》

皿にある冷たく熟れし日本柿のくずれんとするものの輝き

留守電を聞きたる後の温もり　冬日のたまる海を見ており

雪を掃きて注連張り終へてひとびとは帰りて行きぬしづかな日昏れ

雪の日は雪を掃きつつひとびとはひたすら春を待ちてゐるなり

宮城　大和《やまと》　昭彦《てるひこ》

雪の日の山坂ありてそを越えて来たるをさならの声甲高し

＊

残されて九年目の冬つめたくて繋ぐ手が欲し大き君の手

寒空に冬の向日葵ぽつねんと生き残りしを悔いるや我も

亡夫からの言伝ありと残月が我に付き来る冬の朝温し

東京　ワット隆子《たかこ》

5 自然

望まれし赤子さながら玉のやう万緑の宵生れ出でし月
静岡　青野《あおの》　里子《さとこ》

坤櫓《ひつじさるやぐら》青く沈ませのぼる月、濠の水面へひかりを延ばし

満月を蝕みてゆく雲速しまばたきさへも惜しむ眼《まなこ》に

＊

オレンジとブルーベリーのカクテルに星を一つ浮かべて朝焼け
青森　青野《あおの》　由美《ゆみ》

みなくれなゐの日が登りゆく空見れば向かひ合ひけり月と太陽

蜂の巣のごとく並べる福島の汚染水いづれ空へゆくのか

＊

夕立をつきて山鳩の声透る頼りにしてもいいよと啼くや
山梨　秋山《あきやま》かね子《こ》

雨晴れの空澄み果てて籠もり居に柿の若葉がしきりに誘ふ

胸うちに籠めゐし惑ひじわじわと音高まれる文月の雨

ニセコ路の「甘露の森」の草紅葉朝露おきて蝦夷富士ぞみる
北海道　吾子《あこ》　一治《かずはる》

暮れ方の透き間の見えぬ雪空を仰いで二月むなしく過ぐる

川縁の柳の瑞枝おもむろに銀毛の花穂めざむか二月

＊

庭すみにシャーベットのような雪のとけ黄色鮮やかな福寿草咲く
千葉　荒木《あらき》　祥子《しょうこ》

ひらひらと花弁なびかせる冬しょうび寒さましたる霜月のくれ

公園の桜は未だ開かずも紫だちたる蕾の華やぎ

＊

あしびきの捨て山畠は茶の花のまばらまばらに蜂ふたつをり
兵庫　安藤《あんどう》　直彦《なおひこ》

洩るる陽に照る葉のみどり真榊の大き一枝は鉈の刃に採る

つくつくぼふしつくつくぼふしづーづーぢ　鳴くや七・五のつくつくぼふし

路地裏に春呼ぶ歌の一つありもくれん青空ひとり占めする　和歌山　石尾《いしお》典子《のりこ》

亡き母の介護ベッドに寝転べばみかん畑を鷺の飛ぶ見ゆ

また一つ遠景になる忌の来たり石蕗庭にはなやぐ朝

＊

花こぶし下枝がなかに身のかかり哀れにほひて春の途ゆく　神奈川　伊勢田《いせだ》英雄《ひでお》

桧葉が自《し》の散らしし屑を肥やしへと使へとばかり褐色をつむ

思ひ起こししふるさとは年をつむ毎に身に来てヤマメ水音

＊

コロナ禍の自粛せりとぞ家こもり花見なしとて「さくらちるちる」　山梨　井出《いで》和枝《かずえ》

長梅雨に隠れおわすや富士の山百《ひゃく》の眼《まなこ》に下界見るらん

友ひとり送りし秋の客人《まろうど》か光の中に舞うアキアカネ

返り咲く野の花たんぽぽクローバー雑居家族のごとき日だまり　神奈川　井上《いのうえ》早苗《さなえ》

太陽が重なるようにきらきらとみかん畑は黄金の海

台風に葉は落とされてすずなりの柿にますます夕日耀う

＊

韻律を逃れて意味を逃れつつ山見ゆ遠く冠雪の山　埼玉　今井《いまい》恵子《けいこ》

仰ぎみるポプラの樹形の美しさ振り切り振り切り水流はゆく

歩くひと考えるひと写すひと武蔵水路に水音たかし

＊

突然主治医に退職告げられし帰り来る道白梅香る　東京　藺牟田《いむた》淑子《としこ》

黄昏に何時しか桜《はな》は消えゆけど又夜の空に浮び揺れ居り

連れられて茶馬古道《ちゃばこどう》行く楽しさは近藤正臣の語り口《ぐち》なり

ふゆの樹のしわに擬態の蛾をさがしいつか夕暮れわれも溶けゆく

宮城　歌川《うたがわ》　功《いさお》

頸《くび》の骨ならし枯れ木の折れる音なれど不屈の肉《しし》はささえる

桜《はな》のもとふいの出逢いを待つこころ鴇色《ときいろ》似あうひとでなくとも

＊

五年生の田植実習稔りたり農夫一人の見廻りありて

宮崎　梅﨑《うめざき》　辰實《たつみ》

訪れし坂元棚田は稲刈られ彼岸花には黒揚羽舞う

黄金色に夕陽に輝く金木犀芳香嗅ぐか群れる小鳥よ

＊

ひとひらも散らさず咲きて待ちくれし枝垂桜よ亡き吾娘《あこ》来ませ

静岡　大石《おおいし》　弘子《ひろこ》

あさぎまだら数多寄らしめ藤袴の花は野原によき香放ちて

庭隅に散りつむ山茶花しろたへの昏れ残りゐるこの花明かり

カラス瓜の朱き実ふたつ冬炎《ふゆも》えの夕陽をうけて生垣に這ふ

大分　大久保冨美子《おおくぼふみこ》

独り居の夕べ暗がる庭の面この世照らして銅色《あかがね》の月

冬の雨過ぎたる後の夜のしじま雫払へる風の音する

＊

枯れそうな石蕗の花に蜜もとめ紋白蝶の飛び交う日陰

宮崎　大重《おおしげ》　哲子《てつこ》

ひよこ草根を張りており絡み付けば葉野菜たちも困り果てており

朝食に金柑ついばむヒヨドリの邪魔せぬように洗濯物干す

＊

西空が枇杷の実色に暮れてゆく明日の朝日よ元気にのぼれ

岡山　大森《おおもり》　智子《ともこ》

灯台に灯の入る頃か黄葉の色へと西の空変はりつつ

あべ槙の先端にかかる三日月がツリーの飾りのやうに明るし

鈴虫とコオロギ共演の調べよく庭に響けり今宵《こよい》十五夜

茨城　大森《おおもり》　幹雄《みきお》

強き雨に首すくめたる紫陽花のしとしと濡るる君が好きだよ

二つ三つ摘みたる指に確かなる春を染めたるふきのとうの香

＊

擦る風の野辺のもぢずりつつましくうすむらさきに身をよぢり咲く

岐阜　小川《おがわ》　恵子《けいこ》

風のむた千《ち》すぢ笹鳴り擦りとよみ火となる時の真竹は熱し

茎手折りころがすたびに物体のもぐらは光の鈍い輪を生む

＊

庭石の雨に洗われ黒光る筑波石とや落葉きわ立つ

茨城　小河原《おがわら》晶子《まさこ》

陽のさせばすべるがに見ゆ庭石の道しるべなり茶室へ誘う

侘助の照葉をみれば家元の設いうかぶ吾は正客の席に座りし

外灯を消し忘れしやと思ふまで明るかりけり二月の月は

鹿児島　甲斐《かい》美那子《みなこ》

ひれ伏ししままに咲きたる野ぼたんに虫の来ぬままみぞれも降らず

また雪と思ひたりしがよく見れば返り咲きたるゆきやなぎかな

＊

中秋の空に煌めく金星は宵と明けとの夜空のガイド

愛知　加藤《かとう》志津子《しづこ》

秋空の神話のヒロイン・カシオペア椅子の形で天頂にあり

カシオペア夏の夜空に上り来ていかりの形で漁の目印

＊

欲しきもの失せてゆく日々わたつみの風が言ふなり墓は要らんか

茨城　金子《かねこ》智佐代《ちさよ》

トドに似る流木日夜海に向き今日は日暮れを吠えはじめたり

海のこゑ天より地より足裏より響きて揺れるチンアナゴわれ

朽ち小舟舫へる沼を巻き渡り北風《ならひ》はときに笛を吹くなり

栃木　上島《かみしま》　妙子《たえこ》

アメーバにも意志ある逡巡　警戒のさまに沈思の一時《いつとき》のあり

風ねむる遊行柳の田の畦に野放図にして白き野いばら

＊

季に目覚め十とせ咲き継ぐ赤椿転居の月日ともに重ねて

沖縄　神村《かみむら》　洋子《ようこ》

人気なきプールに浮かぶ病葉を風が奏でる水面の演舞

さやさやと摩文仁野に揺れるすすき穂の御霊を癒す秋の夕ぐれ

＊

空の果て湖の果てにも光さす近江の道は露しとどなり

滋賀　唐沢《からさわ》　樟子《しょうこ》

近江野に目を開くかに青花は累累と咲き夏は行きたり

秋桜揺れる向うは湖光るアサギマダラを追うて行くなり

羽の色微風をもとに天空へ昇りまた下自由に見える

徳島　河原《かわはら》　弘明《ひろあき》

雲がとぶビューとなでて橋の上新幹線の客も空とぶ

ほのぼのとコスモスの花きれいだな私の心をそっともっとなあ

＊

ゆずり葉の揺れる街路樹夕べには豆電球のきらめきたりて

埼玉　神田《かんだ》　絢子《あやこ》

立葵ピンクの花は土手のそば風に揺れてる葉かげの蜂も

側溝に陽の降り注ぎへばりつく田螺のあまた日向ぼっこす

＊

晩秋の夜は独りの熱燗を玻璃の器に酌みて人恋ふ

愛知　神田《かんだ》　杜庵《とあん》

茜雲消えし伊良湖《いらご》の巌《いはほ》打つ夕闇にゐて潮騒を聞く

奥木曽の紅葉《もみぢ》の景《かげ》は陽に映えて秋夕暮の湖《うみ》にゆらめく

多くても始末に困る雪なるも今朝の景色の美しきかな

雪消えの柳の小枝天をさし根方に笹のみどり吹かるる

雪解けて流れゆたけき北上は陽を反しつつ鴨を遊ばす

岩手　菅野《かんの》　幸子《さちこ》

＊

朝露にぬれて耀ふあを葉抜き飛びたつばかりの極楽鳥花

頭状花さながら長けて石蕗の銀の冠毛が冬庭に咲く

なり果ててこのていたらくと嗤ひをり屋根に登れる赤き苦瓜

鹿児島　菊永《きくなが》　國弘《くにひろ》

＊

ふるさとの潮音はるかに耳ひとつ波が忘れて行つた貝殻

妖精の耳のかたちに水芭蕉咲いてゐるなり沢のほとりに

風のこゑ花の言葉を聴きながらわが耳ふたつ野にあそぶ蝶

青森　木立《きだち》　徹《とおる》

丈低く岩をつかみて浜甘草三ツ石の風に朱を揺らせり

石を渉り三ツ石の端に見出でたり穿ちし穴と鋭き刃の跡

眼交ひの伊豆の山脈近くみせ駿河の海の空晴れわたる

神奈川　久保《くぼ》　知子《ともこ》

＊

南より流れてきたる混濁の雲が呑み込む白雲二つ

大いなる寝釈迦の如し対岸のみどり燃え立つ丘の連なり

坂の途中に今年も逢へる桐の花うすむらさきは身に沁みとほる

東京　久保田《くぼた》　登《のぼる》

＊

雲の波およいで渡る望の月ふいっと顔だす正月三日

風強く空が青いよこんな日は夕焼けに立つ黒富士見たし

たっぷりと墨を含ませ筆に書く雲という文字風の音する

千葉　黒沼《くろぬま》　春代《はるよ》

春雪のしたに若菜の息づくも穂積皇子《ほづみのみこ》の哀しみの染む

群馬　児玉《こだま》　悦夫《えつお》

新盆の高灯籠は風にゆれ荒浜の人ら過去と生きゐる

南洋にマラリア病みて「椰子の実」のうたに慰む父の影憶ふ

＊

雨の間をエンジン震わせ草を刈る　地表の形が現われてくる

東京　小林《こばやし》　洋子《ようこ》

わが選びし農の老年　山畑の一人暮しに月は友だち

この年も草刈り終える体力が残りおりしを月に謝すべし

＊

見下ろせば川面に月は映りつつ海に移りて見えなくなりぬ

岩手　斎藤《さいとう》　雅也《まさや》

黄のひかりひとつところにとどまらずたがひを追ひて二頭の黄蝶

みづからの影に逢ひてはまた離れ揚羽が秋の池をわたれる

縄文の狩人たちが住むという　湖底深く鎮もる諏訪のうみ

長野　三枝《さえぐさ》　弓子《ゆみこ》

洲羽《すわ》から広まる石器の文化　湖底が語る縄文人のくらしがある

八ヶ岳ブルーの空　霧ヶ峰の小路を歩くと若かった自分に会える

＊

川舟に投網《とあみ》を打ちし相模川漁りたる鮎食む子も幼かりき

神奈川　佐々木《ささき》　つね

鮎漁の夫は舳に投網打つ空に輪となり水に広がる

水したたる網に掛かれる鮎の跳ね育ちの良しと尺を計りき

＊

青空に稜線くっきり描きあげ鈴鹿七峰堂々と在り

千葉　佐藤《さとう》　邦子《くにこ》

鳥取砂丘に冬の日早くも落ち始め砂を様々染め分けてゆく

新緑の山に行けざるわが窓に欅の新芽輝きを増す

曼殊沙華群れを作りて山に棲む鬼のこころにいま火を放つ

埼玉　島崎《しまざき》　榮一《えいいち》

恩恵のごとく日あたる谷底に同じこの世の村遠くみゆ

夜に入りて人こそ知らね曼殊沙華睫毛のやうな蕊もて余す

＊

指立てて片目瞑れば赤ランプ点灯すなり冬が来てをり

茨城　下田尾《しもだお》三乃《みつの》

月出でてふたりとなりぬ立ち止まり待ちてゐしわれ一緒に帰る

ドモルガンの法則なんぞは除外せん新美南吉われを放さぬ

＊

ウイルスの気にかかりゐて折をりを孫のもとへと雲のながるる

長崎　城《じょう》　幸子《さちこ》

曇りゐて風ひとつなく静かなる庭にかすかな地虫の鳴けり

容易く男女同権と言ふなかれ夫逝きて庭木切る手にあまる

クリークの水位を下ぐる神無月　稲田は黄金の色まさりゆく

長崎　末吉《すえよし》　英子《えいこ》

彩《いろ》づける田は果てしなく駆けぬける車窓に命の洗濯をする

灯を点し帰り船を迎へしとふ「万燈《まんとう》」の地名残るふるさと

＊

笹の葉に揺るる短冊の願い事どの子の声も響き来るなり

青森　杉本《すぎもと》　陽子《ようこ》

園庭のブランコひとり揺れている誰も居ない月夜のブランコ

花々に埋もれて今は眠りいる園児らにシクラメン届けくれし君

＊

人が豆の様に見える年の暮れ静かに過ごす幸せあらん

大阪　鈴木《すずき》　彩子《あやこ》

梅雨空の微かな風の吹く夜に月面着地迄の軌跡を

久しぶり熟睡したり梅雨の朝烏《からす》の高き飛翔の羽音

曇り日の午後を蟋蟀鳴き出でぬ昨日《きぞ》の庭べの同じ
あたりで
埼玉　田口《たぐち》　敏子《としこ》
昆虫は縄張り荒らすと吾《あ》を刺すか庭仕事の後いた
く腫れたる
東京を発ちて車内になじむころ緩き流れの酒匂川
越す

＊

「天」といふ小船《ふね》泊まりをり昔より向島《むかひしま》の海に生
き来し
広島　竹田《たけだ》　京子《きょうこ》
この年は陽性の梅雨メリハリのある梅雨〈晴・
雨・晴…〉の日々なり
日本で最も遅くエゾヤマザクラ釧路の初夏に六輪
咲きし

＊

漆黒の影に見えたや鳥一羽薄明の空西の彼方へ
徳島　辰巳《たつみ》　邦子《くにこ》
天空の大パノラマに両の手を広げ抱くは満天の星
ハラハラと風に巻かれて枯葉散り小春日和の川面
彩る

暁の稜線を越え昇る陽を疾走のごと白雲過る
秋田　田中《たなか》　春代《はるよ》
穏やかな白波をなし豪華船陽を纏いゆく朝の大海
降雪の止みたる束の間ひとところ陽を宿しいる昼
の蒼空

＊

心込め香り包みて真みどりの朴葉寿司さとのいと
こから着く
神奈川　谷《たに》　満千子《まちこ》
四季映しはるか流るるふるさとのせせらぎ街道の
漣うかぶ
もみじ葉のはらはらと舞いみめぐりぬ小春日の中
凡《ぼん》を詠むかな

＊

けふの虹常と違ふと見とるるに焔立つれば彩雲と
識る
長野　谷頭《たにがしら》しのぶ
蟬の鳴き鹿棲む丘の去り難く喜志子の歌碑をふり
仰ぎたり
雪降りて肩腕腰の嫋やかな女人の像が山肌に見ゆ
彩る

草原は風吹くがまゝ波打てり五月のみどりは交響曲《シンフォニー》なる　兵庫　谷原《たにはら》芙美子《ふみこ》

湿原にほつほつ白き鷺草の羽搏き撮らんとふたり屈みつ

泥沼に生まれて蓮はえもいはれぬ極楽浄土の荘厳を見す

*

大空を茜に染める朝焼けの大気の息吹きわが裡に入る　千葉　塚越《つかごし》房子《ふさこ》

風に散り風に集まる池の面の光の子らは自由を描く

半円のスクリーンのごと海境を空色鼠《そらいろねず》に雲のおほへる

*

ははそばの残しゆきたる柚子の木にほかりほかりと黄の実が灯る　岐阜　塚田《つかだ》いせ子《こ》

野の花は野辺に置くべし竜胆の藍ふかまりて秋深みゆく

大根を抜けばおもわず尻餅をつきて畑にひとりの笑まい

燕子花四季の風情を見する花今初夏を活く晩秋のわれ　岡山　寺坂《てらさか》芳子《よしこ》

風に任せ紫苑　園ごと揺れ止まず雲湧き立つる淡い紫

舗装路を群れ戯るは蝶ならむ風に煽られ枯れ葉に命

*

ニレの木の種子シヤラシヤラと若草の簪のごと風にゆれをり　北海道　内藤《ないとう》和子《かずこ》

夏と秋のあはひの空の高・爽・澄この色彩はセプテンバーこそ

ヤチダモの散らぬ枯れ花ふゆの花　雪野にとほく屹立したる

*

むらさきの音符のやうな花びらの小さきハミング堅香子のこゑ　福井　内藤《ないとう》丈子《たけこ》

満天の花の鈴鳴れ空に鳴れ亡き父を呼ぶ風の音《ね》となれ

越前の海鳴り遠く聞きながらズワイ蟹買ふけふは立冬

白鷺の小さき頭の出づる見ゆ二つ三つ四つ稲穂の上に
神奈川　中村《なかむら》久仁江《くにえ》
田から田へ飛び交ひてゐし日々は過ぎ空のかなたへ去りゆく白鷺
白鷺の遊びし堀は枯れ草に埋もれ水は干上がりてゐし

*

きっぱりと決められなくても良しとする夕焼け空のグラデーションよ
東京　中村《なかむら》陽子《ようこ》
雨上がりの煌めく樹を見るこの一瞬われの瞳は清らかなりや
コロナ禍のムーミンパークに客まばら距離とるシールを風が撫でゆく

*

朝光に南天の実も敷く霜も神々として輝き放つ
埼玉　南雲《なぐも》ミサオ
さむざむと風笛のなるビルの街子の住む渋谷におちつけずをり
積雪はつひに二メートル越えしと言ふふるさと思へば心が荒む

歌屑を捨てむと来たる湖に春の粒子のふり注ぎをり
北海道　仁和《にわ》優子《ゆうこ》
思ひきり池に石塊放り投げ今日で私はいい人やめた
最終バスに一人となれりこのまんまオリオン座まで行つてくれぬか

*

わが傘の傍へひらりとつばくろの身を翻す絹糸の雨
愛知　野田《のだ》恵美子《えみこ》
北国へ帰る日近き鴨のこゑ口笛吹くがに耳にやさしき
大空に鳥と吾との境界のいづこにあらむ双手を伸ばす

*

休みてはまた歩を運ぶわれの目を優しく包む露草の藍
石川　橋本《はしもと》忠《ただし》
赤まんま露草の花の咲く畦に座りて重治の詩を口ずさむ
をりをりの花を育む狭き庭老いの思案のとりとめもなく

今日こそは路地めぐらんと歩み出づ黄の蝶ひとつ
われに先立つ　神奈川　林《はやし》　彰子《あきこ》

もどりてはまた過ぎてゆく季節の波父母と遊びし
越前岬

湖《みづうみ》に近き木立を消す霧の波にてわれは幽谷の底

＊

苔のむす倒木の上《え》に若木生う原生林の緑のサイク
ル　愛知　林《はやし》　祐子《ひろこ》

ひそやかに窓の隙間を伝い来る時雨の音は晩秋の
歌

冬空ゆ零れ落つよな金星《ビーナス》は今日のひと日の我を慰
む

＊

雨の日はどこかで猫が死んでゐる冬の匂ひを運ぶ
トラック　京都　早田《はやた》　千畝《ちうね》

目のなかを突かるる疼き炎天の光反して地鏡揺ら
ぐ

もうきつと自分の朱にうんざりな凌霄花今年も開
く

如月のをはりに遠く来りしは丹後半島きつさきの
岬　京都　早田《はやた》　洋子《ようこ》

あめつちの言霊ならむ冬濤の底からのぼる轟きを
聴く

いにしへも条理不条理おのおのに恨みの深き波濤
聴き坐《ゐ》る

＊

つれあいは早ばや墓に入りたり我が両親と同居し
ており　岡山　原《はら》　里美《さとみ》

朝夕は寒さ加わり山山は紅色に染まるシーズンと
成り

菜の花や紅白梅の咲く畑に来て目白遊べり枝から
枝へ

＊

朝ぼらけ冬の桜のこずえから小さき鳥のかげがと
びたつ　広島　檜垣美保子《ひがきみほこ》

オリーブの小枝にとまりゆれているメジロの二羽
よめおとか友か

欄干のさくらはなびらとびたたんとびたたんとし
かすかにふるう

上床《うはとこ》の山と入江に抱かるる宝亀《ほうき》は今も母のふるさと

福岡　平田《ひらた》　利栄《としえ》

丘の辺にひぐらし鳴けりたましひを奪らるるやうな淋しさの満つ

帯状のコスモス色の雲のなかあはく光りて浮かぶ三日月

*

久々に五湖の岸辺を尋ぬれば春風優し糸桜の揺る

福井　平田《ひらた》　卿子《のりこ》

十五夜が水面を照らす若狭の海烏賊《いか》つり船が飛沫《しぶき》を上げて

吹雪舞ふ久須夜の峰の冬景色凜凜しい姿いつも変らぬ

*

わが畑に黄の花あまた咲き盛る南瓜ズッキーニ胡瓜にマクハ

奈良　福原《ふくはら》　安栄《やすえ》

とりどりの色のダリアの群れ咲ける花園に入る古墳のそばの

一年をかけ太陽を回りゐる地球の上に生くるは奇跡

コンバイン動きし跡に雨水が鏡となりて空を映しぬ

秋田　藤田《ふじた》　直樹《なおき》

山脈を圧する雲をつらぬいて二重の虹が大地にささる

自転車に靴三足がほされいる玄関前に秋は闌けゆく

*

尾根の雪解けて谷には残る雪自然が描く北アルプスの絵

長野　穂科《ほしな》　凜《りん》

いつの間にか常念岳の夏は逝き秋を纏った雲が流れる

白銀の北アルプスの稜線をぼかしに染める夕陽の茜

*

幹太き桜に苔の累々と雨にひかりて花間近なり

宮城　堀江《ほりえ》　正夫《まさお》

土深く葦の根を切る鎌の刃に悲鳴にも似し音伝え来し

散り急ぐアカシアの花吹き渡る風に逆らう素振りを見せず

育て来し桧山千本の風の音禅僧のごとし樹に近づけば
わが山にぬた場つくりし猪のため罠かけ禁ずの札を立てたり
山仕事なけれど桧山に夫と来て瀬音、風音、森の音きく

鹿児島　前原《まえはら》　タキ

*

なに急ぎゆく影ならむ遠くなりとほくなりつつなほいまに見え
星のふるひびき追ふごとひとり行く影照らすなり十三夜の月
たれからもたれからもとほく沈みゆく日輪なればただ燃えながら

広島　松永《まつなが》　智子《さとこ》

*

庭隅に遅く芽生えし露草は九月の終わり五輪咲かせつ
雑草のほしいままなるこの空地泡立草のポツポツと咲く
大輪のハイビスカスに近付けば音なき笑い弾けんばかり

大分　松本《まつもと》トシ子《こ》

その枝がいいと慈愛の眼差しで臘梅選ぶ我は香の中
くさ藤の紫野ゆく寄り添いて木漏れ日頬に風吹きぬくる
樟の実と桜紅葉を踏みしめる未知数の続くコロナへの道

埼玉　三ケ尻《みかじり》　妙《たえ》

*

廃校となりたる村の空を飛ぶドローンよ何が見えていますか
夕空をたゆたう薄羽根赤トンボ明日も逢えるかしばし眼に追う
朝の陽の障子明るき霜月を蜂の浮遊の影二つ飛ぶ

富山　宮崎《みやざき》　滋子《しげこ》

*

中学生となりたる孫のおさがりの自転車を漕ぐ青空を背に
咲き盛る背高泡立草空地埋め冴えたる黄の海と広がる
旱天の夕べとなりて水撒くにひそみていしかギスの飛び立つ

島根　宮里《みやざと》　勝子《かつこ》

小矢部川茅蜩橋を渡る時遠き山白く雨にけぶりぬ

岐阜　武藤《むとう》　久美《くみ》

なかなかに起きてこぬ夫静もれる朝の窓に雪降りて来ぬ

玻璃窓の向かうに立てる人影の輪郭流る長雨の午後

*

さわさわと竹の葉擦れの音冴えてもうきのうには戻れぬと知る

京都　村田《むらた》　泰子《やすこ》

漆黒の闇の向こうに夜鷹鳴く硬き空気をわずかに揺らす

運動会全員踊るソーラン節黒いマントが地鳴りとなりぬ

*

春立ちて風に曝《さば》すや濯ぎ物宥《なだ》むるやうに日影やさしき

佐賀　森《もり》　安子《やすこ》

地震《なゐ》ふると夜ふかに聴こゆ電波の音《ね》　窶《やつ》れた貌で相馬明けゆく

漸《やうや》うに鶯の声流暢に辛夷の花びら庭処ちらさむ

黄金の大き入り日に目が眩む　路肩に駐車しまなこを瞑る

東京　森《もり》　利恵子《りえこ》

太陽に呑まるるわれと観念し沈むまでの時を愛しむ

営みの寂しさ哀しさ包みこみ沈む太陽穏しき夜のため

*

片山貞美《かたやまていび》の歌に読みしが初めなる雁ケ腹摺山《がんがはらすりやま》その名ゆかしも

東京　森山《もりやま》　晴美《はるみ》

この山を雁わたるときすれすれに捩れ飛ぶさま見けん土地びと

大月を下りひたすらに集落のいくつを過ぎて山に近づく

*

小鳥とて赤き木の実にひかるるか庭の南天はやひと粒もなし

大分　八坂《やさか》　俊行《としゆき》

初夏の陽の強くなりたり沿道に映る電柱の陰を濃くする

裏庭の楠に止まれる法師蝉声のかすれて鳴くは一声

雨音をカタカナ音で聞いてます　話しかけては転
がるしずく
岩手　山井《やまい》　章子《しょうこ》

祖母歌う「リンゴの唄」を口ずさむ赤い実付けて
スイングする木

降り続く雪は色消し埋め尽くす重石をはらいさが
す水色

＊

Fat Old Sun 沈みてゆくよ確かなる地上の祈りを
のみこむように
大阪　山元《やまもと》　富貴《ふき》

宇宙より遮るものなくまっすぐにわれの胸処へ至
れるひかり

澄みきったひかりのような花もてる林檎に触るる
季《とき》のしあわせ

＊

色合ひの柔き新緑こそばゆく「山笑ふ」さまわれ
の諾ふ
石川　吉田《よしだ》　倫子《みちこ》

夾竹桃刈り取る手に着く粘る汁有毒といふ花のや
さしさ

蔓巻きを児等にさせむと丸芋の巻きたる蔓を静か
にほどく

新春の朝明け清し青空を杲杲《こうこう》さえて初日の目出た
し
京都　吉見《よしみ》　政子《まさこ》

ひんがしの藪《やぶ》の間《はざま》を光りつゝずんずん高くのぼり
来る太陽

青空に白雲のみが固まりて牛の如くに北西へ急く

＊

われよりも春待つこころ優るらん寒のもどりのつ
ぼみの梅は
茨城　渡辺《わたなべ》南央子《なおこ》

アクアリウムのごとく終夜を灯る花舗花にひそけ
き階級《カースト》がある

秋の陽は狐のよぎる速さにて金色《きん》の尾が翔ぶ西空
の果て

6 動物

鳴きながら尾長の群れが空をゆく青きその身を上下にゆらし

東京　浅田《あさだ》　隆博《たかひろ》

ひよどりは杉の木立のてつぺんで鋭く高き声あげて鳴く

カイツブリひと声鳴きて小さなる水輪《みづわ》のこしてすばやく潜る

*

水無月の朝空にはかに罅入るや郭公嘴《くち》あけこゑの鋭し

石川　飛鳥《あすか》　游美《ゆみ》

掃き寄せて骸と思ひしあぶら蝉不意に片端の翅に廻れり

虹の射す滝一柱くだる谷くさり鎖《さ》す杭に蛙ひらびぬ

*

子ねずみは干支の一番を誇るらし多くの家来引き連れ進む

沖縄　新垣《あらかき》　和子《かずこ》

我が干支の兎ふんわり赤い目と長い耳もて子ら喜ばす

大道芸をはじめて見たり町角に澄みし瞳の小猿待機す

老い猫のゆるやかに死へと向かふさま真つぶさに見つつ五日ほど過ぐ

神奈川　石井《いしい》　弥栄子《やえこ》

息吐くや花びらはらり散るやうに小さき舌垂る山茶花色の

ぬめり帯ぶる温かき舌をそつと持ち口の中へともどしてやりぬ

*

鶯のさえずり耳に散歩する池のめぐりの若葉さやけし

千葉　石垣《いしがき》　和子《かずこ》

四阿《あずまや》にひとり休める翁いて鶯の初音聞きいるらしも

鶯のさえずりに気を取られおり気付いてくれとや牛蛙鳴く

*

対面は不意打ちにして戸を繰るに守宮《やもり》はパラリと足の上《へ》に落つ

埼玉　内田《うちだ》　喜美枝《きみえ》

よたよたと愛嬌のある足運び家を守《も》るとう守宮になじむ

懸命に生きいるひとつ払いても巣を張る蜘蛛にひと隅ゆずる

いのししについに里芋ほじくられ畑の中に夫はなげきぬ
鹿児島　内屋《うちや》　順子《よりこ》

土おこすわれのそばではセキレイが虫はまだかと待機している

メジロ来ぬ今とばかりに窓をあけ掃除機かけるあたたかな朝

＊

空蝉の透ける眼《まなこ》は朝日浴び輝きながらわれを見つむる
東京　大野《おおの》　秀子《ひでこ》

追ひ焚きのボタン押したるその刹那ひときは高くこほろぎの鳴く

春陽さす軒に並みたる雀らの明るくひびくそれぞれの声

＊

おもひがけず絵本のプレゼント友よりの『なまえのないねこ』繰りかへしみつ
千葉　加藤満智子《かとうまちこ》

女の子に拾はれし君はラッキー　メロンの瞳ののとら猫

いぬ、ねこを拾ひやしなふ慈悲ふかき友の大きな瞳をおもふ

春なればうかれ出づらし蛞蝓もくりやの壁をそろりそろりと
大阪　北村芙佐子《きたむらふさこ》

十七年　共に生き来し猫の逝き酔ひて眠らむけふあしたかな

猫二ひき相前後して逝きたれば馬酔木の花のうなだれて咲く

＊

夏の薔薇ま赤きが咲くその茎に縋りて蝉の抜け殻ひとつ
東京　木下《きのした》　孝一《こういち》

藤の蔓剪り捌きゐるわが腕《かひな》青き蟷螂《かまきり》に抱き付かれたり

コロナ禍を知らぬひよどり雀たちわが庭の小さき森めざし来る

＊

虎落笛吹きて小鳥の低くとぶあれは花鶏《あとり》か頬白群か
福島　木下《きのした》　信《まこと》

啄むは落穂ありしか耕しも近しとなるに花鶏の群は

今朝みれば花鶏の群の飛びゆきぬ山へ帰るか桜咲けぬに

畑に居て激しき羽音にふりむけばハイタカの猟目の当りにす
広島　久保田由里子《くぼたゆりこ》

小雀は茂みに逃げ込み無事らしきハイタカ失敗急ぎとび立つ

カラスより少し小振りのハイタカは濃き茶に白の縞ある翼

＊

揺れながら八角形の網《い》に縋る蜘蛛に軒端を貸すきのふけふ
佐賀　小嶋《こじま》　一郎《いちろう》

犬として生《あ》れたる者は人として生れたる者に曳かれて歩む

透きとほるパックの中の浅蜊らはけふを限りの斧足を伸ばす

＊

水楢の裸木に巣作りシマエナガ薄きみどりの苔藻を銜ふ
北海道　小島美智子《こじまみちこ》

裸木の樹幹舞ひ翔ぶシマエナガ手に乗るほどの森の妖精

又となきシマエナガの巣作り湖畔みち病の癒えし夫の祝祭

豪州より輸入の白牛ゆつたりと嶺岡牧《みねおかまき》に秋の日を浴ぶ
千葉　小林《こばやし》　博子《ひろこ》

庭を舞ふ青条揚羽を狙ふ猫思はぬほどのジャンプを見する

山萩のくれなゐ垂るるバイパスの脇にも猪か掘り返す跡

＊

宿なくも追はるることなく庭の猫所変へてはひと月を過ぐ
山梨　小林《こばやし》まゆみ

ひと月を痩せて衰ふる捨て猫のわれに縋りて声細く鳴く

避妊手術終へてもらはれ行く猫よ膝の温もりわれに残して

＊

障害を持ちて生まれしキリンの仔装具を着けて高く歩むも
香川　近藤《こんどう》　和正《かずまさ》

わが膝に生をことほぎ老い猫のすんすん眠る歳旦の宵

朝の餌たべてわが犬死にしこと十五年経て思ひ出さるる

ささなみに真鴨をのせて休みなく伸びちぢみする楕円の波紋　京都　近藤《こんどう》かすみ

ふくろより右手に掴むもの投げて人はときのま鳥をあやつる

ナツメ社の野鳥図鑑を読みし眼がやがて捉へる梢のメジロ

＊

北帰行近づき白鳥騒だちぬ雪解の水のかがやく沼辺　秋田　斎藤《さいとう》博《ひろし》

幼鳥もこの一冬に育ちたり仲間と呼び交う旅立ち近し

白鳥に励まされたるは幾たびか気力体力衰うる日々

＊

草の実を体に付けて帰宅せし猫は座椅子に深く眠りぬ　宮城　佐々木絹子《ささききぬこ》

追ひかけて遊ぶ猫よりウマオイを隠して夫は庭に放せり

幼児《をさなご》を諭《さと》しゐるとや思ふらん飼ひ猫叱るを他人《ひと》聞きたらば

おもいつきたることあるらしく二階から急ぎ下りくるテオと出合えり　東京　佐佐木幸綱《ささきゆきつな》

階段は人間のためのものなればテオは逆立ちのかたちでくだる

切れ味よき今朝の吠え声　立春の日のきらきらの水の光よ

＊

このワンちゃん触っても何もしないよと幼らに言うさも自慢げに　長崎　志久《しく》達成《たつなり》

お座りもお手おかわりも出来ないが妻の片えにずっと居る犬

五年後は愛犬二十歳《はたち》われ傘寿合わせて百《ひゃく》歳の祝いやりたし

＊

野良公のハマは空き家に住まいせるそは猫といえ世帯主なるぞ　山口　末武《すえたけ》陽子《ようこ》

吾輩は野良猫なれど務めありペスト予防の地区巡回

野良猫もぼーと生きられぬ世の中さ捕りたるネズミ納税せねば

らいてうが檻に込められ白と茶の秋の色にてとぼとぼありく
立山の這松の間《あひ》に雷鳥は人を恐れず歩きしものを
埼玉　菅野《すがの》　節子《せつこ》

雷鳥よその名を誇れ氷河期を生き延びて来しうるはしの鳥

＊

破《や》れし巣を日々繕ひて同じ場に棲みゐる蜘蛛よ意地張るごとし
草花に水遣るときのおこぼれを待ちて根方に棲む雨蛙
石川　高橋《たかはし》　協子《きょうこ》

扉《と》を鎖せば空《くう》よりぽとと守宮落ち怪我せずそそと尾をゆらし去《い》ぬ

＊

ケキョケキョと鳴き初む声の鶯の声吹き散らす寒風の音
埼玉　高橋《たかはし》　良治《りょうじ》

野を廻る鳩ひと群の胸元の照り返したる初日の光
浮き島に巣ごもる鳰《にお》の夢立ちに描き初めたる黒きその影

空中にしばし停止し急降下みさご臭を足にて捕ふ
神奈川　髙山《たかやま》　克子《かつこ》

鳥の羽根等々力の谷に散乱すつみがひよどり捕へ放さず
用水路に入り飛べずのこぶ白鳥そばにより添ふもう一羽なり

＊

今夜《こよひ》また寝ねむとすればわが耳に棲みつきし鈴虫しきりに騒ぐ
新潟　橘《たちばな》　美千代《みちよ》

食べなくなりて間もなく死にしわが猫よ　この保護猫は食欲旺盛
ヤマガラとわれと待ちゐし山法師の実は青きままあまた落ちたり

＊

しろじろと枝から枝へ架かれるは太ぶとした蛇の脱け殻
埼玉　丹波《たんば》　真人《まさんど》

リビングの壁に吊るせるしろがねのへビの蛻《もぬけ》は百三十センチ
ぬけ殻といへど両眼も口もある長き蛇身は在りしままなり

雑草《あら》を取る吾の手の動きに合はせ右に左に猫の眼
動く
開きたるままに置きゐしわがノートに張りつくや
うに眠りゐる猫
私と共にあと何年生きられるや老猫の体細く痩せ
くる
三重　中川《なかがわ》左和子《さわこ》

*

電線に並びて留まる雀らのピッチカートの囀り響
く
枝に挿す蜜柑を食めるひよどりと時を違ひて目白
うぐひす
園児らの動きにつれて鳩の舞ふ共に遊ぶかさざめ
く公園
神奈川　中込《なかごめ》カヨ子《こ》

*

カルデラの水場にくだりゆく牛を先頭にして車渋
滞
放牧の牛の眼《まなこ》のやさしさに近寄りゆけば柵に堰《せ》か
るる
カルデラ湖の縁に群がりゐる牛も見てゐるわれも
夕映えの中
静岡　長澤《ながさわ》重代《しげよ》

指の骨二本を入れたカプセルを首から下げて火葬
場を出る
やわらかな猫のとしつき　眼前に罪なく沈むさく
らはなびら
逆光の猫にキャプション　太陽を見た、とひとこ
と　フィンランドから
千葉　沼谷《ぬまたに》香澄《かすみ》

*

青き実を啄み鶫のただ一羽春の朝のこゑ急ぐなり
過ぎゆける時の流れの憂愁に美《は》しき夕陽を山鳩と
見つ
猫どちにゆくて阻まれ夕暮れをしなやかに歩む黒
猫の孤愁
沖縄　野田《のだ》勝栄《かつえ》

*

どんぐりの林に棲めるやまどりの番が今朝は雛つ
れており
飛行機のめっきり減りし大空に雲雀は高くたかく
囀る
デパートのライオン像もマスクして銀座にいまだ
人影まばら
茨城　野村《のむら》喜義《きよし》

京都　畑谷《はたや》　隆子《たかこ》

ティファニーのはた末富のブルーにはあらざれど光《て》る翡翠の双眸

わたくしと一緒に老いてゆくべしと説く純白の被毛梳きつつ

手のひらにじゃれて甘咬みする猫をあしらいつつ見る「鬼滅の刃」

＊

京都　服部《はっとり》　崇《たかし》

いったい何に浮かれてゐるのか飛びながら獲物を爪に掴むトンビは

青鷺はわたしの横に降りてきてこちらを向かず階段をゆく

鴨川の大山椒魚に喰はれたし七十歳になつたところで

＊

兵庫　前田《まえだ》　公子《きみこ》

みーちゃんは同床異夢の猫なれば吾が腹上《はらうえ》に眠りて居りぬ

昨日見し子猫又見る山の道せめて一飯《いっぱん》黄葉《おうば》に置きぬ

巣作りは終われどここは落ち着けぬ燕は私に言った気がする

長野　光本《みつもと》　恵子《けいこ》

寿命は意思　うたにこめるいのちの連鎖にやまなみ光っている

きんいろの頭を泳がせヒマワリは太陽を食べている

しばし動かぬアオサギの湖水を見つめる眼のちから

＊

長野　宮原《みやばら》　志津子《しづこ》

道端に生まれたてのヒナが、チョンチョン「潰されちゃうよ」さあお逃げ

手の平に伝わるあったかい温もり「はぐれてしまったの?」小すずめよ

「さあ　思いきって飛び立ちなさい」危なげな羽ばたき　見つめる私

＊

北海道　村山《むらやま》　幹治《みきはる》

驚異なり南極からぞ北極へ渡るキョクアジサシの警告

鴗の青き羽衣光りをり鮮やぐ高飛びに漁り疾きぬ

植ゑ時としきりに鳴くや貌鳥の雉鳩も来て慣らはしもよき

撒水をするがに羽根を震わして水浴びをする春の
小鳥は　和歌山　森《もり》田《た》瑠《る》璃《り》子《こ》
入相の鐘の音流れゆく里に峡を挟みて蜩競う
雨上がり畠に向かうわれの横蜻蛉二匹がすいすい
と越す

*

十年は開けざる窓の外側に貼りつく守宮の喉のう
ごめき　大阪　安田《やすだ》　純生《すみお》
前方の路上に四羽、木に二羽の鴉のをれば胸張り
歩く
むし暑き夜の並木道あゆめれば小さき獣の付き来
るけはひ

*

草原にライオンの子が目を瞠り足を引き摺る置き
去りにされ　神奈川　吉岡《よしおか》　恭子《きょうこ》
死後硬直はじまる犬の右の目のわづか開きゐて吾
は見られゐる
菊の上で命終へたるオンブバッタ乗せし落葉を風
がつれ去る

長い長い夢の中かも妻と猫に囲まれ箸を動かす今
も　神奈川　渡部《わたべ》　洋児《ようじ》
仕事終え戻りし妻は真夜更けて猫可愛がりに猫を
抱きしむ
猫二匹まるとこまると雌なれば優しく鳴きてわれ
を叱りし

7
植物

手にふれてやさしき猫毛もくれんの花芽いつしか膨らみ始む
濃やかな緑さみどり苔庭に満ちて五臓が緑に溺る
水無月の雨静かなり庭すみに夏雪草の白く煙れる

石川　浅野真智子《あさのまちこ》

*

攻撃をすると不戦の態度とるオジギソウは丸い花咲く
心あれば同じ路上で止まり見る冬の向日葵燦々と咲く
飴玉のようなピンクの花咲かすお辞儀草にも強き棘ある

福井　足立《あだち》　尚計《しょうけい》

*

葉桜の梢《うれ》のむらさきふくらみて歴史をもどす国に春くる
さだ過ぎし日に前山《さきやま》のやまざくら去年《こぞ》よりしろく白く映れり
遅れさく一本桜やまざくら不徳のわれに見ようとうながす

大分　伊勢《いせ》　方信《ほうしん》

金盞花ことしはとりわけよく咲いてわが家の仏をうんざりさせる
軽トラに積まれて千葉から筍が糠をお供に売られにきたり
大方は実の赤らめる柿の木に只今参上ヒヨのひと声

神奈川　伊藤美恵子《いとうみえこ》

*

嫋やかに腕ひろげし山桜煙れる雨に散りそみゆかむ
石畳雨に打たれて濡れそぼつ散り初む桜の桃色毛氈
重たげに頬寄せ語らふ薔薇の花そぼふる雨に明日を占ふ

北海道　氏家《うじいえ》　珠実《たまみ》

*

盆すぎてえのころ草の色づきぬ丘の古墳のあるじを知らず
鈍感で無知な私であったから　そう、あなたもと黄のきんぽうげ
卯の花の朝つゆ含みて咲きにけり　夕べのことは忘れてしまおう

千葉　江口《えぐち》　絹代《きぬよ》

「ネジバナの二本咲いた」と妻の声歌誌の校正止めて見にゆく

山形　大瀧《おおたき》　保《たもつ》

台風に根こそぎ倒れし川楊流れの中に緑萌えおり

花終えて膨らむニゲラの実のいとし盆提灯の様なし揺るる

＊

部屋じゅうの窓を開ければ十薬のしるき香りが熱波に乗り来

岡山　大谷真紀子《おおたにまきこ》

彼岸花ことしも咲くや戦死せし豪やんの畑《はた》との境のあたり

枝々の先のさきまでももいろの深井女の花さるすべり

＊

南国のわが家にリンゴ咲き満ちて蜂寄せ夫よせ吾《あ》を佇ます

大分　大渡《おおと》キミコ

一房に実る三つをつらつらに見て見極めて残せるひとつ

摘果せしリンゴの紅さすつぶら実をもろ掌《て》にのせて命愛《かな》しむ

甦るいのちであればたまかぎるほのかはぢらふすべにの梅

兵庫　尾崎《おざき》まゆみ

しだれ桜のしづかにゆらす爛熟の恋の蕾のつぶつぶ赤い

いのちあるかぎり忘れぬはなびらの朧月夜に濡れる質感

＊

コンバインにきのふ刈られし蕎麦畑みどりさやかに茎立ち上る

長野　春日《かすが》　ゐよ

誰の指示を待ちゐるならん机の上の蛍袋は未だ開かぬ

一日花の木槿は雨の朝に咲き陽を見ることのなくて散りゆく

＊

草取りの汗を拭ひて横になり団扇片手に極楽卆寿

長野　金井《かない》と志子《しこ》

待ち侘びし雨に潤ふ庭眺む諸葉の揺れに木々の輝く

日溜りや雑蜂群るる花八つ手師走の庭に合唱流る

紅おびて直立姿勢のシクラメン老いのおよばぬ花
の姿ぞ
青森 鎌田《かまだ》 保《たもつ》
ほのぼのと香りを放つ金木犀のごとく生きたし老
いゆく日日
陽をうけて育ちしのつぽの向日葵《ひまはり》が重々首を垂れ
てゆくなり

＊

中天に清らに輝く望月に庭の夕顔の白がきは立つ
岡山 茅野《かやの》 和子《かずこ》
台風のややをさまりてほろほろと雫のやうに萩の
こぼるる
夕映えに波打つ麦の実り見ゆ目を閉づれば母のひ
ざに居る気分

＊

会へぬ日々を慰むるラインを開き見る友より届き
しモヂズリの花
栃木 苅部《かりべ》 絢子《あやこ》
モヂズリの古歌の話題に盛り上がる螺旋を描く小
花愛らし
公園の芝生に見つけし幾十本モヂズリの花のやさ
し薄紅

降りしきる雨の光明寺の青紅葉まぶゆいばかり光
を零す
京都 菊田《きくた》 弘子《ひろこ》
狐あざみ・きつねの牡丹咲く夕べ騙されても良い
野の花が好き
合歓の花紅刷毛のような蕊落ちて夕べの歩道の一
処明るし

＊

春先を彩る黄色い花を見て思い出すなあ我が家の
ミモザ
東京 小浪悠紀子《こなみゆきこ》
雨露や猛暑にめげず今日も咲く一日花の木槿《むくげ》は強
い
百日紅《さるすべり》猛暑の中で枝広げ紅花《くれない》が我をなぐさむ

＊

梅雨晴れの朝の散歩はピンク色目につくねじ花数
えつつゆく
石川 坂本《さかもと》 朝子《あさこ》
ひと群のつゆ草が道の小溝より伸び上がり咲く青
の涼しさ
紅菊や黄菊にまじり白菊の少し退きつつましやか
に

サルスベリ白紅桃と咲きほこる剪定終へし泰山木の下《もと》
大分　佐藤《さとう》　正精《まさあき》

祖父植ゑしは明治十六年の泰山木わが家の歴史の途中の大事

この日頃落葉激しき泰山木開花も間近くなりてゐるらし

*

ウイルスのニュースに耳をふさぎつつ蝦夷エンゴサクの待つ防風林へ
北海道　佐野《さの》　琇子《ゆうこ》

春愁を慰めくれたり海棠の花のはなやぎ雨の日はなほ

立冬の麻生の街の片隅の大反魂草からうじて立てり

*

旅をきてゆくりなく会ふ山櫻ま白の花のしんと咲き澄む
神奈川　杉本《すぎもと》　照世《てるよ》

ふるさとの山辺の一樹山櫻ま白き花のただにふぶける

咲きて散り咲きて散りゆく山櫻吾が終焉の日にこそにほへ

萌え出づるもの柔きかなはこべらも踊り子草も緑児のごと
神奈川　長岡《ながおか》　弘子《ひろこ》

わが留守に訪ね来し人ありといふ椿二輪がコップに華やぐ

去年《こぞ》切られ棒となりたる柿の木は芽吹かぬものか日々見て通る

*

食料の乏しきわが家救いたる菊芋のでこぼことがらする口
青森　中里《なかさと》　茉莉子《まりこ》

さくさくと歯ごたえのよき菊芋の酢漬のうす切り白じろと盛る

ごちそうにはあらざる菊芋の普段着の顔のやさしさ卓上にあり

*

小暗がりに藪椿二本飾られて故郷の森たたせいるなり
石川　中西《なかにし》　名菜子《ななこ》

びっしりと貝殻虫付け立ちつくす匂い椿をわれは購う

去年植えし膝にみたない椿木が北風の中花を咲かせり

青空に薫風嬉しアスチルべのみるく艶ある葉葉のゆらゆら
静岡　袴田《はかまだ》ひとみ
そよそよの風に仄かに甘き香の何処より来る見慣るる景色に
駐車場ぐるり見回す三本の南京はぜの緑に黄緑

＊

梅雨晴間植木の下葉カットする蟻の行列に目をやりながら
大阪　服部《はっとり》京子《きょうこ》
紫陽花の蕾にそつと手をそへて根本おさへてもり土をする
ニガウリの雄花雌花が咲き出して元気のよさを今朝も楽しむ

＊

雪の華ことごとく咲く街路樹に札幌は全く白き世界よ
神奈川　林《はやし》静峰《せいほう》
如月の大空青々ひろがりて日陰を木瓜の花の照らせり
出でゆける娘《こ》の後姿たのもしやマーガレットの桃色に照る

いまは亡きひとの植ゑにし白椿いつしか実生の赤きを添はす
石川　平井《ひらい》昌枝《まさえ》
藪の字にをみなひそかにひそめるを照り葉にあざやぐやぶつばきはも
能登の岬列列椿やぶつばきうらうら日を浴みふたりし観たり

＊

さにつらふ色うつくしき紀の国の桃にうぶ毛のやはらかきかな
富山　平岡《ひらおか》和代《かずよ》
梅も桃もバラの一族。美しき少女は頬にうぶ毛光らす
てのひらにほほゑむごとく熟れてゐる古代はるかな意富加牟豆美《おほかむづみ》は

＊

虫食いのあじさいの葉裏にびっしりと蝶の成虫うごきて並ぶ
埼玉　広田《ひろた》久子《ひさこ》
虫食いの網の目の葉のあじさいのむらさきの色雨に濃くなり
早朝に高幡不動の紫陽花の焼かるるを見き亡き友おもう

四つほど蕾の気配ありしかど月下美人の蕾は三つに　東京　松坂《まつざか》　弘《ひろし》

広き葉の節目に気配あらはれて月下美人のつぼみの育つ

死語となりし重陽の日は霧雨が森に降りビルに降り世をくらくする

＊

清めたる道に落ち着く松毬の皆立つ起き上り小法師のやうに　広島　松村《まつむら》　常子《つねこ》

ばさり伐られ裸身一つと思ひきに夏の日浴びて盛る青桐

さりさりと青白の莢実吹かれつつとねりこやさし風に靡きて

＊

何度でも同じ痛みはおとずれて桜は声を咲かせてしまう　京都　松村《まつむら》　正直《まさなお》

顔面に種ざくざくと突き刺してひまわり枯れてからがきれいだ

地面からきのこみたいに生えて咲くヒガンバナもう秋のまん中

三月七日朝陽の当る白木蓮まぶしく見上げる千の花びら　千葉　松本《まつもと》　静泉《せいせん》

白木蓮樹齢二十年の花開く花びら千咲くを仰ぎ見上げる

九十八になる誕生日白木蓮静かに咲いてる千の花びら

＊

隣とのフェンスの間より越境しむこう見て咲くジャーマンアイリス　埼玉　満木《みつき》　好美《よしみ》

わが子らを見守るような楽しさに胡瓜が育ちトマト色づく

たっぷりと雨をふくみし紫陽花のはなふさ斜めに傾いてゆく

＊

梅はうめ李すももの色に実の熟れて濡れおりつゆに入りけり　兵庫　三宅《みやけ》　桂子《けいこ》

蓮池の〈まん真ん中〉の花ひらく〈ど真ん中〉とは決して言わず

しだれ梅しだれる一枝《いっし》注連縄のように伸ばして春待つ今年

ふと見れば小雨降る庭にノコンギク淡きむらさき露もち凛と

長崎　山口《やまぐち》　輝美《てるみ》

朝露がひかりて招く土手の道サフランモドキのピンク輝やき

幸多き家族のやうに万両の数多の赤き実冬日弾ける

*

紅梅のたよりとどけど氷点下二十度の庭に雪の華咲く

北海道　湯浅《ゆあさ》　純子《じゅんこ》

丈低く猩々袴ひとつ咲く余寒の中の淡きむらさき

まさびしく残照に立つ貴船菊ひたひたと冬迫りくるなり

*

ルピナスがつんと空指す六月の今日の空は曇天の空

北海道　吉田《よしだ》　理恵《りえ》

六月の花嫁ならば紫陽花の白のブーケを持ちたきものを

背の高い木の名がわかるは紫の釣鐘状の花満つるとき

明日ひらく蓮の蕾は天を指す　擬宝珠のかたち祈りのかたち

東京　渡辺《わたなべ》　喬子《きょうこ》

蓮の花咲いて池辺に集ふ子の声なき手話の美しきかな

手話の子のきらきら光る指の先　朝の光を紡ぐがごとし

*

萌え出づる若葉を摘みて病む友に励ましの文添えて届ける

東京　渡辺志保子《わたなべしほこ》

盛岡の古き屋敷の庭に咲く唯一輪の白百合の花

芙蓉散って一桁生まれの長姉逝くその花のごと優し面影

8
生活

思い出の幾つを手繰り口遊む施設となりし母校の校歌

群馬　相川《あいかわ》　和子《かずこ》

コロナ禍に予備のマスクも入るリュック負って近付くバスに挙手為す

十歳の乏しき暮らしも懐かしく小遣握って駄菓子屋めぐり

＊

案内してめぐる泉亭落葉のいちょう大樹の被爆のあとは

広島　相原《あいはら》　由美《ゆみ》

さざんかの一重の白は陽にゆれて泉亭にぬくし〈老婦人の夏〉

高層の上階にあるリハビリ室憂さを忘れて川に見入るも

＊

表情の変われるばかり母となり汝《なれ》は初子《ういご》を抱きて居たり

山梨　青木《あおき》　道枝《みちえ》

消毒に気が張る産後の汝のこころ世はさらに今コロナウイルス

ハンカチと輪ゴムに作りし即席のマスク身につけ待つ幼らを

無策なる受身の姿ＭＲＩに現《うつつ》輪切りにされいる吾か

和歌山　赤松《あかまつ》　伴子《ともこ》

いらだてる心鎮めのひとつとも厨にこもり茶器など磨く

推敲に更かしいる吾を嘲笑《あざわら》うごとくに捩りし反古が戻りぬ

＊

ハーブティ今宵も飲み込み明日もまた元気で戦うコロナ禍の波に

埼玉　浅見美紗子《あさみみさこ》

アメリカのブレア市に行き教師らの家にステイし満ちたる日日よ

ワイキキの海辺でテレビ出演の吾最高の笑顔で話す

＊

ゆっくりと湖より上がりて来たるよなバスが止まりてわれは乗り込む

島根　安部《あべ》　洋子《ようこ》

これの世を去るときのわれの存念を怖れて秋の夕映えに対く

見返れば水照りの街に住み古りて歩み疑わぬわれのめでたさ

れんげ田のそばに住まひを移し来ぬ働き蜂のごときわれらか

福岡　天児《あまこ》　都《くに》

高台に遠田のかはづの声響き夜明けを知りし子育ての頃

三連の水車回りて高き地を潤してゐる筑後平野は

*

三密をぬけておりたつ郊外に今年の若葉ことさら眩し

埼玉　新井《あらい》　文江《ふみえ》

コロナ禍のもやもや飛ばせ吹き飛ばせひと日をやまず荒れわたる風

「欲しがりません勝つまでは」かの日日がふとよみがへるコロナ禍の世に

*

あやふやな我よりネットに確かめて子等初めての蒟蒻作る

茨城　安蔵《あんぞう》みつよ

おばあちゃんのいつものあれと言はれたくパイシチュー焼く熱々出さむ

マスクせぬたつたひとりのひとになる度胸もなくて取りに戻りぬ

新しい日の光り背に伊勢宮へ明日は詣でむ孫子そろいて

栃木　安藤《あんどう》　勝江《かつえ》

境内の木の間の光りやわらぎて金幣の音すずやかに鳴る

沢風は庭の木立に初夏の香を運びて涼しうぐいすの声

*

小夜更けて二階の窓ゆ遠望む中央病院不夜城の如し

千葉　飯島《いいじま》　房次《ふさじ》

馬と劔短歌《けんうた》を愉しみ過ごし來し人生悔無し九十五歳

家近き大型店のホールにて久々に聴く三曲合奏

*

たまたまに隣の席の外国人話しかけくる　電車は走る

東京　飯田《いいだ》　浩子《ひろこ》

スマホ開き妻と二十歳の息子《こ》を指しつつ話しかけくる外国の人

ありがとう楽しかったと外国人　下車するわれに日本語やさし

古き家解体すめば束の間を土地は大きな空と向き合う

奈良　伊狩《いかり》　順子《じゅんこ》

ゆるゆると時間の流るる仮住まいの部屋に冴え入るチャルメラの音

わが居場所ここが一番夏薊ぼそっと咲いて帰って来たね

＊

夏蝶のあと追ひゆけばみどり濃きマスク不用の里山に立つ

神奈川　石川《いしかわ》　洋一《よういち》

晶子また政府の怠慢怒りしを百年超えてわれら継ぎゆかむ

古稀にして二十歳の学生教へればこの半世紀すべて語らむ

＊

勤め居る病院までの約二キロ徒歩での通勤十余年となる

鳥取　石飛《いしとび》　誠一《せいいち》

夏くればチョンギスを聞き冬来れば長靴はいて十余年通いぬ

にわか雨通りし車に拾われて濡れずにすんだ秋の日もあり

病院の待合室は恐ろしき見えぬコロナに怯え待つなり

長野　市川《いちかわ》　光男《みつお》

プランタのササゲの蔓はゆらゆらと掴まる所探しておりぬ

空手着を脱いで三年三ヶ月手の拳胝《けんだこ》も小さくなりて

＊

自粛せよと流るる防災無線《むせん》を朝な朝な聞きつつ夫と絹莢を摘む

山梨　井出《いで》　京子《きょうこ》

湯の中に屈折してゐる我が指の細し細しとしばらく撫でつ

秋野菜播き終へし畑手に載れる蟷螂の子としばらく遊ぶ

＊

まだここにおるぞとウイルスの声のして呼ばるるままにまたノブを拭く

静岡　伊藤《いとう》　純《じゅん》

総火演縮小されてこの夏は砲弾のおと町に届かず

塩尻の空の高さを語るとき古老にめぐる夏かぎりなし

「ばあちゃんはこの先何になりたいの」さうかわたしも未来持つひと

東京　伊東《いとう》　民子《たみこ》

こころ読みそばに寄り添ふＡＩができるまで生きるそこから生きる

ため息は下を向くから出てしまふ　見上げた空は案外広い

＊

日本一の大門松の聳え立つ護国神社の空気吸ひ込む

大分　稲葉《いなば》　信弘《のぶひろ》

新聞のクイズに興味を持つ妻は今朝も間違ひ探しに挑む

この年も無難にあれと老ふたり七草粥に対ひ合ひたり

＊

ふるさとの稲穂しづかに揺るるとき羊水を蹴る命おもへり

愛媛　井上由美子《いのうえゆみこ》

早春の光射し来る作業所に子らは汗して卒業証書漉く

濃あぢさゐ褒めつつ入り来て魚売りの潮の香しるき荷を下ろしたり

椎の実は椎の樹のした体操を終へたる朝の児童公園

愛知　井野《いの》　佐登《さと》

体操にからだ反らせば見ゆるものトンビとカラスときに宙《そら》のみ

草はらに七人ばかりが集へればディスタンス五メートルのラジオ体操

＊

「あなたとは良い友達になれそうね」出会いの言葉磁石の如し

栃木　今井《いまい》　幸子《さちこ》

「元気かい」電話かければ「元気だよ」用は無いけど声聞きたくて

コロナ禍に「会いに来ました籠の鳥」ずっと昔の歌懐かしむ

＊

あじさいの花毬くらいの悩みごとスマホの中にひとつおさめぬ

東京　今井《いまい》　千草《ちぐさ》

テレビ会議をするという夫振り向きて「そこは映らないからいいよ」とのたまう

感染者ひとりもおらぬふるさとの姉より届く陣中見舞い

ＡＩの版木のくずし字読みゆかむ古典のロマン感じるだろうか
千切れ雲木々の緑を映し出す水田にあめんぼ一筋走る
権萃のはじけし蒴果のくれないに遠き記憶の蘇りきぬ

埼玉　今西《いまにし》　節子《せつこ》

＊

妻のメモ持ちて手押しの車にて通うスーパー見ゆるが遠し
目と耳歯、補助具を付けて暮らすわれ、子にたよりつゝ日々を生きぬく
新緑の松葉空向き伸び盛りわれに新たな気力わき出づ

千葉　今宮《いまみや》　靖雅《やすまさ》

＊

一日に一本と決め裏山へ梅の剪定今日は三本
朝の膳にたちのぼるゆげ静かなる老い二人居に温もり呉るる
二週間ぶりのラインに曾孫は餅を背負いて笑顔を見せる

栃木　岩下《いわした》つや子《こ》

大袋かかえて出入りする人をすずめ見ておりコイン精米所
手を振りて叔母は機上の人となりそらみつ大和再び後にす
通院の日傘代わりに贈りたる亡き母の帽子未だ箱の中

長崎　岩永《いわなが》ツユ子《こ》

＊

半纏にて野火消し止めしを思ひ出す何故となくコロナ禍の最中
当り前に鮒が卵を生む故郷の春の小川はもう戻らぬか
雀も猫も自在にブロック塀を行き来する外出自粛に係はりのなく

群馬　内田《うちだ》　民之《たみゆき》

＊

あかねさす藤むらさきのふろしきで花包みしてワイン贈らん
ラ・フランスの追熟待てりわが生みし一首もしばし寝かせおくべし
バンコにて西瓜食べゐるわれの背を団扇であふぎくれし祖母顕つ

長崎　江頭《えがしら》　洋子《ようこ》

次つぎと公民館に軽トラは資源塵持ちくる祭りの賑わい

古新聞、缶の担当われなりて老いの一輪車に駆け寄りおろす

日に焼けし村の老いふたり資源塵の嵩高見つめ煙草くゆらす

富山　江《え》尻《じり》　映《えい》子《こ》

*

公平に恵み授かる時間をば貯金は出来ずのんびり過ごす

人の影追い行くごとく日は暮れる　月はぼんやり私と歩く

わが歌は拙いけれど歌集出さん旅の途中の栞と思い

茨城　海《え》老《び》原《はら》輝《てる》男《お》

*

長江をきし大甕におもふ街封鎖武漢のひそけき市場

白梅の庭の初花挿すあした大河くだりし搾菜の甕

日本語の会話突如に中国語留学生ら口論激し

山梨　江《え》本《もと》たつ子《こ》

まっすぐに我みるきみの麻のシャツ上野の森の緑風がなづ

目をこらし木板みれば十字架のイエスはかそけくかうべたれをり

座敷牢におかれ忘られゐる心地自粛にこもる日日のすぎゆく

神奈川　遠藤《えんどう》千《ち》恵《え》子《こ》

*

姉と吾ふたりで暮す幼日《をさなひ》よ誰が悪いと思ふことなく

六歳の我に夕食くるる人の優しさ断る意地といふもの

思ひ出は飲みさすままのサイダーのぼんやりとした甘さ残れり

北海道　大口《おおくち》ひろ美《み》

*

青空へ向かい大きく手を広げ縮んだ心にアイロンかける

この先はペダルをそっと踏み行かんもみじ一葉かごに舞い込み

悲しみは突然隙を突いてくる遠くに猫の鳴きいる夕べ

千葉　大島《おおしま》　悠子《ゆうこ》

稲荷湯の前を通れば菖蒲湯の広告貼らる連休初日

埼玉　太田《おおた》　豊《ゆたか》

解体を待つ市民会館前庭のタイルに蟻のあまた行き交ふ

茶房より麗和幼稚園礼拝堂の夕日に染まるクルスを見つむ

*

ためらわず買う果物と花と本余生支える営みとして

新潟　大滝志津江《おおたきしずえ》

刻みたるりんごの皮を雪に播くいつか雀の葛籠持ち来む

未練がまし生涯現役と夫の論されどもわれの家事にはふれず

*

咳ひとつするに憚る世となりぬなかなか上がらぬ遮断機くぐる

愛媛　大野《おおの》　景子《けいこ》

晩年は水になりたし枯れ落ち葉ちりゆくかたちの光を零す

かすかなる風音させて樫の木は千年前の風を生み出す

梅雨時の畳は湿気のバロメーター素足に摺りて確かめてみる

京都　大野《おおの》　友子《ともこ》

何処の水に育ちし葦か縁ありて我が家の窓の日よけとなりぬ

グレゴール・ザムザの変はり果てし姿　壁にかかれる古きリュックは

*

ベランダに白き敷布を干してをり婚の記憶の遠き夏空

北海道　大原《おおはら》　一《はじめ》

野山のことに疎くありしよキッチンに擂る長芋のとろりとねばる

菌防ぐマスクを頼り買ひ物すほんたうの夏よもどつてこんか

*

「頸髄損傷四肢不全麻痺要介護五」の夫の車椅子押す

宮城　大衡美智子《おおひらみちこ》

拾いたるくぬぎの実見せデコポンの皮剥き「十五分の面会」終わりぬ

真紅の薔薇が夫より届きたり「感謝しています」のカードを添えて

歌を詠む余生たのしむための眼よ治療はじめるさあためらはず
埼玉　大山《おおやま》　佳子《けいこ》

眼帯をはづされ鏡に写す顔皺あらはなりわがかほ醜し

コロナ禍に心奪はるるわれなれどトマトは青くすくすく育つ

*

ストーブに夫の靴を温めぬ出勤の朝の三日月は鎌

帽子から眼鏡、マスクとみんな黒すれちがうとき女とわかる
東京　岡田《おかだ》さわ子《こ》

尾道の友は六十年前のわれのはがきを大切に持つ

*

早春賦朝寝の床に歌いおり力をこめて声は出さずに
茨城　岡田《おかだ》　光子《てるこ》

運転をやめて十年沼の辺《へ》に「節の里」は遠くなりけり

児らと共に声張りあげて歌いたる「まっかな秋」のメロディーは遠く

遠き地に学ぶ女孫に便り書く図柄よろしき花の便箋
奈良　岡野《おかの》　淳子《じゅんこ》

休日を待ちわびてをり一週間分子につれられて食料を買ふ

余裕なき暮しなれども恙無くわたし独りは私の工夫

*

日常という何事もないいちにちに寒暖ありぬ　人の暮しに
山梨　岡部《おかべ》　慶子《けいこ》

ひとときの風過ぎゆけり盆地空はかなきひと世をあたためながら

目に見えぬ悪しきものあり　ある日ふとわが身に入りて芽生えることも

*

わたくしとあなたの歩んだ春の道　幻という時間の中で
愛知　岡本《おかもと》　育与《いくよ》

三年前ながめし空を思うなり燃え尽きそうな落暉の哀しさ

今のため今のためにと生くるなり　今をかさねて明日になるゆえ

訪看を待つに長くて落ち着かず並ぶる椅子をまた
確かむる
鳥取　奥平《おくひら》　沙風《さふう》
去る人にさよなら言えばふり向きて手を振り笑み
いきやさしき顔で
留守をするあいだに来たる電話にて若き昔を思い
つつ聞く

＊

久しぶり鶏の鳴き声聞こえくる梅雨明けちかき里
の家より
福岡　奥村《おくむら》　秀子《ひでこ》
若狭塗の箸の一膳求めきて一人で迎える結婚記念
日
開通の「中津原大架橋《おおはし》」わたる一瞬はわが村里の
家並《やなみ》俯瞰す

＊

探す時音沙汰のなきメガネかなベランダに置かれ
一夜過ごしき
長野　小澤《おざわ》婦貴子《ふきこ》
僧侶へと拝礼なさむと頭《づ》を下げる刹那メガネはず
り落ちにけり
ごみとともにメガネも捨てて五時間後ごみ袋より
拾ひ出したり

五年ぶり胃の検査うけ早期と云え食道癌と云われ
てショック
秋田　小田嶋《おだしま》　昭一《しょういち》
グラウンドゴルフのコースに捩花の刈り残されて
二本咲きいる
縁側に小銭数うる妻のいて「楽しそうだね」はい
と微笑む

＊

茜雲ちぎれちぎれに浮かぶ空無花果ひとつ背伸び
して採る
茨城　小原《おはら》　文子《あやこ》
手のひらのハエトリグモの生態を説く児は一夏の
昆虫博士
幼児を頼りにトイレ占拠する小さきヤモリの捕獲
に向かう

＊

食卓にハエトリリボン吊されて触れず眺めた昭和
あの頃
岩手　貝沼《かいぬま》　正子《まさこ》
雨の降る図書館前のポスターに「ことばは、ご
飯」「ことばは、呼吸」
シルバーカーに鮎売る嫗《おうな》彼岸へは遠くもあるか長
寿の国よ

よりそえる一人の影のまさびしき水無月の月ゆらりと昇る
愛知　梶田《かじた》ミナ子《こ》

うっすらと物置き台に陽が当る明日のための米を研ぐとき

劣化せし物置き台をうっすらと夕陽が照らし暖めている

＊

エコバッグに予備のひとつを入れておくマスク忘れて周章てぬように
香川　加島《かしま》あき子《こ》

波の上を切りてはしれる風のあり水に繋がるひとすじの道

きょうわれは水に来たりてさみしさを鴫のかたえに預けてもどる

＊

草を抜く腕に噛みつくこの蟻の小さく必死に吾に抗《あらが》ふ
山梨　樫山《かしやま》　香澄《かすみ》

笑ひ合ふ子にし思はむ結婚をはやくして欲しして欲しくなし

飛び立てぬ鳥に近寄り励ませる夫の声せり朝の庭辺に

初夢は黄金《こがね》色の橋のその先に消えゆく君を追うところまで
佐賀　梶山《かじやま》　久美《くみ》

盛り上がる楠の若葉が眩しすぎ今日は籠りて竹の子料理

コロナ禍に草刈り巧者となりにけりやる気ばかりの素人なれど

＊

少しづつ店戻りたる朝市につぼみ膨らむ卯の花買ひぬ
岐阜　片岡《かたおか》　和代《かずよ》

作法など気にせずぐいと茶を飲みて夫は旨いと赤楽を置く

冷え込むを待ちて今年は作りたり物干しに吊る渋柿いくつ

＊

千年の雪を抱きし寒晴れの北アルプスは遠くかがやく
岐阜　加藤冨美恵《かとうふみえ》

夜桜の根方に宴の筵なく薄明りの中夜の更けてゆく

井戸水を汲みて冷やした心太《ところてん》箸一本の涼しさ啜る

新年を迎へる隣の老夫婦孫までも見えて楽しかり
けり　群馬　金山《かなやま》　太郎《たろう》
一時を過ししのちの酒のあと哀しみがまたわきあ
がりくる
はなやかな後に残りし淋しさは言葉につくせぬも
のもありけり

*

風寒く吹くなか庭木の剪定し音階をなす木鋏の音
埼玉　金子《かねこ》　正男《まさお》
目移りし予定外なるものも買う鯵の叩きに太めの
秋刀魚
鶏《とり》レバー食パン餃子シューマイと命をつなぐ今日
の買い物

*

わが庭に季を違えし一輪のつつじが夜を眠らずに
咲く　長崎　上川原《かみかわはら》　緑《みどり》
臘梅の香り運びてくる風に胸の奥処の翅がふるえ
る
疎に密に風は穂並を過ぎてゆく今日のあなたと私
のように

思ふのみに月日経ちしと夫を誘ふわがふるさとの
村の社へ　栃木　神谷《かみや》　由里《ゆり》
歳永く里を御《み》守り鎮もれる神さぶる社山を背にし
て
赤き打掛け装ひお参りしたる日の遠き日思ふ本殿
の前に

*

生きること誰かのためにできること無理せず焦ら
ず楽しく日々を　栃木　神谷《かみや》ユリ子《こ》
待っていた赤いチューリップ咲きましたコロナに
勝てとほほえむように
誕生日メールで祝う姪の子は声大人びてもう四年
生

*

孫からの電話に出れば曾孫達　吾も吾もと声聞か
せくる　新潟　鴨居《かもい》　幸子《ゆきこ》
母の日に娘より贈らるる花の鉢　ブーゲンビリア
と赤きダリアと
久びさにマスクをつけて関川《せきがわ》の土手を歩けば葦切
りの声

残されし生きの選択肢すでに無し朝毎の散歩コー
スは自在　和歌山　唐津麻貴子《からつまたかこ》

様ざまな生きの重荷に軋みつつ四輌電車は朝の町
往く

空遠く消えてまた点る星あまた輪廻のおきて庭の
もみじも

＊

コロナウイルスがわれに書かせる夫への手紙施設
は家族も面会禁止　長野　河井《かわい》房子《ふさこ》

電波時計を施設の夫へ贈りたり会へない日々にゆ
うパックにて

川霧が山霧が野に混り合ふ南信濃の弥生この朝

＊

耳なりはモールス信号この頃は休め休めと打って
いるらし　埼玉　川久保《かわくぼ》百子《ももこ》

鳴りつづく避難勧告の夜が明けて机上に残る薬が
二粒

声は出ず体も動かず夢なのか午前二時の闇がふる
える

大切なひととの別れ切なきをわかるだろうか人工
知能は　滋賀　河分《かわけ》武士《たけし》

もの言わぬ草木を友に生き居れば老い盛りなり
真蒼なる空

咲き盛り枯れるは浮世の常なるを目を凝らし見る
人の生死に

＊

五月からいつも黙つて食べてるよ　静かな給食を
七歳は言ふ　山口　河﨑香南子《かわさきかなこ》

トランペット夏空に奔《はし》らす十四歳去年より強く高
くあかるし

銀色にかすむウルフムーンいつの世かわがハスキ
ー犬もどりくるるや

＊

王林の香に満たさるる夜の時間ひとりの時間ただ
安らぎて　東京　川田由布子《かわだゆうこ》

飛び石に亀三匹が重なりて石と亀とはともに動か
ず

夕さればわずかな風の猫じゃらし三密を避けて買
い物に行く

主婦われは助詞のごとしも小さなる暮らしのなかのものらに添ひて
しとしとは緇徒、尿、死都とさびしもよ人の世皐月雨に音なく
肉体を取り戻すごと湯を出ですこし重たくうつつに立てり
埼玉　河竹《かわたけ》　由利《ゆり》

＊

耳遠き夫に付き添う診察日わたしの靴も磨かれ並ぶ
自粛の日々「見上げてごらん夜の星を」オルゴールのネジをいっぱいに巻く
リハビリのハードル上げていま一度靴音響かせ歩いてみたし
山口　河野美津子《かわのみつこ》

＊

梅霖に茶の香恋しくわれひとり仏間に入りて侘茶たしなむ
半年のコロナの欝を払ふべく卓に並ぶる写経一式
筆とれど心しまらく鎮まらず川の澱にたゆたふごとし
東京　河村《かわむら》　郁子《いくこ》

光りつつ翡翠《かはせみ》のとぶ葦原よ芹摘む母の姿浮かび来
外は雨ステイホームの孫達と時かけ作るプリン一ダース
苔生《む》せる白駒池のめぐりゆく湧きたつ霧と戯れながら
群馬　神澤《かんざわ》　静枝《しずえ》

＊

今は亡き兄と行きたるアテネ五輪共に歌いし君が代なつかし
お遍路でやっと登りし岩屋寺の迎えてくれた仲間の拍手
喜寿の日に祝いてくれし友と眺《み》る満開の梅やさしく匂う
福島　菅野《かんの》　石乃《いしの》

＊

庭先に連なり咲ける水仙に挨拶をして今日のはじまる
師の語られし「天地に相聞す」白寿近くにその意を解す
庭の草刈りて戻りぬ待ちゐしごと秋の日輪すとんと落ちぬ
東京　岸田《きしだ》　幸子《ゆきこ》

等間隔にコロナマスクの人ら並ぶＡＴＭの前の雪道

兵庫　北村《きたむら》　艶子《つやこ》

コロナマスクの人らスマホに夢中なり令和の車内風景さびしゑ

日替はりの食品コーナー足印に一歩づつ進むけふは草餅

*

忘れられ忘れゆく音さらさらと砂時計の砂落つるが聴こゆ

愛知　木下《きのした》　容子《ようこ》

地上茎地下茎庭を埋めつくし凄まじ初夏の土の息吹きは

秋の陽の沈みゆく頃庭園灯ほの赤く点《つ》き色あたたかし

*

疎開児の我を庇ってくれし君と水切りをした夏の渡良瀬《わたらせ》川

栃木　木俣《きまた》　道子《みちこ》

十歳の男孫は明日は帰るとて「ばあばの背中流してあげる」

笛太鼓なけれど集落の秋祭り友より届く丸餅温《ぬく》し

消毒液手に受け〈替へ芯〉ひとつ購ひ消毒液を受けて外に出《と》づ

神奈川　木村《きむら》　雅子《まさこ》

ディスタンス守りて並ぶ窓口に薔薇の切手を三シート購ふ

〈ばら色の人生〉あれはピアフの声パン種のやうなことばふくらむ

*

店回り納得いくもの買ってきた目と手と足で確かめながら

埼玉　窪田《くぼた》　幸代《さちよ》

週末にカタログの山チェックする試着をせずにパンツ注文

アマゾンの「買い物カゴ」をクリックする買い物時間一分足らず

*

パスポートも車も離し一歩づつ踏み締めゆかむ二人の歩み

山梨　久保田《くぼた》　壽子《としこ》

共々に咲くを愛でにし月下美人今年は夫の心惹くなし

目眩する夫の不調を診る医師と看護師共に防護服着る

雨のなか咲くくちなしの花ま白ゆかしき香り母の思い出
栃木　久米《くめ》　久枝《ひさえ》
十三夜窓辺に仰げば思い出す疎開して母と歩いた道を
身のたけの暮らし楽しみ絵を描いて老いることなど忘れてしまう

＊

還暦を一年過ぎて秋となり一喜一憂の歳月流る
東京　黒岩《くろいわ》　剛仁《たけよし》
秋祭り中止となれる列島に手持ち無沙汰の神々の声
人生の背水の陣過ぎたるか勝ち負けのなき日々を暮らせり

＊

翡翠《かはせみ》の姿見られし小さき沼「わんぱく広場」となり変りたり
千葉　黒田《くろだ》　純子《すみこ》
草枯れしわんぱく広場横切りぬ霜柱の音楽しみながら
水呑場の柵を支へにスクワットす回数は膝の状況次第

急激に冷え込み進む神無月すぐり大根の味噌汁すする
群馬　光山《こうやま》　半彌《はんや》
夕迫る師走の畑を唸りゆくトラクター急げ冷え著き風
爺婆の出番となりしコロナ休園ひとひの子守いとしさの増す

＊

姉のいるホームに慰問のフラダンス腰振る踊り子みな高齢者
徳島　国伝《こくでん》　房子《ふさこ》
吹きつける風の強さに物干しの洗濯物はパプリカダンス
年の瀬に夜回りする声「火の用心」寒空に響く大き張り声

＊

補聴器に足場組みゐる音響く使ひ始めて二日目に入る
島根　古志《こし》　節子《せつこ》
コロナ禍の時嘘続けば家にても見えざる物に我は怖るる
雛祭り甘酸つぱい酢の匂ひ母の作りし押鮨おもふ

さめざめと雨の降るゆゑ結論のあと三行を綴らざる夕

宮城　越田《こしだ》　勇俊《ゆうしゅん》

をはりにといへばせつなき論稿の　雨の未だに止まざることの

雨の日に雨の言語で逢ふ人の幾たび胸にしまはる傘

＊

スマホ見る人らのなかに本を読む少年ひとり敦盛ならむ

神奈川　小島《こじま》　熱子《あつこ》

金属の巻尺瞬時に巻き戻り寒気するどく部屋を領しぬ

和鋏に糸切る音のかすかにてゆゑよしもなく帰郷のこころ

＊

見しままに感じしままに詠めばいい導きくれし友の旅だち

山形　小林《こばやし》　あき

二人の子親に代りて育てくれし元気なひろさん明るく生くる

今晩はゆっくりテレビみて寝よう夜空に月が煌々と照る

留守なりし一人暮らしの老爺の庭五足の軍手並べ干しあり

広島　小林《こばやし》ますみ

島の中人の声無き松二日カラオケ店に自動車《くるま》溢れて

暖簾揺れ始めた始めた回転焼き今年も元気だあの老夫婦

＊

最後まで土地改良に同意せぬ主の咲かす皇帝ダリヤ

栃木　近藤《こんどう》　光子《みつこ》

広すぎる畑の一部に自生する紫蘇の芽立ちを待つ友のいる

県道を辷るようなるロードスターわが血流の若やぐ気配

＊

生れ里に戻り棲み来て二十余年おふくろ味の雑煮いただく

福島　紺野《こんの》　節《みさお》

元日は猫も自粛をしてるのかひねもす待てど姿の見えず

コロナ禍に帰省叶はぬ息子よりの愛媛蜜柑ていねいに剝く

新米の塩のにぎりに詰まってる苦難や努力の深い味わい
埼玉　齋藤《さいとう》　秀雄《ひでお》

中秋のまだ真夏日の昼飯は塩のにぎりときゅうりに決まり

いつもならおかず目当てに箸運ぶ今日は新米白米運ぶ

＊

久しぶりベートーベンの「運命」を聴きつつ亡き子の生涯想う
静岡　酒井《さかい》　春江《はるえ》

人生は予定通りにいかぬものそれでも生きて時には怒る

ともかくも今日が一番若い日と自分はげまし自転車をこぐ

＊

黄昏を地下鉄電車がゆるゆると車庫に入りゆく寝《い》に就くごとく
北海道　坂倉恵美子《さかくらえみこ》

宗谷バスの停留所に立ち襟たてる魚粉肥料のにおいが流れ来

曳かれゆく馬が道路に尿《ゆまり》するさまを見ていし吾の七歳

小学校へ寄贈と決めし箏五面わが終活の最初を飾る
愛知　坂倉《さかくら》　公子《きみこ》

ある朝《あした》「おはやう」と声をかけし子が以後「おはやう」と言つて通りぬ

「明日の朝二人揃って死んでるかも」夫宣へり「いいね」と答ふ

＊

残り少なになれば逆立ちだつてするマヨネーズなり冷蔵庫にて
東京　桜井《さくらい》　京子《きょうこ》

わたくしが自粛してゐるあひだにも誰かが働きアマゾンが来る

掃除することより他はかんがへぬ掃除ロボットが足元に来つ

＊

笑顔なき日々続くなか宇宙《ソラ》だより「はやぶさ2号」りゅうぐうの土
愛知　澤村八千代《さわむらやちよ》

珈琲をネルドリップで淹《い》れている秘かに香れ自粛の一日《ひとひ》

「やむなくばちかづく希望のよあけかな」師より給いて八十路を生くる

子の帰省なき夏休み夫と居て今日一日はマスクをはずす
香川　寒川《さんがわ》　靖子《やすこ》

母と義母看取りて年はめぐり来しそれぞれ墓前に彼岸花咲く

黒き羽根一枚落としてからすとぶ死者の使いをふと信じたり

＊

シングルモルト大図鑑は枕頭に眺めいるまの春の夜更くる
富山　椎木《しいき》　英輔《えいすけ》

我がために指導碁の青年かみぬらし訪い下さる七月七日

健やかに目覚めることは偉いのよ　熱いタオルに顔拭かれおり

＊

正月の肥後の赤酒これの香は亡き父母四人をかたはらに呼ぶ
熊本　鹿井《しかい》　いつ子《こ》

金網を掴んで豪雨《あめ》に濡れながら夜明け待つたか生きた熊蝉

ルージュの赤スカーフの赤うつし身に入魂一色ステイホームを

治療了へ疼く筈なき歯のうづく記憶の染みが消え失せぬやう
静岡　柴田《しばた》　典昭《のりあき》

枕辺に居間に職場にをりをりの気付け薬と目薬を置く

目薬はただに目に注すものならず潤滑油として脳《なづき》に垂らす

＊

誰にも言へない事と聞かされし時より私の心も痛い
東京　柴屋《しばや》　絹子《きぬこ》

終息の予測もつかぬ疫病に源氏物語講座無期延期となる

ドアホンの鳴りて途切れし本の続きおきて厨の椅子に戻りぬ

＊

朝の茶を旨しと笑ふも似てきたる亡母《はは》はわが身に生きてをるらん
栃木　島内《しまうち》　美代《みよ》

苦しさも煩はしさもなくなりて年齢早見表の上席にゐる

きらきらと紙より湧きくる泉あり掬ひ取らんと切り抜く新聞

めざめても鳴らないベルに気づくとき時を刻んで君は生きてる

埼玉　清水菜津子《しみずなつこ》

ざわめきのなかで時計は動かない今このときを生きているのに

いつの日かひとりで歩けるようになる生きる杖ならここにあるから

＊

志望校めざせる少女に満開のさくら描かるるお守りを買ふ

大阪　城《じょう》　富貴美《ふきみ》

甘露煮の金柑ふたつカクテルに入れて追儺の夜のひとり酒

鉢植ゑを被ふビニールが乾きたる風に煽られ鳴るビブラート

＊

雨の夜骨のいかれた傘ひとつ踏み潰しおり　しがらみひとつ

東京　白道《しらどう》　剛志《たけし》

同じ話を繰り返す大人の罠にはまりつつ回すフラフープ

風の日におどり狂えるベランダの洗濯物の舞踏のごとし

盲目の友に手渡す痩せ目刺尾頭付きと断りながら

東京　新藤《しんどう》　雅章《まさあき》

窓を開け令和二年の気を入れて雑煮の出汁を温め始める

食べようと屈めば眼鏡たちまちに白く曇れり冬のラーメン

＊

藍を刈る手にこぼれくる朝露の心を濡らすこころを染める

千葉　末次《すえつぐ》　房江《ふさえ》

コロナ禍にこもれる孫にビート送るママと真赤なシチューつくれよ

市松に古き端布《はぬの》を縫ひあはせ思ひ出つなぐ炬燵カバーに

＊

運転を止むる選択すすめられ夫なやむらしため息もらす

福岡　末光《すえみつ》　敏子《としこ》

休日の子に誘われて山里のきりにかすみし紅葉《いろ》にやすらう

元号の三代わたり生くる者宇宙のはなし面白かりき

近頃は慶弔袋に子の名前書くこと多し夕すげの咲く

福井　杉崎《すぎさき》　康代《やすよ》

おとがひにマスクを当てて客を待つ客訪ひ来れば口に当てなむ

漁師町の露地に寒風吹きぬけて男ら小屋に網をつくろふ

*

ドレッサーを大型ゴミに出した朝数多の微笑《えみ》と訣別したる

京都　杉本《すぎもと》　明美《あけみ》

化粧する度の微笑みある時は決心も映せし鏡との別れ

残すのは・残さないのは・何によるか残生の生き方決めかねている

*

秋がきてサンマの塩焼おいしくて子供の頃に戻っていくよ

東京　杉山《すぎやま》　敦子《あつこ》

歌を詠む祖父の愛を受け継いで心の思いつづれる喜び

青春のアイドルだった君たちに感謝の雨ふりそそいでく

明るさが廊下にこぼれそれぞれが椅子を持ちより自分史語る

北海道　鈴木《すずき》千恵子《ちえこ》

「もう九十」と艶めく声を響かせる夫人の口調になぜか安堵す

こんなにも笑いころげてみんな一緒に須弥山《しゅみせん》めざして行くんだろうな

*

県歌人の大会に共にはたらきし楽しき日々よ秋山さん逝く

千葉　鈴木《すずき》ひろ子《こ》

退会の知らせ届けば惜しみつつ歌人クラブの名簿より消す

コロナ禍中なれど短歌大会の準備に集へば活力の湧く

*

買ひ置きし物を忘れてまた買へり自粛の枷《かせ》にかららるるわれか

千葉　鈴木《すずき》　眞澄《ますみ》

マスクして身のバランスの取りがたき夫予後なる日々のあやふさ

すこやかに夫と旅せし日のはるかサハラ砂漠の朝明けの雨

気づかずに瞬時に過去に迷い込むとらわれないですぐに戻ろう
東京　鈴木由香子《すずきゆかこ》

やわらかな鳥の声する春の日にすくすく育つ木々の新芽よ

変わり目に差しかかったか今までとちがう世界にとまどうばかり

＊

水の音たどり歩めば防人《さきもり》の歌碑に出会いぬしもつ毛《け》の国
群馬　関根《せきね》　由紀《ゆき》

五分だけサンクチュアリに寄り道すもみじ降る庭千代紙めきて

意図せずに生まるる音の余韻聞くさい銭リンと澄み渡る秋

＊

ささやかな幸せ感じる夕食はおいしいパンとビーフシチューと
茨城　園部眞紀子《そのべまきこ》

大盛りのペペロンチーノおいしくてリクエストする「また食べたい」と

「友だちの名前みたい」と言いながら好きなデザート「きよみ」を食べる

黒髪の元結きりりと締め直し拍手を打つ受験生の子
東京　多賀《たが》　洋子《ようこ》

私に天使の心下さいとつぶやき不随の夫に付き添ふ

品を良く生きよ品は生き様と沈壽官さんは毅然と言へり

＊

記憶から知人友人乱れ出る溢れ争い絶叫発狂
北海道　高佐《たかさ》　一義《かずよし》

突発性　急性慢性　一過性　我が認知症　かつ多発性

孫二人満面の笑み目尻《まなじり》に眉に皺寄せ正に幸せ

＊

夜明けごろこの世に出でし一匹の葉陰にありし蟬の抜け殻
千葉　髙野《たかの》　勇一《ゆういち》

暑き日の続く夕方打ち水の庭に飛び来しアキアカネあり

猛暑なる庭木に蟬は悲しみのあるかに鳴きし立秋の日に

ウイルスの漂ふ街に春は来て百花ひらけば浄土のごとし
密密のたのしきくらし戻り来よ　山あぢさゐのうすき水色
何となく冬の夕べの淋しさにお笑ひ番組に寄りゆくこころ

神奈川　髙橋《たかはし》　庚子《みちこ》

＊

金木犀・びは種《だね》・しそ葉焼酎に漬けしが瓶に黄金色なす
家にしあればすぐ昼が来て夜が来てこんなに食べねば生きられぬとは
寺の暦の占ひにある「晩年よし」半日はそこを開きて過ごす

東京　高原《たかはら》　桐《とう》

＊

あと幾度通えるかなと持ち重る五冊抱えて図書館を出づ
しぐれづく秋の日暮はひと恋しレタス買わんとスーパーへ行く
ポケットを「隠し」といえる歌に会う父言い慣れしふるき日本語

石川　竹内貴美代《たけうちきみよ》

耳遠き貴方と話す吾《あれ》の声優しさないと思う折折
吾を待ちて歩調合せてくるる夫秋津一つを背に休めて
通院は大変でしょうと贈られし手編みのマフラーほこほこ馴染む

秋田　竹村《たけむら》　厚子《あつこ》

＊

二度寝する夏の朝《あした》の力満ち夢のなかにて大根きざむ
遠因は伝染病なりわかくさの若きロミオとジュリエットの死
天の川ながるる夜の空谷の清流に出づオオサンショウウオ

埼玉　田中《たなか》　愛子《あいこ》

＊

先ずサラダを食することに戸惑うも習慣とせん健康がため
シャキシャキと茗荷をきざむ我が耳はやさしき音を喜びており
松茸の土瓶蒸しつくる七十路を二年すぎれど三度目なりき

埼玉　田中恵美子《たなかえみこ》

皮靴の底は何かを語りおり息子の明日が晴れますように

石川　棚野《たなの》　智栄《ちえ》

チューリップめびなおびなに見たてたり水盤のなか春匂いたつ

一斉に飛びたつ鳥の羽ばたきは色づく秋の葉舞いちらしおり

*

お雑煮に七草粥に小豆粥春は色からほぐれてゆきぬ

和歌山　谷口《たにぐち》　静香《しずか》

春場所の無観客なる放映にどこか似ている独りの夕餉

帰省子の物も交じりて久々に家族の形に干し物乾く

*

ダイヤモンド・プリンセス号見えるよと立ち止まりたる非常階段

神奈川　田村《たむら》　元《はじめ》

〈オンライン飲み〉に誘へば〈オンライン飲み〉の先約あると言ふ父

テーブルで Mac の画面ひらくとき妻の Mac の背と触れ合ひぬ

再びはあえぬ風かも夕暮のすすきの揺れるひとりだけの道

岐阜　近松《ちかまつ》　壮一《そういち》

傷つける言葉も書きし万年筆古き抽出しに乾きていたる

進みたがる時計と長く付合いてこの親しみを捨てがたくいる

*

そんなにも嬉しいですかと聞かれおりたぶんうれしいだから言わない

神奈川　千々和《ちぢわ》　久幸《ひさゆき》

コロナコロナコロナ苦いか塩っぱいかそが上に熱き呪詛したたらす

看護師が送りくれたる動画にて妻が時折まばたきをせり

*

菜の花の辛子びたしを試みて驚天動地の内なる叫び

千葉　千葉《ちば》さく子《こ》

傾ける強き陽射しにさらされて目病み女のごとく俯く

朝夕のわが体調を問ひくるる職引きし子の三百余日

老いの趣味絶ち難きかな今朝もまた麺棒廻し二八蕎麦打つ
緊急事態宣言解けし散歩路の彼処此処にも投げ捨てマスク
啄木の「今年は良い事」口遊む疫病断てば言う事無きに

宮城　千葉《ちば》　實《まこと》

＊

日の出待つ鴉の群れも電線の上に保てり互ひの距離を
窓越しに朝告鳥の声響きまた何気なく今日が始まる
人生の一番佳きと思へる日今がその日と言へる幸せ

栃木　塚田《つかだ》　哲夫《てつお》

＊

黒髪をパサリと切ればはらはらと床に散りゆく吐息のかけら
猛暑でも風鈴鳴ればひとときの心安らぐ風の道あり
大らかな「なんくるないさ」を切り札に励み来し道寄り添い歩む

北海道　筒井《つつい》　淑子《としこ》

キャッシュレス多き現在《いま》の世に「釣銭」とふ声しみみに聞けり
起き抜けの朝の気流にピリピリと乾燥肌のわがすね痛し
漸くに探しあぐねしカフェに青き味もつそら豆を剥く

神奈川　寺田《てらだ》　久恵《ひさえ》

＊

玉葱をむきたるごとく丸刈りのあをあをとして園児らねむる
人文字の濁点いまだ整はずいぶかしむごとドローンが動く
半世紀遅れたるごと一輌の列車が午後の勾配をゆく

鹿児島　寺地《てらち》　悟《さとる》

＊

前浜に子らも混りて網を引く声の聞きたし鰯雲待つ
夕暮に取り入れしイカの生乾き縄目の跡のほどよくつきぬ
バスを待ち診察をまち生くるとは夫の呼ぶまで順を待つこと

青森　遠瀬《とおせ》　信子《のぶこ》

墓参りこれが最後になるかしら妹の言う上京をして
千葉　遠山《とおやま》ようこ

妹とノンアルコールビール置く酒とめられた父の墓前に

自分より家族に生きた父のため君の暗記の般若心経

＊

田草焼くけむりが地を這ひまとひつくわが行く先はコンビニなのに
静岡　戸口《とぐち》愛策《あいさく》

コンビニはマスク新聞売る処マスクの棚は空つぽのまま

レジの前に透明シート垂れ下りマスクの人がお釣り並べる

＊

クレーンがまた高く伸びビルラッシュ何処ともなく人は来て住む
千葉　徳渕《とくぶち》育子《いくこ》

裏道の老いの自転車追い越せず宅配トラックそろり従う

朝夕に忘れずせっせとかき回す今年の糠床最高の出来

うぐひすの鳴き音に応へ口笛を吹けばこゝろは少年となる
鹿児島　泊《とまり》勝哉《かつや》

つぎつぎに藤の花房切り取られかたちの見えぬ風吹き抜ける

ひつじ雲のお尻おしりに照り残し水平線に夕日入りゆく

＊

車椅子のわれに娘はデパートにて誕生祝と服買ひくれぬ
千葉　豊島《とよしま》フミ子

きやうだい会三十年を続けしにコロナ騒ぎに延期となりぬ

武漢よりのウイルスにいまだ戦きて日本列島にマスクの消えず

＊

言ひたきを抑へがしやがしやジャガ芋の〈デストロイヤー〉つぶす夕暮
長崎　中川《なかがわ》玉代《たまよ》

ほととぎす遠く鳴きゐる月の夜に夫の繰り言聞かされてをり

秋づきて母のおはこの栗おこは食べたくなりぬ叶はねばなほ

人の世の自粛自粛の掛け声に揺《ゆす》り蚊はとぶ　蚊柱の立つ
神奈川　長﨑《ながさき》　厚子《あつこ》

人わづか乗せて異界に向かふらし自粛に倦みたる昼の電車は

見上ぐれば真青に深き秋の空こころも覆ふマスクを外す

＊

利根川の泥をも食らひ生きのびしうなぎ焼かれて四千円ぞ
茨城　中根《なかね》　誠《まこと》

家にこもる日々のあくびは怨霊ののどおしひろげ出づるにやあらむ

ゆふぐれの静かなる雨聞きながら孤食の迷ひ箸さぐり箸

＊

朝夕に眺め楽しむ庭園の花のいくつか終活の日々
長野　中野《なかの》　寛人《ひろと》

気がかりの思ひ絡みて幾日か寂しきままの空間にゐる

若き日の母を憶ひて歩む径山紫陽花のひそと咲く径

夏の空地平線まであっぱっぱ海の家には瓦が似合う
東京　仲原《なかはら》　一葉《いちよう》

六角の洗濯干し場歌の風幾何学、生成り雲にエールを

ぐいのみの印半纏もらい泣き宵町通りを洩れ来る明かり

＊

人前で子を叱るのは植木屋の厳しき躾見せるためらし
東京　中原《なかはら》　兼彦《かねひこ》

路地の灯の先の闇より突然に舞ひて雪ふる湧くが如くに

新緑の梢揺らして高台の小公園を風渡りゆく

＊

気の早い北の夕陽が急かすから面取り大根に十字を入れる
北海道　並木美知子《なみきみちこ》

苦手だと思へば相手も同じなりなぜか馴染めぬ缶詰の味

痺れゐる指はリセットできなくて割れたがつてる皿は自在に

密となる刻と場所とを避けながら街へ明日へのパン買ひに行く
東京　奈良《なら》みどり

週刊誌も買ひ物のひとつに加へよう駅ビル3階の書店に寄つて

コロナ禍の一年過ぎて先みえず行き交ふ街のマスク彩・彩

*

孫追ひてジャングルジムを昇りきるまつ青な空まつ白な雲
神奈川　成田《なりた》ヱツ子《こ》

意のままにならぬ左手右足よジャングルジムでもがきにもがく

孫達の兄妹ゲンカに疲れたる我が耳に来よ大人の会話

*

虫籠から脱走したるクワガタが三日目の朝長靴に居り
福島　新井田美佐子《にいだみさこ》

何のため野菜作りをするのやら子連れいのしし畑を闊歩す

二人減り空家増えたる老の村山を守りて山と生きたる

回転寿司の炙り比目魚は口にとけ強張る心ほぐされてゆく
北海道　西井《にしい》　健治《けんじ》

掌につぶやくスマホ　心無き言葉が人のいのち切り裂く

ワイパーもタイヤも後の更衣　青女訪れ焼き芋を食ふ

*

退院をせしわが夫《つま》の咳ばらひうねりのやうなやすらぎおぼゆ
岐阜　西尾亜希子《にしおあきこ》

けふ在るをひとつ喜びと受け止めて冬日溜りに毛布並べる

しあはせな老後とやらはこもごもの悲喜積み重ね均《なら》して在るか

*

「算盤を始めようね」とくりくりの瞳が誘ふ明るき看板
宮崎　二宮《にのみや》　信《まこと》

米飯が好きな君だと知りつつもパスタを茹でて帰り待ちをり

積み上げしタオルに残る思ひ出が捨つるを拒みてまたひとつ増ゆ

秋深く子らの下校も早まりて宵の明星未だ光らず

和歌山　野上《のかみ》　恵子《けいこ》

折柄の雷雨に追われ地下道に雨宿りして杖を忘れる

夕暮れの影踏みごっこいつしかに友達は皆のっぽとなりぬ

*

空海が密教学びし青竜寺中日友好の碑の立ちており

長野　野村《のむら》　房子《ふさこ》

イタリアで住むことになる五歳の子別れ際チャオと言いて手をふる

都会からウィルス恐れ来られない孫らの声なく迎え火をたく

*

使い捨てマスクは洗い体温は毎日測って外出をする

東京　蓮池《はすいけ》　公治《きみはる》

筍が地を割るように永久歯三本はえて子の口は春

高尾山紅葉眺めケーブルでいつかまた来ぬ名物団子

秋深く園の片隅樹の陰に石蕗一花《いっくわ》黄の息を吐く

兵庫　埴渕《はにぶち》　貴隆《よしたか》

小春日に誘はれ海に来し吾ぞ明石大門は入り日燦々

我が街に古書市の立ち見て廻る「谷崎源氏」に『古寺巡礼』も

*

吾が愛車電動自転車ゆづる日は撫でてなでてさよならありがと

大分　濱本《はまもと》　紀代子《きよこ》

日本海の浪を蹴たててだいだらぼっち横田めぐみちゃん抱き帰れよ

すんすんと屋根までのびし皇帝ダリア台風に二本ポキリ折れたり

*

待ち侘びて卒寿なる師の返信に息災なりと筆跡麗し

大阪　春名《はるな》　重信《しげのぶ》

ふるさとへ帰る夕べの町はづれタクシーに乗り見つつ過ぎゆく

道端の我が生ひ立ちし屋敷地が畑となりて義姉《あね》が耕す

校庭のカボチャは朝日に染まるごと花咲かせおり道のフェンスに

様々に形異なる実の不思議スマホをかざしその名を問えり

弾むごと楽しき名を持つペポカボチャ児童ら待ちいむハロウィーン近し

熊本　東《ひがし》　美和子《みわこ》

＊

足になる身体なべて足になる夕べとなれば腓が固い

よろしいか　さう言はれてもあの壁の落書だけは消す元気がない

五月とはエクササイズの月なりきひよつとこ踊我にもあれよ

長野　疋田《ひきだ》　和男《かずお》

＊

戦争は悪だと柊二歌いたり　直言ひとすじにして永遠に失せずも

群衆と言うひと括りおおよそは群衆のひとりなるわがいのちの在り処

松の枝のさいさいと揺れたゆみなき動きぞ春の窓の明るさ

富山　久泉《ひさいずみ》　迪雄《みちお》

顔隠す長きあごひげ撫でてやり小さきサンタを玄関に置く

籤付きの預金で当たりし酒一升じわりじわりと味わうもうけ

畑では新型ウイルスの話題なし野菜の不出来を話して終わる

愛媛　平川《ひらかわ》　良枝《よしえ》

＊

吾が歌の水茎の跡たしかめぬ「あまのつり舟月光をひく」

ふんばって「みんなの体操」続けんか心と体しなやかであれ

白子ぼしに大根おろしこの昼餉ほっこり甘き春をいただく

大阪　平野《ひらの》　隆子《たかこ》

＊

清らかな白髪見せて短歌よむひとは明るし歌会の座にて

見えぬほど細かき雪のふる三時苺大福食ひて茶を飲む

力込め金と銀との色使ひおせちのぬり絵仕上げて正月

長野　平林《ひらばやし》　加代子《かよこ》

兼業に養蚕つづけゐるといふ土曜の朝を桑摘む家族
群馬　平山《ひらやま》　勇《いさむ》

悪いこと何もしてないとうそぶけば遠く聞こゆるパトカーの音

一円の切手貼りあるはがきにて差し出し人の名前小さし

＊

俺が俺が私が私が　自由猫がのそり戸口をのぞいて去りぬ
島根　弘井《ひろい》　文子《ふみこ》

目眩して寝たり起きたりおかあちゃん夢に出てきていいよ、でてきて

電線に並むつばくらめ社会的距離を保ちてゐるものゐないもの

＊

和巳からドラッカーに入れ替えてウェブ会議に本棚映す
神奈川　深串《ふかくし》　方彦《まさひこ》

届けられ回覧板の表面に淡く残れる除菌の香り

ベランダで仰向けの俺起こすなよすぐ木に戻りジーと鳴くから

ああこれは二年も前に予感した小さな見栄と既視感のある
福井　吹矢《ふきや》　正清《まさきよ》

勝ったよと藤井棋聖の誕生を妻は告げくる共にファンで

何枚か笑顔を撮れて成功だ藤井棋聖のスクリーンショット

＊

もう田には入らぬつもりがせめてもと一畝の田圃の縁刈りをする
岡山　藤井《ふじい》　正子《まさこ》

なんとまあ出来るではないかと振りがつき一反の田圃へ鎌持ち入る

少しでも息子の負担を減らしたしこの好天気を逃してはならず

＊

インジゴの日傘をさして老女来と公園の防犯カメラ目を向く
奈良　藤川《ふじかわ》　弘子《ひろこ》

追ひ抜かれ抜き返せざるわれの足藪枯らし咲く垣根に沿へり

シャッターに騙し絵の本並びをり閉店の三月書房恋しも

掘り起こす畑《はた》に育ちし馬鈴薯が「待ってました」とごろごろと出る
千葉　藤倉《ふじくら》　久男《ひさお》

頂きし枝豆を妻が茹ではじめ今宵の禁酒揺らぎはじめる

高齢者が行方不明と広報車　窓開けて聞くはっきりと聞く

*

病室より動画の友はおだやかに歌会の席をひとまはりする
奈良　藤田《ふじた》　幾江《いくえ》

友病めば新薬師寺へひた祈る特効薬に出会へるやうに

臥すわれをたづねくれたる友の声食物あるかが耳に残りぬ

*

本を読みご飯を作りウォーキング不要不急の電話を掛けて
神奈川　藤田《ふじた》　絹子《きぬこ》

晴れ渡る秋空の下芋を掘るマスクは不要バッタが跳んだ

瑣事大事一時《いっとき》に来て昼忘るポインセチアも水欲しげなり

七十の坂下りきて一休み次の高みへゆっくり登る
山口　藤本《ふじもと》　寛《ひろし》

「お前はお前で丁度いい」仏様に言われて気付く深き言の葉

由布島を目指してゆっくり水牛に「涙そうそう」を三線に聞く

*

感染者の減らずコロナ禍収まらず猛暑の空にさるすべり咲く
千葉　藤原《ふじわら》　澄子《すみこ》

連日に熱帯夜つづき夜の更けて戸締りすれば秋のにほひが

この池をよく覚えゐる白鳥かことしも来たる姿に和む

*

青虫の攻撃よりか守りたるキャベツ格別千切り甘し
山梨　舟久保《ふなくぼ》　俊子《としこ》

目こぼしの特大ズッキーニ友達に食べて食べてと押し売りに行く

出張の夫送り出し線香を上げぬ遺影に三本多く

ねばならぬ薬と縁が消えたればしばし遠のく千曲川右岸　長野　布々岐《ふぶき》敬子《けいこ》

三ヶ月に一度となりし我が通院ウイルス蔓延より少しずれて

偶然のこととは言えどグレーよりブルーに替わる連用日記

＊

巣ごもりの身にも薫風界隈に人居て人ゐぬごときしづけさ　神奈川　古川《ふるかわ》アヤ子《こ》

朝刊を読みつつ居眠る亭主どの今日の昼餉は大辛カレーぞ

遠雷のきこゆるゆふべ庭隅に白粉花の不安が揺れる

＊

お隣りはステイホームか昼すぎにコップ砕くる音ひびきたり　東京　古島《ふるしま》重明《じゅうめい》

濁流に木の根呑み込む菊池川父母のなきわれのふるさとと

マスクつけ忘れて戻る幾度ぞエレベーターに苦笑すひとり

妻でなく母でも祖母でもなき吾を誘ふやうな夏の浮雲　東京　牧野《まきの》道子《みちこ》

精一杯生ききりたると思ひをり蟬の骸が枯葉にまじる

「どう生きる百年人生」聴き終へて初冬の街へ老いの散りゆく

＊

葱きざむ夏の朝ですそういえば誰かが言った逃げてもいいと　東京　増田《ますだ》美恵子《みえこ》

ぱりぱりと音たて食べる鶏の皮必要のない嘘はつくなよ

時報とともに家じゅうの時計を合わせる　騙されつづけた冬の終わりの

＊

乗りし途端エレベーターは閉まりゆく会話の余韻外に残して　奈良　松井《まつい》豊子《とよこ》

反り合はぬ人の急逝思ひをり互ひに深く語らざりしを

亡き妻に供ふる花を求め終へ花屋去る友背筋の凜と

ひとり聴く除夜の鐘なり少しずつ吾を励ます響に変わる

長崎　松尾《まつお》みち子《こ》

通帳の失効手続きいま済ませ夫の灯りのまた一つ消ゆ

わが暮らし不要不急の用多く山の笑うを一人見上ぐる

＊

くりかへし繰り返し聞く「さくら・さくら」高音愛し直太朗の声

東京　松岡《まつおか》　静子《しずこ》

さくら花もとめて小鳥いつせいに飛びゆく御濠にのびゐる枝に

武漢より新型コロナひろがりて病める世界よ終息はいつ

＊

毎日を暗室に坐す眼科医がチロルの旅の夏花を問う

福岡　松本《まつもと》千恵乃《ちえの》

この真夜も誰かがかける番号だ〈東京英語いのちの電話〉

すっぱりと有史以前と以後を分けるものなど小さし古木の蕾

夢かなへ医師となりたる孫よ今、コロナ禍中に我を活かせよ

茨城　松本《まつもと》　良子《よしこ》

福は内星照る庭に豆をまく嫁ぐ孫《こ》の声ひときは高し

味噌作り大豆、米など自家製で貰ひてくれる子等ありうれし

＊

うらぐはし竹垣の城に松映えてコロナの睦月人かげの無し

和歌山　松山《まつやま》　馨《かおる》

二階屋の上下自づと息《こ》と分ち営む日々の音静かなり

読力の衰ふるにあらね『業平』に師走一月費しゐたり

＊

ウイルスに目と耳と心まで捕られ梅咲く村の詩が見えぬ日々

岡山　松山《まつやま》　久恵《ひさえ》

川向かうで畑打つ人に手を振りて密の気もなき村に生き経る

ウイルスに機の航かぬ空に翼ひろげけふはノスリが神々しく舞ふ

東京　三浦《みうら》　柳《りゅう》

水底のやうに静けき薄明のあけて緊迫の一日はじまる

朝光に薩摩切子の水差しは心めざむるまでに煌めく

上空にヘリコプターの音聞こゆ連なりゆけば心騒立つ

＊

大分　南《みなみ》　静子《しづこ》

人様にやさしき村の幾人と話せば遠い方言の里

初夏の陽は青葉を包み海面を揺らして帰る船の近づく

軍服のいまだに若き父の顔見つむる吾は傘寿に近し

＊

石川　南《みなみ》　弘《ひろし》

山の端を出でし時よりやや小さく天心に澄む月の明かるし

戦災にも大災害にも遇はずして九十余年を生かされて来し

八十を過ぐる兄妹吾と四人年賀に集ふお目出たきかな

埼玉　宮田《みやた》ゑつ子《こ》

夫逝きて十八年間気の儘に暮らす幸せ南無阿弥陀仏

コロナ禍に籠もれば虚ろに土竜化し社会のにほひ忘れゆく日々

抱きしめておあげなさいと子の担任に言はれし言葉今に忘れず

＊

岐阜　宮地《みやぢ》　嘉恵《よしえ》

永年のわが足なりし車との最後のドライブ一時間する

真禅寺の古き梵鐘娘と見上ぐ彼の日は夫と見上げしものを

美濃和紙の一枚選ぶに潤沢な色に酔ひしれ決めかねてをり

＊

島根　宮原《みやはら》　史郎《しろう》

要支援ゼロと判定されし我卒寿前にしうれしくあるも

老いたれど元気な日々のありがたし短歌に囲碁に惚けるひまなく

系図成り三百年をまたがりて権六・ユタと祖ら寄りくる

庭や畑の草伸びをりと気になれど外出自粛で古里に帰れず
久々に古里に帰り草を刈る次いつ帰れるや除草剤撒く
朝に夕に鎌を研ぎては限りなく伸び放題の草刈らねばならぬ

福岡　宮邉《みやべ》　政城《まさき》

＊

咲くがいい　観る人少なき春ながら桜はさくら命のかぎり
ゆつくりと生きてゆきたく直したり進みがちなる柱時計を
マスクして言葉少なく語れども互《かたみ》に交すまなざし温《ぬく》き

長野　宮脇《みやわき》　瑞穂《みずほ》

＊

自治会長任期一年をくりかえし七度目に入る令和二年は
管理する共同墓地の墓じまい三つありたりさびしきろかも
「最初はグー」を流行らしたるは志村けん令和の春に死にゆきにけり

栃木　室井《むろい》　忠雄《ただお》

整理する書類の中に埋《うず》もれし捨てたるはずの過去掘り起こす
すぎゆきは泥濘のごと踏み入れし足に絡まり抜き差しならず
忘れたきものはなかなか忘れ得ず物忘れ多くなりたる今も

沖縄　銘苅《めかる》　真弓《まゆみ》

＊

皿の白に苺一粒残りゐて食すともなく見つめをりわれは
一粒の苺の誘ふ思ひ出のほのあかければぬくときろかも
思ひ出をちさく固めていちごいちご、苺の赤のかなしかりけり

東京　森本《もりもと》　平《たいら》

＊

退院の車に乗りて窓外を名残の雨と父が眺むる
父の家に来りて窓を開け放つ鶯鳴きて風吹き抜ける
亡き母の残ししサボテンわが夫は今年も緋色の花を咲かせる

千葉　八鍬《やくわ》　淳子《あつこ》

図書館はけふ休館日前庭の花壇の草花を観て帰りたり

東京　八島《やしま》　靖夫《やすお》

かすかにも風あるらしく水引の赤き花穂の搖るる草むら

爽やかに余生を送らむ日日《にちにち》に善き書を習ひ歌を作りて

＊

藁ほうでんいつの頃よりの習はしか夫は今年も氏神に祀る

栃木　柳田《やなぎた》　かね

苔衣まとひて在《いま》す慈雲寺の並び地蔵はもみぢ葉に映ゆ

久々にぢぢばばの家に来し孫はマスクを外し庭かけまはる

＊

排棄する本棚風にぎしぎしと捨て台詞めく音たて傾ぐ

福岡　柳原《やなぎはら》　泰子《やすこ》

ケータイの話はとうにうはのそら飛天のごとき雲を目に追ふ

草刈のエンジンの音絶えてより日向のにほひ満ちみつ夕べ

触れられて目と耳塞ぐダンゴムシ答えたくない質問がある

愛媛　矢野《やの》　和子《かずこ》

水馬は水をつっぱり生きのびる明日は晴れると疑い持たず

会社と家と一筆書きのようなる日日今日は絶対軌道を外す

＊

二ヶ月の入院終り帰り来て夫《をつと》は孫と将棋さしをり

東京　山岸《やまぎし》　和子《かずこ》

毎朝の大島の娘《こ》より電話受けわれを見舞ひてはげましくるる

蘖《ひこばえ》の梅十輪のいとほしく日に何回ものぞき見てをり

＊

こどもの日今もむかしも膳組みにとりだす箸置き染付けの鯉

大分　山崎《やまさき》美智子《みちこ》

中稲《なかで》の穂すこしゆらして秋の風二百十日は無事にすぎけり

山椒の葉にそつとふれ盲児《こ》は香り言ひて木に刺あるを知りけり

去年《こぞ》今年跨げる夜半を駐車場満杯にしてネットカ
フェ灯す　　大分　山下《やました》　純子《じゅんこ》
引っ越しの第一段階要る・要らぬ花占いのごとく
分けゆく
知らせたきひとのあてなく猫抱きてベランダに見
る淡き夕虹

＊

ひとり居る小さな部屋の壁さえもわたしの吐息に
窒息しそう　　兵庫　山田《やまだ》　文《ふみ》
飛び越えるための踏み板とびっきりよく効く発条
を今すぐここへ
向き向きにゆれる車輛を繋ぐのはゆがむしかない
汚れた蛇腹

＊

とむらひの花輪を飾る家ありて庭にあまたの洗ひ
もの干す　　秋田　山中《やまなか》　律雄《りつゆう》
からきもの食ひたる咎に起き出でて夜の厨にまた
みづを飲む
これの世の人の手澤《しゅたく》に光りゐる賓頭盧《びんづる》もまたあは
れなるかな

さやさやと春の雨ふる回収に置かるる『仏教典
籍』の上　　栃木　山西《やまにし》えり子《こ》
閃光はつばめのひかり八月の日本の空に満ちる黙
祷
会えなくば夢に絵本を読みやりぬ疫病《えやみ》のひそと拡
ごる夜は

＊

片足の季節はずれの朝の虹そっとわたりて君の街
へと　　徳島　山本《やまもと》登代子《とよこ》
真っ青な空に白雲流るる中立ち石仏に両手あわせ
り
口もとの笑みているよな石仏に供えられたる温州
みかん

＊

正面に自動のドアの開く刹那眼に譲り合ひ共には
にかむ　　石川　山本《やまもと》美保子《みほこ》
異体字をスマホに撮りて拡大し書類に書ける若き
らの知恵
夕焼けを切り裂く如く沖に向く船の曳く波岸に
次々

降り立てば道がありたりこの駅を振り出しとして六十年過ぐ
心経を書写して文字の空七つ無二十一ややにかたむく
夢のなかいつもの道を急ぎおり現に行きしことのなき道
大阪　山元《やまもと》りゆ子《こ》

＊

風を切り自転車走らせ通ふ道　メタセコイアの並木うつくし
颯爽と出かけるものの帰りには荷の重ければ自転車引きつつ
夕あかりの中とぼとぼと歩む我　ルオーに描かれし絵のなかのひとり
東京　柚木《ゆのき》まつ枝《え》

＊

蛇口から降るような雨窓に立ちこの天変をながめるばかり
雨を駆る緊急車両ふた親はすでに亡けれど里ごころつく
水に棲むちからを見せてベランダのメダカの群れの上目をつかう
長崎　吉岡《よしおか》正孝《まさたか》

着脹れてスリッパ履く足よろけつつ「オッ」と危ない思わず声あぐ
買い物を終えて荷物の多くなり徒歩の両手は後悔ずっしり
パソコンもスマホも持たぬ我が生計不自由もなしこのまま行こう
宮城　吉田《よしだ》武子《たけこ》

＊

口の中を右に左に遊ばせて日光浴びたる干柿いただく
九十歳を過ぎた私は縛られない真夜中に目覚め晩柑を剥く
身辺をすつきりさせて逝きたいが捨てられぬまま生きて居ります
岡山　吉野《よしの》靜香《しずか》

＊

段ボールには午後の日が集まっていて美しい時間と思う
つつじ色とはあいまいな言い方といわれてしまう春の教室
梅の実が風にさらわれゆくような午後母がいて妻がいて
神奈川　吉野《よしの》裕之《ひろゆき》

咲き初むる投げ入れ花のあねもねに宅配をみなは
そつと触れゆく　徳島　吉村《よしむら》喜久子《きくこ》
ダンゴ虫採りに来たれる六歳に初の給食酢豚と知
らさる
伊太利のおほき島に打ち寄する浪の神秘をひたお
もひをり

*

酒好きといふでもないが誕辰のひとりの夕餉のメ
バルの煮付け　愛知　若尾《わかお》幸子《ゆきこ》
完熟の大玉トマト十三個夏の終りに煮つめて煮詰
めて
肉厚の鯖の干物の一枚を下げてわたくしふくふく
とゐる

*

鶯の初音に足をふと止めて行方を追いぬ朝の静寂
に　栃木　和久井《わくい》香《かおる》
しずしずと十五夜の月昇りくる月見の膳を供えて
待ちぬ
寒くなく暑くもなくて秋日和濡れ縁にひとり老い
を癒せり

凧揚げの見えぬ正月風の子はどこに何して時を過
ごすや　山梨　渡辺《わたなべ》良子《よしこ》
点滴が静かに落つる老い姑《はは》と何も語れず一夜を過
ごす
田に水を引いても早苗の育つなく田植できぬと嫗
うつむく

*

梅古木枯らすまいぞと苔を剥ぐ御祖のかをり待ち
どほしかり　茨城　綿引《わたひき》揚子《ようこ》
流れゆく雲のひとつを呼びとめて「姉は元気?」
と尋ねてみたり
裏庭に地を這ふごとく草を取るサッシに写るを母
と見紛ふ

9
仕事

泥の田に稲刈りもどる夕まぐれ木犀の香がわれを迎ふる

刈田巡り落ち穂を拾ふ習ひなりミレーの絵のごと腰をかがめて

コンバインの残しし稲を手刈りする日がな一日背伸びをしつつ

島根　石橋《いしばし》由岐子《ゆきこ》

＊

野の草の染まれば癌に卒中に今年逝きたる客をし数ふ

八十歳元鉄道マンの一礼に自づと散髪の背筋を伸ばす

客無しのふた日続きて終ふる店刈布も鋏も眠れるやうな

山梨　小俣《おまた》はる江《え》

＊

なほ今はポケツトにある定期券胸を押さへて確かむる朝

平日の午前の電車に陽差し浴び胸の裡なる「無職」の練習

未だ無き経験を想ふペンを持ち職業欄に「無職」と書くを

埼玉　上條《かみじょう》雅通《まさみち》

生業の初荷の手助け若きらがきびきびとして仕事始めす

早朝にトラック着きて西空に満月を見る幸に会いたり

父祖よりの生業販《ひさ》ぐ日日にして出会いと会話に認知症離る

和歌山　作部屋《さくべや》昌子《まさこ》

＊

看護師は棚の整理をはじめたり不要不急の受診が減りて

難しき患者の来たりし日の夜の凩つよく万籟を聴く

オンライン会議の画面にうつりこむ窓の向こうの紅掛空色

愛知　桜木《さくらぎ》幹《みき》

＊

引用のかなづかひ一つ誤りぬ秋艸道人に恥ぢてわが居り

多くとも十余名への講座すらつつしみて過ぐ疫のひと年

歌詠むは幸せと言ふ添へ書きの賀状にしばし慰めらるる

京都　田中《たなか》成彦《しげひこ》

糧《かりて》より弾薬《たま》より重き書類もて背嚢はわが肩に食ひ入る
夜ひとり性愛の図画見るごとく仕事するなり家族に隠れ
死なぬ理由ばかりが増えて生くる理由ひとつも殖えぬ年頃を生く
北海道　月岡《つきおか》　道晴《みちはる》

＊

雪のせてたわみ増し来る五葉松一日三度払いてまわる
地に這いて雪の重みをしのぎたるキャベツに両手そえて起こしぬ
朝霧の流れる中にコスモスは「おいでおいで」と花ゆらしおり
福井　西尾《にしお》　正《ただし》

＊

冬の雨強く打ちゐる屋根の下蒸気《いき》をこもらせ蒸米広ぐ
醸しゐる朝の醪の体調をさぐる思ひに櫂を入れたり
這ひ出でし天道虫の傍らに帳簿を開きけふの気温書く
山形　布宮《ぬのみや》　雅昭《まさあき》

伸び広がる草刈り続く一か月体力気力ふりしぼる日々
コルセットつけて刈りゆく畑の草全身びしょぬれ目にしみる汗
繁茂する芦刈りゆける熱き背を冷やしくれたり野をわたる風
埼玉　飛髙《ひだか》　時江《ときえ》

＊

戻し置く木耳を入れて仕上げたり野菜炒め三人前を
弁当を置きし会社の自販機にコーヒー買ひて一息入るる
出窓より深く差し込む日の光り客の座席を明るく照らす
群馬　穂積《ほづみ》　昇《のぼる》

＊

座して日々陶画かきつつ季節《とき》の巡りに驚くと言う君を愛しむ
描かるる龍、虎、鷲、馬天翔けて世界に届け君の絵の大壺《つぼ》
一念を陶画に懸けて幾十年仙人のごとき君の生き様
佐賀　松尾《まつお》　邦代《くによ》

待つことが待つがすべてか四十年《よそとせ》をこころ診てきてつくづく思ふ　青森　三川《みかわ》　博《ひろし》

壟断の倍値の消毒用酒精医院つづくるためにあがなふ

閉院の危惧言ふあれば心揺る窓に靉靆の雲の動かず

＊

切るでなく鋏むおろすの佳き言葉使ひて果樹の剪定なさむ　和歌山　水本《みずもと》　光《あきら》

刈草を積みてなしたる腐葉土の臭ひたたせて菜園に撒く

靴紐を固く結べりゆるみくる心払ひて畑へ向かふ

＊

折り畳むやうに自らを宥めつつ終日堅き芭蕉布を縫ふ　大阪　森田《もりた》　悦子《えつこ》

白羽二重はあくまで白し縫ひをればしだいにわがうちさらされゆけり

いま少し続けてみようごく稀に曇りなき一枚縫ひ上げしとき

ひとすぢの鬼となりきり退きぬ孤独のこぶし信念に変ふ　富山　山中《やまなか》美智子《みちこ》

美と創造書の表現を究めむと長き命毛《いのちげ》摩り切れるほど

先生の蘊蓄楽しと言はれたりわが人生は脱線に似る

＊

新年のひかり穏しき車窓にて勤務初日の決意などせむ　高知　依光《よりみつ》ゆかり

調剤室隔て幼の瞳《め》がのぞく少し待つてねもうすぐ投与

軟膏を練り合はせつつ十二時のチャイム聞きをり混みあふ師走

10

愛・恋・心

冬靴を捨てて水色のシューズ買う私の中の何かが
変わる
石川　赤尾登志枝《あかおとしえ》
一匹の蝉が網戸にしがみ付き中を見てしがやがて
去りたり
あの一首いいねと言えば〝ヤケクソの歌〟だと返
るそのヤケクソがいい

＊

風がそっとささやいた花と花とが話しをするの知
っているかい
東京　石野《いしの》　豊枝《とよえ》
哀しくて転がるように坂を登ったことがある怖か
った日
院食《いんしょく》で亡き君とそっくりの人に逢ったカエルの唄
が聞こえたよ

＊

外つ国の子らに届けむへアドネーション艶ありし
日の我をしる髪
大阪　乾《いぬい》　醇子《あつこ》
四十年残しおきたる黒髪を送りし夜は白のワイン
を
わが髪はいづこのいづれの頭《づ》に被る湿りし風に雨
滴のまじり

一面に香りただよう金木犀遠い昔の恋つれてくる
長野　岩浅《いわあさ》　章《あきら》
連れ合いとは良き言葉なり飽きもせず　五十年に
は後もう少し
心地よい背中合わせの温かさ恋人同志になった気
がする

＊

こころにも草地はあって夕暮れのあしもとに今日
せせらぎがゆく
兵庫　岩尾《いわお》　淳子《じゅんこ》
月かげのあおく流れる絵の中を馬にはこばれゆく
帽子の子
さえずりをふりかえりふりかえり手のひらのなか
に夏の花咲く

＊

どうしても汚れを嫌う詩人の目遠くに見える金色
の月
北海道　岩渕《いわぶち》　真智子《まちこ》
哀しみの涙でできた水溜まり鳩は三羽でひょいひ
ょい跨ぐ
父性なる石は光りを乱反射母性はぐっと引き寄せ
温め

かずら橋の袂に立ちてひとりでもふたりでも渡れなかったあの日
香川　氏家《うじけ》　長子《ひさこ》

草叢にボールが紛れ見つからないみたいな消え方はしないから

オレンジにナイフを入れるように春思い切りきみとわかれてゆかん

＊

麦藁帽まぶかに被りポストへと卆寿の決断ぽとりと入るる
青森　梅村《うめむら》　久子《ひさこ》

英雄の楽譜黒々ルビ数多栗を煮ながら興奮しをり

大正の浪漫を訪ね美術館へ夢二と重なる兄を恋ふなり

＊

店屋物ばかり食べてた幼少期を聴く窓いっぱいに砕ける花火
東京　江國《えくに》　梓《あずさ》

約束の日の朝届くＬＩＮＥには「母が死にました」降りしきる雪

えいゑんは夕映えの虹だと思ふきみ棲む街の方から消える

コロナ禍を引きこもりいるハイヒール逢いにゆく日のあらざるままに
佐賀　江副《えぞえ》壬曳子《みえこ》

友だちでいようと言われたあの時も蜩の啼く夕暮れでした

逢えざるはすなわち別れ　人の世に咲ける椿の紅の冷たし

＊

梔子につながる記憶つぎつぎと巻戻し夢に現れる人
神奈川　エリ

何処にあることさえ見ないうちからも香る梔子我が思慕に似て

息遣いさえもあの日のままだから夢を夢だと疑えないで

＊

叫びたいあまりに空が蒼いから胸に秘めもつ罪のいくつか
埼玉　大川《おおかわ》　芳子《よしこ》

飾らずに問いたい言葉が胸にあり　静もる池に石投げてみる

研がれたる刃のような冬三日月ついた嘘などスパッと切られる

「だから何」と言はれればもう貝になる青い月夜の浜辺の貝に

東京　太田《おおた》　公子《きみこ》

棘もたばいづれ我が裡に向くならむ木香薔薇は八重の優しさ

目《ま》のあたり飛び来し蔦の葉を拾ふ。あんまり綺麗なので、あなたに

＊

四年前有馬記念の歌三首岡崎先生の指導は楽し

群馬　大塚《おおつか》　榮子《えいこ》

短歌《うた》の姉ひなの朝にみまかりしうたを愛してうたに守られ

若き日に誘《いざな》いくれし短歌なり会うたび笑顔で話はずめり

＊

キッチンの窓辺の隅から顔を出す守宮うごかぬわれも動かぬ

東京　大戸《おおと》紀久代《きくよ》

友からの「夜空が綺麗」とライン来る月眺めつつ再会を誓う

寒空にほんの一時《いっとき》雪が舞う両手をひろげ駆け回る子ら

かさと言いこそといいては何語る師走の落葉ささやきに似て

兵庫　尾花《おばな》　栄子《えいこ》

コスモスと揺れるあなたは遠き人とても私は追いつけませぬ

マスクして言葉足らざるまま別れかすかに笑まう野仏に会う

＊

マスクとり帽子を脱ぎて額づけば紙垂《しで》なびく音清らかに聞こゆ

和歌山　籠田《かごた》くみよ

リモートの義母との対面三月ぶり優しき笑顔に手を差し伸ぶる

翅持たぬ蜘蛛の巣立ちは一筋の糸に飛ぶと聞く青澄む窓辺

＊

未だ会えぬ理想の吾を探し来て書店に選りぬ『自立と依存』

広島　金原《かねはら》　瓔子《ようこ》

豊かなる双《そう》の耳もつみ仏は半眼に吾を哀しみたもう

「お天道様《てんとうさま》はお見通し」とは曽祖母の常なる諭し言い訳止めん

五秒だけ点灯します草むらでほうほうホタル見つけて下さい
岐阜　岸江《きしえ》嘉子《よしこ》

不細工に壊れた夏が透明なわたしの体を通過していく

ぱちぱちと私をさそう誘蛾灯けだるく深夜放送はじまる

＊

二十四時間あいててくれてありがとう私はそれで生きてきました
茨城　小圷《こあくつ》光風《こうふう》

ひかり浴びボートにめぐる飾り窓アンネ・フランク隠れいし家

赤道を越えて届きしスーツケース鍵を開ければ砂がこぼれる

＊

夫逝きて三回忌となる今朝の庭あじさいあおく沙羅の花しずか
宮城　齋藤《さいとう》美和子《みわこ》

霧ふかきサナトリウムの灯に浮かぶ浴衣の君のほそき襟元

なんとなくあなたがそこに居るようで夜毎戸を開け山を見あげる

爆音をたてて夜中の鄙道をひとりぼっちのバイクが往き来す
大阪　佐々木《ささき》佳容子《かよこ》

布団から目だけを出せば出会ふ目の静かな強さ微熱の朝に

吾は右をあなたは左向きに寝る青すぎる空に気まづくなりて

＊

から松に月がこぼれし初恋の君思うたび胸いたき我れ
東京　さとうすすむ

青春の一頁なり心から君を思いて寝る春の日よ

赤い花君は好きと言い二人で言葉少なく森の中ゆく

＊

葉ざくらがこんなにきれい公園路夫連れ出して仰ぎたき午後
沖縄　志堅原《しけんばる》喜代子《きよこ》

みどり葉の桜並木をゆっくりと歩めば過ぎる夫との散歩

うりずんの青葉若葉の公園の風送りたし施設の夫に

水色のマスクで私に蓋をするときめく想いが漏れないように
忘れたき又忘れたくなき思い出も古き手帳を細断する夜
霰から吹雪へ変わる窓の外　師走朔日心が決まる

青森　志村《しむら》　佳《けい》

＊

焦がれつつ君を待ちゐし日のありぬ手を伸ぶればいまは易く手触るも
愛するに老いなどなかりけふもあしたもせいいつぱいに貴方いとほし
虹なせる真名井の滝を背に君はボート漕ぎゐつ目映き笑みに

神奈川　下田《しもだ》　裕子《ゆうこ》

＊

花ばなに散りゆく音のあるならば桜はたぶん　らりらりひらり
さういへばわたしは緑が好きだつた暦の女人《ひと》の纏ひしみどり
命ふるかさこそかさと命ふる葉つぱのたつる音の悲しも

神奈川　菅原《すがわら》　蓉《よう》

婉麗なさゆりにこゝろ魅せられて美しきゝみしかと抱きしめ
愛し合ふ肌の温もり忘れずに口づけ交はす至福の時間
初逢瀬この世の他の思ひ出にまさるものなどある筈もなし

徳島　杉山《すぎやま》　知晴《ともはる》

＊

月光に漂白された影を引き羊皮紙の地図さまよい歩く
月光の氾濫原《はんらんげん》に突き刺さるマスト一本旗が閃く
月光に漉されて揺らぐ河口には汐が満ち来る遡りくる

埼玉　鈴木《すずき》　孝子《たかこ》

＊

微笑みて夢見る如く語りたる　君の横顔　心ほどかるる
人はみな失ふほどに求めゆく　やさしい記憶にふれようとして
ふいに見る庁舎の窓に映る陽は　真偽を秘していよ赫く燃ゆ

大阪　高橋《たかはし》　弘子《ひろこ》

意識なき夫の呼吸を聞きにつつ簡易ベッドに夜半を覚めをり
弱まりし夫の呼吸がすつと止む名を呼びて胸をたたけど甦《かへ》らず
現世にはコスモスの花揺れてをり　昼下がりわがひとりゆく道

千葉　田上《たがみ》　信子《のぶこ》

＊

満月がやけにまぶしく光ってる君が生まれし三月七日は
あとすこしつながっていたい愛したいバンジージャンプの綱切れるまで
蓮の根を掘るがごとくに読み耽る夜明けの『パルタイ』三つ編みほどけ

千葉　橘《たちばな》　まゆ

＊

佇みて君恋いおれば春茜わたしのこころやさしく撫でる
フジバカマ少し揺れおり霧の中まだ来ぬ君を待つ吾に蝶が
飲めぬのにワイングラスを手にすれば夢ふくらみて女に戻る

徳島　手塚都樹子《てづかときこ》

潤む月に何愬《うつた》へむと開く窓ひらきて閉ぢてひとしほの寂
斑陽《まだらひ》に身は射ぬかれてぬぎ捨つる衣《きぬ》にからます想ひのなべて
桜桃のつぶら実丸く穢《けが》れなく貧しき言葉掌にまろばせぬ

京都　戸嶋智鶴子《としまちづこ》

＊

アメリカにて禅の手ほどき為しくれしフランソワ逝く睦月のパリに
日本よりハワイに送るEメール今日の発信昨日に届く
新航路求めて過ぐる喜望峰バスコダガマのインドへの旅

千葉　冨野光太郎《とみのこうたろう》

＊

地の底で素直な思い話し合う二人は絶えず疑問を抱き
絶え間無く時計は進む走りつつ人間せかし動物は見ず
白鳥は水面に姿写してはとても綺麗とため息をつく

島根　中尾真紀子《なかおまきこ》

日常を日々書き送り励ましを受けたるは吾病める友より

岐阜　中野《なかの》たみ子《こ》

友の思ひに至らざりしと一周忌過ぎてますます募る悔しさ

友として悔いのみ多し明るめる空におぼろの白き満月

＊

空洞の気圧喰う蛾の羽根の音我の耳鳴り音ばかり喰う

香川　中村《なかむら》　セミ

出口にはただ細き道つづきいて神社と池の鳥瞰図立つ

夏の鈴振りし君の手ほの白く溶けてゆくなり音滅びゆく

＊

深呼吸が要るだろうと訊く夫《つま》に付き凪に青める久高島あおぐ

沖縄　仲本《なかもと》　恵子《けいこ》

グリーグの〝ソルヴェイグの歌〟に身を置けば恋慕詠みにし恩納なべ《うんななびー》来ぬ

施設より訪問自粛の依頼きてウイルスの裂く老母《はは》との時間

同じ時間たしかにあったね一面の落ち葉踏む音まだ耳にいる

東京　椥野《なぎの》かおる

強がりが得意なんです平気です見上げる空にハナミズキ浮く

距離感を間違えなければ大丈夫ガラス越しでも光は届く

＊

たわむれにハグをしてみしその後を待っているような男の背中

福岡　成吉《なるよし》　春恵《はるえ》

待つということの幸せふしあわせ百合はひらけどあなたは来ない

感情に起伏はありて降り出しし雨がときおり息をつくなり

＊

戦地より帰りし人らは子をなせり子らは戦後をただ蕩尽す

富山　畠山《はたけやま》満喜子《まきこ》

棺中の死者の御顔を見て別るさまで近しき人にあらぬを

ほくろなど顔に養ひ年長けて心は言葉をただあふれさす

ひい孫の名を呼ぶ口の形してもの言へぬ夫が小さき手つつむ

山口　羽仁《はに》　和子《かずこ》

介護はね好きな人にしかできないよわが言ひしこと娘《こ》は覚えゐつ

ベッドより起こしてしばし背を抱けば君はふふうとはにかみ笑ふ

＊

ほら月があんなにと下から声響き私は窓から身を乗り出す

岡山　濱田《はまだ》　棟人《むねと》

懐かしさは距離感なのか近しくてそれでも何故かなほ届かない

風景から消えてしまへといふ殺意例へば波間のサーファー達へ

＊

君とゐて上野の森の美術館釈迦出生の小さき像みる

東京　樋口《ひぐち》　博子《ひろこ》

指と指ふれあふ君のぬくもりを八十五歳ははにかみてをり

年一度クレオパトラにしてくれる君より届く宝玉の葡萄

雲見れば空は高かり空のした人になにかを求めやまずも

熊本　福田《ふくだ》むつみ

動かれず惑ひし心おそらくは係累にして宿世ありにき

未来より時は流れ来　不可思議の糸たゆみつつ今を紡げり

＊

オイラーの多面体定理が成りさうな萎むこころを持て余しけり

栃木　藤本《ふじもと》　都《みやこ》

フォークより逃げるいびつなひよこ豆　巣籠り居ればとりとめもなし

健康なこころだらうか病みてゐるか　ぎりぎりをゆくパートタイムに

＊

車椅子押したる記憶が沸々と亡夫《つま》の帽子に西陽が差しぬ

鳥取　藤原《ふじわら》みち恵《え》

懸想文《けそうぶみ》もらいたる日の冬かまど紅き焔の渦となりいし

眼に見えぬ菌ただようかかすむ空ペースメーカーうずむ身《からだ》は

往にし日の田園調布の相合傘に露けき藍の紫陽花を見つ

栃木　保母《ほぼ》　富絵《とみえ》

野の花を摘みて小さき花束を母と祖母へとめぐし幼子

しなやかに少女の吹ける「早春賦」バリトンサックス斜めに抱きて

＊

病床の友への電話やるせなし見舞ひも適はぬコロナ禍の中

埼玉　町田《まちだ》のり子《こ》

志遂げられぬ事吾にあれど素直に受くるこの頃となる

日記書き聖書を読みて祈れるを一日の区切りとなせば安らぐ

＊

現し世の森を彩る木々の群れ枯木も山の賑わいとかや

長崎　松尾《まつお》　直樹《なおき》

コロナ禍の暴るる巷騒ぐ風老い人われの夢路哀しも

現し世の濁れる河の細流《せせらぎ》に息を潜めて生きゆくわれは

少し苦手な人が目前にどうしましょ笑顔で頭を下げつつ通る

佐賀　松田理恵子《まつだりえこ》

世の中を風の吹くまま渡るには人間やめる覚悟がいるや

背《せな》を押す風の強さを感じつつ野道を行けば彼岸花燃ゆ

＊

千代さんに教えてもらいしぎぼうしが川辺の道に明るく咲けり

静岡　三田《みた》　純子《じゅんこ》

遠き日に山羊を飼いたる家ありてもう何十年も更地のままに

ウィンドーに「水飲み鳥」の飾られし小さきカフエはいつよりか無し

＊

籠り居を漕ぎ出でたくて熱田津を声に詠えど櫂なし哀し

埼玉　三石《みついし》　敏子《としこ》

感染の数字を鳴らすテレビ消しラフマニノフの二番に入りぬ

飛行機の飛という一字書き難くバランスとれず着地ができず

知らない人達に紛れて知らない街中を歩く　私も
知らない人になる　　京都　毛利《もうり》さち子《こ》

そんなに見つめられてももう絶対過去の自分には
戻れないもの

命の残量に気が付くとやりたい事もやりたくない
事も譲れなくなる

＊

秋ふかき電停に君と立ちおりき靴の汚れを気にか
けながら　　神奈川　渡辺《わたなべ》礼《れ》比《い》子《こ》

みどりごを守らん母の一念にヤブ蚊はっしと仕留
められたり

ごちゃごちゃとめんどうだから詫びておく今日も
磨り減るヒールの外側

11 生老病死

納骨堂のきしむ大戸を開けくれし学僧さんに礼ふ
かくせり　福岡　青木《あおき》　綾子《あやこ》
夫と子にもの云ひにつつ彼岸会の花とだんごとビ
ールを供ふ
コロナ禍のせゐにかあらむ本堂も納骨堂も人影あ
らず

＊

手術《オペ》に耐え生き延び来たるを称えいん草叢に凜と
咲ける桔梗は　茨城　秋葉《あきば》　静枝《しずえ》
障の苦を深める生を哀れむか遅れ秋海棠《かいどう》の濡れそ
ぼちおり
歳とともに心は澄んでゆくという老いて唯一持て
る希望か

＊

いまは亡きその母と呼びかはしつつ深まりゆける
義母のねむりか　東京　安部真理子《あべまりこ》
病室の義母がさいごまで使ひゐし鉛筆でこの歌は
書きたる
カレンダーは如月のまま下げておく帰りてつづき
を魂《たま》の暮らさん

Eメールもテレビ電話もありながら会ひたかつた
と病衣の夫言ふ　富山　在田《ありた》　浩美《ひろみ》
疫病のニュースの後にソプラノのアヴェ・マリア
続く厨のラジオ
「老いぼれが残りました」の挨拶を弱音ともきく
真冬の送り

＊

相思鳥ガラスの空に魅せられて吾が手に眠る故郷《さと》
なき小鳥　佐賀　池田《いけだ》みどり
吾が死せば野辺の草花一輪を川に流せよ褒美と受
けむ
感動を覚えることもなきままに過ぎゆく一日《ひとひ》　命
削る日

＊

Tシャツに胸張ることのなくなりてブラウス羽織
る再建はせず　東京　石橋《いしばし》　陽子《ようこ》
二回だけ抱かれたことのある乳房術後四年目ゆく
えを思う
卓袱台に置き忘れたる作文に赤ペン入りぬ父編集
者

でんでんでんでんでんでん心臓が命を刻む私を刻む
神奈川　石渡《いしわたり》美根子《みねこ》

何処からが「キー」で何処までが「ン」なのか分からず続く吾の耳鳴り

母よりも後に逝きたし「星あぢさゐ」「墨田の花火」共に色づく

＊

床ずれの治療にて妻は入院中ひとりぼっちの年末年始
北海道　泉《いずみ》　司《つかさ》

ひと月に一度だけより許可されぬ妻の見舞いもリモート面会

コロナ禍を奇貨とし厚いアルバムを引いて妻との軌跡をたどる

＊

一時間余りに三十一回を起き伏して母の今宵の徘徊は止む
東京　泉谷《いずみや》　澄子《すみこ》

コロナ禍が無くば幾許《いくばく》楽ならむ休めぬ介護にほとほと疲る

「有り難う、済まない」母が掛け呉るるその一言に救はれてをり

夕空のはたて指しゆく群鳥は後ろ見ぬゆゑみな黄金色
神奈川　稲垣《いながき》　紘一《こういち》

病室の窓のカーテン翻るさみどり色の風はそこから

病室の窓を掠める白閃光ツバメ返しにまた翻る

＊

骨箱を双手に抱けばほの温し夫が伝へる最後の〃ぬくみ〃
岐阜　今井《いまい》由美子《ゆみこ》

しめやかに流るる読経の沁みゐるやカサブランカは白さ極めて

夫のなき夏は終はりてゆかんとす路上の逃げ水いつまで追ふや

＊

生駒から金剛山まで見てをりぬぼんやり生きた半生思ひ
大阪　上田《うえだ》　明《あきら》

妻や子に嫌はれながら髭伸ばす唐の詩人だアラブの英雄だ

残尿感、尿意切迫感ともにもち生きてゐるんだ、酒を飲むんだ

入院に過ぎにし昨年《こぞ》は春知らずことしはしみじみ紅梅白梅

終あるを知りゐて終の日は知らず思ひさまざま短夜を覚め

コンクリートの壁に寄り添ひ震へをり明日処分の犬みなみな抱きたし

東京　上原《うえはら》　奈々《なな》

＊

点滴の管《くだ》をしずかに下りてくるわが命救わん為の血液

病室の窓にし日々を見て親し赤き鉄塔、雲の移ろい

日の目見ず淋しからんか終日を地下放射線室に働く技師ら

神奈川　薄井《うすい》　由子《よしこ》

＊

踊り子の先頭に振る提灯に顕ちくる亡兄《あに》のひょうきんな顔

人も世もひたすら前に進むべく行軍のごと果てなき荒野

いつになく憂《うれ》わしき日よ花追風《はなおいて》吹き止まずして癒えぬ吾の裡

高知　梅原《うめはら》　婀水《よしみ》

たわむれの嘘をいえども笑う夫《つま》おらねば寂しエープリルフール

思い出の容器《いれもの》なればわがからだ落暉《らっき》に燃えよ亡ききみのため

群青の空にひらひらいわし雲独りぼっちのわれも泳がん

東京　岡《おか》　貴子《たかこ》

＊

良き友の　岡井隆も世を去りぬ。ああ　いつまでか　わが在《あ》らむとす

起きいでて　暗きの朝明《あさけ》に喰ふ飯《いひ》の　咽喉《のど》すぐる時　われはしはぶく

杖引きて　独りの部屋に宿れども　伊豆の潮騒《しほさゐ》のとよみ　恋ひしき

東京　岡野《おかの》　弘彦《ひろひこ》

＊

今生の別れとばかりかたく手を握り離さぬ亡き師なりけり

先生の柩の傍を離れがたし白百合の花匂ふ書斎に

ご愛用の肘掛椅子に座らされ亡き師偲べば涙あふるる

宮城　岡本《おかもと》　勝《まさる》

この雨を先生は見ていない　もっと降れ　比岸の雨よ木々を揺らして　京都　小川《おがわ》佳世子《かよこ》

精神が受けきれないと思う時身体に来るからだが重い

ゆくりなく表情を締めそうだよ、と天下国家を論じし先生

＊

歯の欠けて間より飛出す飯粒のあわれとなるや三度の食事　埼玉　奥田《おくだ》巖《いわお》

綻びを見せても吾の王宮なれば死ぬ日までは大事な部屋なり

古ぼけたアルバムすっかり色消えて思い出せない老人の故郷

＊

若き日は床に就く日の多多ありて伴侶の父の苦労数多　大分　小俣《おまた》悦子《えつこ》

空の上の父の遺言「すぐおいで」柞葉の母百歳越ゆる

愛用の黒の電話機枕辺に十桁回す脳の確かさ

主治医より予期せぬ妻の入院を告げられて子はひとり帰り来　青森　風張《かざはり》景一《けいいち》

窓にきて鳴きたる蝉のけふ来ずと文に短く書き記す妻

闘病の妻に面会できぬ夏われに突然腸閉塞が

＊

入院の兄は妻子に看取られずベッドの上で独り逝きたり　茨城　片岡《かたおか》明《あきら》

白内障手術のさなか青くまた赤く漂うは妖怪クラゲ

手術後はことに体力落ちたるを散歩の距離の短さに知る

＊

かぎりなき空の広さとなりておりしたたり残し雨やみし朝　長崎　上川原《かみかわはら》紀人《のりと》

若き日に火野葦平とたずねたる死刑囚の眼いまもわすれず

夭折の妹より五倍をながらえて雨水のあした味噌汁すする

歩道には違法駐車あり白杖に確かめながら訓練つづく
神奈川　苅谷《かりや》　君代《きみよ》

菜の花の黄色に触れてこれが「黄」とわからなくなる日を思ひたり

忘れてゐたタイム・リミット　あたらしき白杖を買ふ、さあこれからだ

*

故郷へ走る心を抑へ見る病床の母のいまの映像
大阪　川上美智子《かわかみみちこ》

故郷へ要、急なれば府県境越えて走りつ間に合はざれど

眼も鼻も祖父似と思ひゐし母が棺に横たふ祖母の顔して

*

雛の日の苺大福ふっくらと坐ろうわれら翁と嫗
宮城　菊地《きくち》かほる

どこまでも麦の畑は麦の秋植物の老い眠たくさやぐ

亜流にもなれぬ身ながら歳月をせめて花殻と呼びたくて候《そろ》

稲刈りの適期となるに闘病の身ははがゆしと言いにし夫は
滋賀　木下《きのした》　房乃《ふさの》

「老いている母に添うこと出来ぬなり」語りつ涙ぬぐえる姪は

年賀状かかさず届きし友の死を誰より先に聞きしよ夫に

*

細りたる髪に届ける冬至の陽百会《ひゃくえ》に透けて私は草《そう》魚《ぎょ》
香川　久保《くぼ》　尚子《ひさこ》

マスクした私が映り体温は正常ですと機械が言えり

二度までも生きかえらせてくれし女医甘き水涌くほとりの医院

*

月影の潮に小舟をすべらせて妻は静かに岸を離れぬ
東京　蔵増《くらます》　隆史《たかし》

涙して嘆き悔やむも甲斐無くて妻の名呼びて一人の朝餉

寂しさは潮の満ち来る浜に似て君去りしより百箇日今日

窮屈な棺に入りし夢を見る責具のごとき術後のベッド

クリークの水に野薔薇の影映す父母終焉の地を夢に見る

霜月のベッドに冷ゆるチタンの脚天与の脚に添はせて眠る

福岡　栗林《くりばやし》喜美子《きみこ》

＊

コロナ禍に負けないでよとの姪からのメールを見つめしばらくをりぬ

しめつけず呼吸の楽な布マスクのやうに近ごろ夫と話す

この年もお墓のはなし決めぬままゆく年くる年の鐘を聞きをり

栃木　黒澤《くろさわ》富江《とみえ》

＊

肺がんの検査入院を友は告ぐ終に会うこと叶わず逝きぬ

電話にて最期の声となりにけりああ何かひとこと何か一言

不器用な頑固の友は急逝す誇張の話術も聴けずさみしき

東京　小岩《こいわ》充親《みつちか》

半ばにて辞めざるを得ぬ生業に吾子は命を振りしぼりたり

最後まで持病を見せず診つづけた息子《こ》の心根をわが誇りとす

隠れたる子は「まあだだよ」と月の夜のどこに居るのか姿を見せず

佐賀　小島《こじま》令子《れいこ》

＊

人はみな大河に浮かぶうたかたか海へと帰る順序も知らず

友の死を嘆くも次は我が身とも諦観は友の置土産かな

三千の外来患者ひしめけりふと浮かび来る「皆が行く道」

千葉　小城《こじょう》勝相《しょうすけ》

＊

今朝の空ところどころに綿菓子をちぎりしごとく白き浮雲

通過せし電車に飛び立つたんぽぽの綿毛は上りの線路づたひに

存へて背丈は縮み目は小さくなりても向ふ朝の鏡に

神奈川　後藤《ごとう》彌生《やよい》

手を置けば妻の墓にも秋がきて「早くおいで」と我を手招く
徳島　小畑《こばた》　定弘《さだひろ》

白襟のセーラー服を待っていた十七歳の亡妻との恋は

逝く前の妻の漬けたる梅酒なり眠れぬ夜にチビリと舐める

＊

この我と幾つ違ふや老いびとの顔うかがひに施設おとなふ
群馬　小林《こばやし》　功《いさお》

叫ばれし「健康寿命」を目指す老い　やがて動けず長き沈黙

老いまして「健康寿命」のその先に幸多からむ終末期来よ

＊

マスクをつけたままご参列いただけます　遺影のみマスクなしで笑顔で
福島　小林《こばやし》　真代《まさよ》

通夜ぶるまひがおいしいとくに煮魚がうまいとよろこぶ故人の孫が

よく働く柱時計が残されてそこにゐるのがちちとははだらう

ボンボンと刻告げる義母の柱時計妻もいま亡くわれひとり聞く
秋田　小林《こばやし》　鐐悦《りょうえつ》

妻のしぐさ母の仕種を偲びつつ野良着を繕うひとはり一針

子を持たぬわれ父母の名を墓誌に彫り家系途絶える郷を後にす

＊

五年間入退院をくり返し嵌め殺しの窓に母が手を振る
青森　今《こん》　貴子《たかこ》

あっぱれに生ききりし母　わたくしを支えてくれた人を失う

十月の風かの世から新参の母が吹かせているような

＊

健診が赤信号となる数値　修飾語なきドクターの言
静岡　近藤《こんどう》　茂樹《しげき》

骨髄へ針の入りしか痛み耐ふ　結果良かれの願い空しく

ぜいたくな輸血をうける二時間の無念無想も無為無態なり

実はねと明るき声に電話ありもうホスピスにゐるのと告げぬ

福井　紺野《こんの》　万里《まり》

メールならまだ見られるといふ友に歌を送りぬ毎日一首

マスクかけ離れて永遠の礼をする　桜の色の友の柩に

*

弔ひし男に問ひかくこの晩夏　鳩か銀色《しろがねいろ》に向かうの空を

愛知　斎藤《さいとう》　彩《あや》

宙ぶらりんに蜘蛛の巣あはあは揺れ動く青き蟷螂すかさず掴み

満月に吠ゆ犬の首領《ドン》今昔《いまむかし》　只只老いてわれ月を見る

*

イタドリの細かき花の零れ散るこの沢の辺にせまる夕ぐれ

神奈川　齋藤《さいとう》たか江《え》

移り住む高齢者住宅の窓に写る仲秋の月我眼に眩し

三十一文字に心をこめて記し置かむ高齢者住宅のマスクのあけくれ

還暦を過ぎて看るべき親は亡し我がために生くる余生は長しや

神奈川　斎藤《さいとう》　知子《ともこ》

自死思ふ若き日ありき砂浜を歩きてやがて日の暮れゆけり

ほほづきはつくづく朱し縊死したる俳優のために灯す提灯

*

姑看る人と義父母を看しわれが密談のごと長く語らふ

岐阜　早智《さち》まゆ李《り》

木の椅子に貼りつくやうに影を置き嫁の立場を語らひてをり

こんなふうに一日が終る看るといふひと日の碗の水溢れさせ

*

強すぎた抗がん剤に肝臓をいためて神の領域を踏む

東京　佐野《さの》　豊子《とよこ》

嘔吐して苦しむ日々を萌えいずる歌集は届く渾こめられて

詩の淵に咲いていたのは蒼い花。不要不急に消えた野良猫

わが文を胸に抱きて旅立ちぬ星野よし子さんとの永久のお別れ

茨城　三條《さんじょう》千恵子《ちえこ》

電話にて「おやすみなさい」と言ひし声回転木馬のごとく残れり

金色《こんじき》の雲の迎へを受けたるか先立つ夫の御許への道

*

あの世への一時預かり老い人がうたた寝している夏の図書館

埼玉　渋谷《しぶや》みづほ

総身の鱗ほろほろ零しつつ惚けてあなたはかくも無防備

桜はや散り敷く門に誰を待つ媼は首にケータイさげて

*

血圧を朝な朝なに測る日日一喜一憂暮れぬ日はなし

長野　清水《しみず》康臣《やすおみ》

寄り来れば生を考へ死を想ふ持てる時間の如何許りとぞ

はらからの弔文書くも幾度か末子の務め諦めに似て

完治せし圧迫骨折わが主治医名医と仰ぎ仰ぎてやまず

千葉　下村《しもむら》百合江《ゆりえ》

退院のわれら謝をこめリハビリに自転車をこぐああ二百回

コロナとふ突起をもたぬ変異株か球体くろぐろと生き物のごと

*

君の肩にちるるちるみちる落葉松の散るが愛しくときめきし日よ

山梨　白倉《しらくら》一民《かずたみ》

酔うほどに語らうほどに滾りくるいのちときめきし杳き夏の日

明日よりの我をときめかすもの何ならん山茶花の赤零るる夕

*

ふるさとは花ももみじもすでになく旅立つ夫へ降り来よ六花

秋田　菅原《すがわら》恵子《けいこ》

二人居て一つの円と思うほど夫亡きのちの空っぽの胸

還りゆく白鳥見送り今しばし夫の遺骨は傍に置きます

「死にたいな」嘆くわりには惚け惚けたる夫の明るさわれを安らぐ　茨城　園部《そのべ》みつ江《え》

施設の名言ひて息子の促せるその夜の夫の尿《しと》おびただし

認知病む胸内われにゆだねつつ命の記憶けふも一つ失す

＊

この夏は悲しかりけり夫が逝き猫が後追ひ諒闇の中　静岡　田口《たぐち》安子《やすこ》

骨壺に今日一日の報告を時に頭《かうべ》を垂れて号泣

抱へ来しひまはり棺に散りばめて「行ってらっしゃい」と炉に送りたり

＊

ベーコンを炒める朝《あした》息子《こ》がメールにその妻の病名知らせてきたり　茨城　竹内《たけうち》彩子《さいこ》

ニット帽被りたる汝は微笑みて感謝の言葉を明るく言へり

一病を乗りこえむとする母強し水蜜桃を二人子と食む

数え年米寿となれる誕生日子らのフリージア今年も届く　北海道　俵《たわら》祐二《ゆうじ》

出来たての梅酒届ける友も老い身許引受人の署名頼まる

百歳になったので年賀状はこれで終りと恩師の達筆

＊

八十路越え改め学ぶ事多し老人なりの生きざま思う　兵庫　手島《てしま》隼人《はやと》

我死して何も変らぬ世の中がちょっとしゃくだがそんなものかも

墓じまい終えて離郷の黄昏に父母と先祖に改め詫びる

＊

霜月のつめたき雨の降る朝に病気平癒のお守りいただく　神奈川　照井《てるい》夕草《ゆぐさ》

「ありがとう入院先にもってまいります」岡崎洋次郎先生《おかざきせんせい》の最後の肉筆

赤ワイン・石川啄木・馬づくし短歌を愛し静かに眠らる

親指で打てる「肺がん・高齢者」客観といふ冷たさを知る
茨城　藤《とう》　しおり

美容師に髪を洗はれ病室の祖父の心をひととき想ふ

湯に沈む吾の形よ角の取れそつと豊かに年老いて行け

＊

ダンプより見降ろされつつ夫の足急きてつかへてわが待つ方に
石川　永井《ながい》　正子《まさこ》

湯上りを藍の浴衣に替へたればおごそかに見ゆ老いの表情

こゑ怒り眉くもらせて眠りゆく老いの孤独に入りゆきがたし

＊

葬式の日を火葬場に決められてドライアイスに冷え冷えと父
和歌山　中尾《なかお》　加代《かよ》

持つのではなくしっかりと抱く遺影これからあなたを焼きにゆきます

クロス箸直せないまま今日が来て申し訳なくあなたを拾う

ただ一度見舞ひしわれも見舞はれし汝もこの世の言葉すくなく
東京　中島《なかじま》　央子《えいこ》

脚萎えの妻を残ししおとうとよ孫の二人が車椅子押す

カーテンを引けばこの手に辷りくる朝光《あさかげ》白し燕去り月

＊

仰ぎては触れては木立のなかに佇つ吾も懸命に生きゐる老樹
北海道　中田《なかた》　慧子《けいこ》

食べ呉るる人のゐてこそ料理する楽しみあると夫逝きて知る

生も死も今は思はず果てしなき海原見放く米寿となりて

＊

動けずに話も出来ずに逝きたれどおだやかなりし死化粧の顔
沖縄　仲間《なかま》　節子《せつこ》

十余年寝たきりだった母のため畑を見せんと遺骨抱き上ぐ

蛤や蛸の住処など語る時生きる力の溢れていたり

わがいのちある中コロナの止むさまをこの目で見むとマスク付け居り
東京　中村《なかむら》　長哉《たけや》

張り詰めし空気の中を腰下ろす朝の病院待合室かな

恥ずかしと言うておられぬ現実に介護されるを身に染み感ず

*

声上げて一人大泣きしたる朝うららかすぎる陽射しの届く
千葉　西澤《にしざわ》　俊子《としこ》

師の遺影傍らに置き北側の部屋温めて言の葉つづる

岡崎先生《せんせい》にもっと鍛えてほしかった白き木槿のひらいてしぼむ

*

ほろほろと裸体のわれの手をひいて湯ぶねに向かう青年介護士
兵庫　西村《にしむら》　紀子《のりこ》

全身を洗ってもらう老いし人青年介護士のなさるるままに

人生は老いの悲しみ通り越し死への扉を開けねばならぬ

暗闇に眼《まなこ》つむれば一つ星灯《あか》り点《とも》して在処《ありか》証《しょう》せる
山口　西村《にしむら》　雅帆《まさほ》

異次元のパノラマショーに息を呑む愉悦《ゆえつ》を分つ連れはわが星

0《ゼロ》の息　留《と》めて諭せる自在星　人を導く神とこそ知れ

*

「母さんより先に死ぬよ」と子の電話言葉通りに子は旅立ちぬ
北海道　布浦《ぬのうら》みづほ

コロナ禍の世なれば葬式など出来ず最後の別れもせずに終れり

春されば又よみがへる老梅よ息子は逝きてかへることなし

*

フィルムを指してかろがろ医師は告ぐ圧迫骨折四ヶ所がほど
京都　根岸《ねぎし》　桂子《けいこ》

座りても立ちても寝ても負ふ痛み「私は悪事をしたのでせうか」

鎮痛剤に昼夜のけぢめなく眠り真夜ひとり食む一切れのパン

心して言葉遣ひぬ日々を最後の命と思ひ定めて
山梨　花田規矩男《はなだきくお》
身罷りし友を数ふる妻なりき年下の友逝かば尚更
明日無くも心残りせぬやうな日送りつとめて五年余を経る

＊

照射部位の喉より胸にマジックの赤く染みたる下着を洗ふ
埼玉　浜口美知子《はまぐちみちこ》
石に坐しベンチに坐しつつ夫の試歩菜の花日和の風のやさしさ
斎場をかこむ若葉のひるがへり光のなかを夫は旅立つ

＊

信じ難き悲しき報せに打ちのめさる岡崎洋次郎先生逝き給いしと
長野　原《はら》　国子《くにこ》
「現代短歌セミナー松本」にてお会いしたのは去年七月
天馬にて馳せゆかれしか澄み渡る睦月の空を仰ぎみるなり

もう一年早や一年の月日経ち夫の法要無事に終りぬ
愛知　伴《ばん》　芙美子《ふみこ》
頂きし次郎柿五つ仏壇に夫の好物笑顔が浮かぶ
食事時旨い旨いと言いくれし夫を思いて空しさつのる

＊

病院の待合室の空間は今日の不安で無機質の白
東京　平田《ひらた》　明子《あきこ》
結論を待ちわびつつも不安ありただひたすらに待つのはつらい
救急で搬送されし院内の穏やかな白にしばし安らぐ

＊

火葬場の煙とともに昇りゆくと息はタバコをふかして見上ぐ
東京　深沢千鶴子《ふかざわちづこ》
父の日に渡しそびれたと涙する娘の持ち来しシャツ夫に着せやる
コロナ禍で親しき人らも断わりて家族だけでの淋しき見送り

不意討ちにわれに告げらるる病巣か子らを胎《いだ》きし母なる有り処

石川　福井《ふくい》　泰子《やすこ》

新生児室のカーテン開くは十日振り昨日はふたり今日ひとり増ゆ

入院の年寄りたちの目にまぶし声とどかねど手足くねらす

*

一晩走り救へぬいのち　夜勤終へこころも重く病棟出でし朝

東京　福沢《ふくざわ》　節子《せつこ》

澄んだ眼の子供のやうなお顔してローマ教皇核を指摘す

水から上り空気を吸ひて六年を人として生き入学したり

*

夜空澄む半輪の秋過ぎ来しのなつかしき人限りもあらず

兵庫　船橋《ふなはし》　貞子《さだこ》

秋深むひと日籠りてひとりなり満天星《どうだん》の紅《こう》の身に沁むものを

砥石にて包丁研ぎおり悲しみを削ぎゆくように研ぐ冬の夜

声が少し出にくくなったと言う友の車椅子押す如月の朝

秋田　古澤《ふるさわ》　りつ子《こ》

車椅子のポケットにあるお守りを少し麻痺する手に握らせる

交わす言葉少なく夕陽と海を見る沈むまで見る冬枯れの丘

*

葉さくらの樹下に瞑り「老いの生愉しむ」と言ひしが逝きたり

広島　本宮《ほんぐう》　小夜子《さよこ》

うす曇る九段坂ゆくとき喪の服の裾をからめて風のゆき過ぐ

桜葉の重なる夜の九段坂下りゐて蝉は急になきたつ

*

コロナ禍のストレスならむ耳奥の痛みて難聴病みし日顕ちくる

埼玉　本多《ほんだ》　俊子《としこ》

悪しき語の積りて耳の疲れしか言霊《ことだま》なる語の重さ噛み締む

聴力の低下詮なし映像の字幕画面にいつしか馴染む

筆さばき見事なりにし兄の賀状今年は無くて寂しさ募る

茨城　益子《ましこ》　威男《たけお》

兄弟も一人二人と亡くなりて次は吾かと思うこの頃

賢明な兄の生き方見習いて趣味を生かして老後を生きん

＊

書きし文字の気にかかりては辞書を引く米寿をすぎて慣ひとなれり

静岡　松井《まつい》　平三《へいぞう》

余生とは斯かるものかは先立ちし友らの文と語り合ふ日日

残りたる人生にそつと薄化粧老いと競り合ひ生きるは楽し

＊

新鮮な生蠣入荷見て過ぐる好物だつた母はもう亡く

神奈川　松田《まつだ》　恭子《きょうこ》

お母様失くされたのねと背後より幼友達肩抱きくるる

背《せな》丸く母に似る人見かけたりエレベーターのドア閉まる時

転倒の刹那に思ふ今日わが身手首の傷み治まるを待つ

長野　松林《まつばやし》のり子《こ》

雪の降るけふ診察日つきそひの姪に包めり粕の銀鱈

骨折を納めの厄とし姉と妹送りし令和二年を越しぬ

＊

退院時桜トンネル通れども心在らずや目を瞑る夫

和歌山　松山《まつやま》　康子《やすこ》

如何許り心の不安抑へしや桜並木を夫は見ずして

散る桜黙して見つつ退院す夫の心中穏やかならず

＊

夫婦《めをと》して介護施設に有難し気休事柄相互に支援

島根　丸原《まるはら》　卓海《たくみ》

物忘れ日毎増ゆるも高齢の幸とや為さむせめてもの思慮《おもひ》

ヘルパーも兄妹《きやうだい》の如なりて気付きたること指摘し合へり

貝になったかも知れぬ被災者か渚に砂を掻く人の
列
香川　三﨑《みさき》ミチル
乳母車夕陽の坂へ押しながら―訃報の刹那うかぶ
師の短歌《うた》
じゃあ又とつつみし友の掌《て》の薄しさいごの嘘を笑
顔にかくす

＊

くもの糸に枯れ葉一枚くるくると舞ふをみてをり
ベッドの夫と
兵庫　三宅《みやけ》隆子《たかこ》
サルトルか花より団子の君なりき花に囲まるる家
居はいかが
おほむねは遺言通りさはあれどわたくし流にアレ
ンジもして

＊

限りある命のたけを蟬鳴くか夫の看護に通う日日
和歌山　宮﨑《みやざき》トシミ
聞き呉るる人もういない「あのねえ」の言葉が闇
を彷徨っている
元日を独り迎える静けさに初めて泣けり堰切るよ
うに

現世のみちとぼとぼと行く真夜に覚めふと父母兄
姉のこと
群馬　宮地《みやち》岳至《たけし》
むなしきや同窓会誌めくりつつ顕つ面影みな幽明
分かつ
お悔やみ欄にまたも友の名肩組みし三人は今一人
となりぬ

＊

三佛堂中阿弥陀さま右に釈迦左は弥勒と法話で教
はる
香川　村川《むらかわ》昇《のぼる》
般若台歴代藩主の眠る墓所除く一山あらゆる人に
海見ゆる父母のお墓の前うしろ黙して草取る妻と
吾とは

＊

子の去りて夫と向き合う食卓の器は去年より小振
りとなりぬ
埼玉　安田《やすだ》恵子《けいこ》
台風に打ち上げられし池の辺の布袋葵は陸に戸惑
う
熟れすぎし白桃ひとつもう誰もふりむきもしない
　果汁をすする

流人の如ざんばら髪になり果てて長き入院放免となる

東京　安廣《やすひろ》　舜子《きよこ》

荷を置きて面会なせず帰りゆく息子目に追ふ五階の窓に

コロナ禍に家族さへ来ぬ病床に届くメールの春風のごと

＊

この椅子に若菜を食べてゐた父がゐない大きな茶碗をのこし

香川　藪内眞由美《やぶうちまゆみ》

髭剃るも爪切ることもなくなりぬ父がわたしの日日にてありき

納骨もすべて終はりぬ言葉でしかわたしは父にもう触れない

＊

コロナ禍でホームにこもり日の光浴びざる義兄《あに》の色褪せし頬

富山　山口《やまぐち》　桂子《けいこ》

和紙のこと語れば尽きぬ人なりき紙漉く街で白にくるまる

降りやまぬ雪に逝きたる義兄《あに》の骨　雪に晒しし和紙より白し

「しきなみ」の大会の折に講演を為さりし岡井隆氏逝けり

東京　山下《やました》　勉《つとむ》

会場は満員の四百七十名岡井隆氏講演の彼の日

招聘の縁《えにし》の岡井隆氏逝きS元代表もその翌月に逝きぬ

＊

今日あたり日和良ければ少し遠く歩きてみてはと息の言ふ晩秋

岡山　山本《やまもと》　幸子《さちこ》

平等に齢給はる訳にはゆかじ社長九十の母残し逝く

春彼岸より夏土用入りても通院の息は切断の掌は首に吊る

＊

なきがらのいとこに対ひ声もなく冷たき頬にわが手を触るる

岩手　山本《やまもと》　豊《ゆたか》

延命の治療をなさず家にゐて逝きたる友の顔のしづかさ

癌を病み逝きたる友が送り来しあまたのメール消しがたくをり

此岸去る父の孤舟の艪の音のいまだも聴ゆ秋天の海
無余涅槃母のひたひの未だ温し摩る手のひら冷え冷えとして
自爆せしひめゆり部隊の少女らに無かりし未来の七十五年

大分　山本和可子《やまもとわかこ》

*

唖蟬《おしぜみ》のかたくな吾は母の死を肯《うべな》へざれば一夏《いちげ》を泣かず
小ぶりなる藍色《あゐ》の茶碗の遺されて母亡きこの世の秋が来てをり
甘納豆ほろほろ食《は》みて涙出《い》づ母が最後に分けくれしもの

神奈川　結城千賀子《ゆうきちかこ》

*

たまたまに日向の隅へ着地して二輪咲かせる桜草の種
痛いから歩の遅いから口にいでわが体力は低下のすすむ
陽のあたる塔婆に止まる秋茜ふたことみこと空耳きこゆ

埼玉　吉田《よしだ》　和代《まさよ》

待ちかねた初孫を抱く亡妻《つま》も居て愉しかりしよ覚むれば独り
九十《きゅうじゅう》歳の吾を独りにできないと息子夫婦は同居勧める
見も知らぬ都会はゴメン籠の鳥なすことも無く隠る暮しは

愛媛　吉田《よしだ》みのる

*

若き日は手をつなぐすらなかりしにいま病む夫の腕しかと抱く
来る冬も袖通せるを祈りつつ長病む夫のセーター仕舞う
美味しいねと言い合う夫の傍になく秋刀魚の初物ひとり占めする

和歌山　脇中佐智子《わきなかさちこ》

*

教会のウイルス掃除に出動の妻は厳しく自殺は罪と
別手段《べつのて》をつくさざること難じたし自死を罪とは思わざれども
朱花朽ちつるぎ葉萌ゆる曼殊沙華生きることはあきらめぬこと

東京　渡辺《わたなべ》　泰徳《やすのり》

憧れて行きたる終の勤めにていぢめられしが好きだから耐ふ

神奈川　綿貫《わたぬき》　昭三《しょうぞう》

身や心すつぽり包みくれし家老いたる今はくつろぎの箱

ちりぬるをちりぬるをとふ歌かなし高齢社会の行き着くところ

12
家族

真夜近く犬引きてゆく娘《こ》の影を月は照らせり　町
並低し
大阪　赤井《あかい》　千代《ちよ》

息子《こ》と喫《の》みしにしむらコーヒー旨かりきお初天神
通りの角の

嫁どのはマスク三箱送りくれ紫陽花と薔薇子は届
けくる

*

ふるさとの竈に囲炉裏、五右衛門風呂、燃える火
のそばにいつも母おり
茨城　阿久津利江《あくつとしえ》

縁側にて卒寿の義父が十年前の白きズボンを裾上
げするとう

付添いはできぬ産院の灯を見つめ駐車場にて産声
を待つ

*

旧姓にもどりましたと表札を変へる長女に笑みも
どり来る
埼玉　安達由利男《あだちゆりお》

膝の水抜きつつなほも働かむ娘親子の生活《たつき》も負ひ
て

たとふれば竜飛岬の風に立つ高倉健の背《せな》をもちた
し

風邪引かぬやうにとみかん三キロを母は八百屋に
買ひて下げ来し
静岡　安達《あだち》　芳子《よしこ》

解けるとか解けないとかは別にして母の週一数独
に向かふ

吾が買ひしシンビジウムを五十年株分けしては母
咲かせ来し

*

PTA会長の父と、すれちがう境小、はにかむ我
は他人のふりしたり
群馬　新井恵美子《あらいえみこ》

母、冷子《れいこ》を「美人、優しく上品で上皇后似」と、
誉めてくれし美容師

3軒目の家も、父母が働きし預貯金で建てており、
展示場も見ずに

*

雪肌に長きまつげの妻、冷子《れいこ》よ、若かりし日の健
康美なり
群馬　新井《あらい》　達司《たつじ》

律儀な妻は、他人《ひと》様へ物へも丁寧で、信頼された
る医療人なり

境公園の蛙の合唱《うた》は、博識の亡父《ちち》、秀次《ひでじ》からのエ
ールの如し

如才無く大家族を気配りせし亡母《はは》、似たる我は八人目末子なり

群馬　新井《あらい》冷子《れいこ》

娘、恵美子《えみこ》は、書、絵、編物こなす薬剤師、優しすぎるが気がかりなりき

長身の夫《つま》、達司《たつじ》は、損得抜きに仕事をしたる人の佳き人

＊

月桃花つぼみの先の露光りおみなごの胸小さくふくらむ

沖縄　新垣《あらかき》幸恵《さちえ》

ゴーヤーのひと雨ごとに蔓のびて黄花の蝶を待つ老母の背

亡くなりし父の革靴見し吾子は父を知らずにその靴をはく

＊

両親を施設に恙無く送り我の戻るべき家を失う

愛知　荒木《あらき》則子《のりこ》

庭好きな父母の手足を捥ぐごとくあてがわれたる部屋に仕舞いぬ

父母を誰にお願いすればいい赤城を拝み野辺にお辞儀す

冷蔵庫開けては閉めて去りし後また一人きて家族ゐし夏

千葉　石井《いしい》雅子《まさこ》

年内に一人生まれて一人逝きプラマイ0《ゼロ》の家族なりけり

遺された夫の眼鏡は丁度合ふあなたと二人で見てゐるやうな

＊

病める吾の列席喜ぶカードには早く趣味をたのしんでねと

神奈川　石川《いしかわ》千代野《ちよの》

九十路も八十路も皆元気な声コロナの日日を素直に付合ふ

三姉妹老いたる今も前向きて穏やかな日々を電話がつなぐ

＊

大学や仕事のためと皆言いて四人の孫は東京へ行きぬ

京都　石田《いしだ》悠喜子《ゆきこ》

職業欄主婦とあるのはどうしてか面白けれど謎のとけざる

図書館に大活字本借りて来し夫は知識欲まんまんと生く

ファスナーの衣かむごとき時を経て子はぷいと立つ寒の夜更けを

奈良　伊藤《いとう》　栄《えい》子《こ》

夫あらば許さざりしよ言ひ訳を子がはじむるをふむふむと聞く

「行つてきます」朝の八時に自室へと籠もる娘在宅勤務となりて

*

春近くなれば心の奥深く父という名の森のざわめく

岐阜　伊藤《いとう》かえこ

急逝の父の忌近づく春の夜モノクロ写真のアルバムめくる

七歳で死別の父の若き日を母の記憶の底よりひろう

*

志願して幹部候補生となりし父二十歳の父のまっすぐな目よ

静岡　井上《いのうえ》香《か》代《よ》子《こ》

あれをしてこれをしてとは言わずとも察するでしようと母の目は言う

コロナ禍もかまえずきっとやりすごす涙ひとつも見せなき母なら

受験期の息子家族の緊張を離れて見守り星に祈りぬ

滋賀　今西《いまにし》早《さ》代《よ》子《こ》

星屑のひとつがこぼれ胸に落つテラスに見上ぐ七夕祭り

青春を朱夏を駆け抜け白秋を夫は私の歩幅に合わす

*

歌会終へ真つ先に乗るエレベーター長く患ふ妻待ちをれば

群馬　伊《い》与《よ》久《く》敏《とし》男《お》

妻病みてこの日の来ると思はざり金婚となる日の朝むかへ

いくたびも同じことを言ふ妻のをり力を込めてシンクを磨きつ

*

母のはづす入れ歯みつむる四歳の頭のなかをのぞいてみたし

長崎　岩本《いわもと》ちずる

帰り来し中三の孫の嘆きゐる六時限目は睡魔に負けたと

母の歳聞かれ九十と答ふれば「大きくなつたろ」母は添へたり

みどり児の顔認証のメカニズム新顔みつめ泣き顔
笑顔　徳島　印藤《いんとう》さあや
的しぼり匍匐《ほふく》前進たくましや雄叫びあげて豆騎士
となり
幼の眼甘酸っぱさに嬉嬉として乳歯二筋わだちの
林檎

＊

我が伯父の宇井孝生はサラリーマン昭和二十三年
生まれ　奈良　宇井《うい》　一《はじめ》
外資系空圧機器のエンジニア西日本の営業部長
休日はカヌーとネットと英会話四万十川が伯父の
遊び場

＊

「ママの傍で看病する」幼子はいつの間にやらス
ヤスヤ眠る　奈良　上中《うえなか》　幾代《いくよ》
秋風に吹かれて香る金木犀記憶の中の母と出会い
ぬ
七五三家族写真は世代超え繰り返される満面の笑
み

ドクターの話は両肺曇りガラス夫の体を静観中と
栃木　宇佐美《うさみ》ヒロ
「おいしいね」家のごはんに笑う夫は一日七食胃
を全摘して
友より献上米をいただきて夫の退院の朝炊きて祝
う

＊

やがて咲く桜も見ずに逝きし娘よ見送る傘に粉雪
つもる　埼玉　宇田川《うだがわ》ツネ
あかときの夢にいで来し娘の顔がさびしかりにし
ひと日思へり
初雪や竹とたけとが御辞儀する幼き頃の娘の一句
なり

＊

見せかけの優しさだった触れるたび色褪せてゆく
真鍮のノブ　愛媛　梅原《うめはら》　秀敏《ひでとし》
ポロポロと笑顔の仮面剥れ落つ助詞を省いた家族
の会話
いつ誰が書いたのだろう「生きたい」が結露のた
びにガラスに浮かぶ

応援のみなが励ます最後尾わが孫だとは誰にも言わぬ

広島　梅本《うめもと》　武義《たけよし》

風邪らしき息子が寄るなと強く言うわが市もついに感染者出ぬ

練習の成果まずまず按摩機に揉まれつつ聞く妻のオカリナ

*

「う」になれば笑い転げて「うんこ」とう子と真剣にしりとりをする

富山　浦上《うらかみ》　紀子《のりこ》

初めてのウイッグは母を幾たびも三面鏡の前に座らす

この笑みで生きてきたんだ大家族を束ねし姑《はは》のつくろいの笑み

*

透析に得たる時間を余生とは酷なれどいつまでの時間

埼玉　生沼《おいぬま》　義朗《よしあき》

真夜中に猫追いかけて階段の転倒を知る二週間後に

あきらかな弱気と強気が反復するその振幅がなおさら顕著

樺太の敷香《しすか》で次兄は死ににけり一歳十か月はしかに罹り

北海道　大朝《おおあさ》　暁子《あきこ》

ちちははは赤子の骨を収めけり五十年経て新しき墓に

父母の墓を閉ぢ来て夜の虫のこゑ聞くなり兄と嫂と弟と

*

用心棒ひとり雇つてゐるみたいわれの息子を姉は言ひをり

北海道　大関《おおぜき》　法子《のりこ》

手のとどく高さに三日月かかる夜あなたの老け顔思ひてもみむ

一隅を照らすは父の教へなりそのいちぐうのトイレをみがく

*

毒語《どくご》吐く亭主の言葉活力出元気のもとよ婆も負けじと

大分　太田《おおた》美弥子《みやこ》

コロナ時《どき》くしゃみ鼻汁《びじゅう》眠り時《どき》隣りの亭主トイレいそがし

コロナ時《どき》食事時《じ》ずらし亭主あと、変《へん》ない我家日頃も同じ

平らけき母の一世と思ひしにノートの歌は苦渋に充つる

宮城　大友《おおとも》　圓吉《えんきち》

妻の目を盗みて今宵も焼酎をコップ一杯注ぎ足して飲む

気に懸かる事成し終へてこの夕べ嫁送り来し酒に酔ひたり

＊

遮光せし部屋に臥しいて我を待つ母の残像いまだに去らず

東京　大沼《おおぬま》美那子《みなこ》

冬生まれの孫にはじめての春がきてベランダの前万朶の桜

子をあやす吾娘の声音のやさしくて十月の空澄みわたりいる

＊

「姉ちゃん」と呼ぶ声にふと立ち止まる　遠い昔の我等を見たり

大阪　大野《おおの》　雅子《まさこ》

息子《こ》には息子《こ》の思いがあるに口出しす言いし後から又も反省

遠き日の勢い薄れ夫の背は小さくなりし　水仙匂う朝

迷ひ子の吾を交番へ迎へに来し着物姿の母をし偲ぶ

静岡　岡嵜《おかざき》　信子《のぶこ》

遠き日のどしや降りの中蛇の目差す母の姿を今も忘れ得ず

つなぎたる手をにぎりしめ母見上げ眼《まなこ》のあへば深く安堵す

＊

年老いしわれら夫婦を気遣《きづか》ひて身近に住まふ娘夫婦は

栃木　岡村《おかむら》　稔子《としこ》

新春は近き稲荷へまづ詣で三密避けて天神の杜《もり》

兄弟《あにおとと》帝都とパリにそれぞれに祈るは日々の無事なる暮らし

＊

肩寄せて家族七人過ごしし日懐かしき家は昭和の面影

宮崎　小倉《おぐら》みはる

終活と離農を決意春近し「土はいのち」と夫思い出を

カレンダー捲る手止まる神無月面影偲ぶ母の命日

誤配送され来し二つのカーネーション一つは母の仏壇に置く

東京　小澤《おざわ》　京子《きょうこ》

祖母《おおはは》の形見を篋で分けしとう母は翡翠の指輪はめいき

命日を「水仙忌」とし粛々と家族で集う母のいぬ居間

＊

豆を挽く父の姿が浮かびくる朝のコーヒーを入れる姿が

秋田　柏谷《かしわや》　市子《いちこ》

たんぱく質10gのお弁当初秋の公園へ母と出かける

居室には小さき写真を置きてあり別れを言えず父と別れて

＊

この世にまだ父母《ちちはは》とゐるあかるさの金木犀の色づける庭

宮城　梶原《かじわら》さい子《こ》

山脈のごとき父の背揉みながら雲は流れてゆくをやまざる

父母《ちちはは》のむすめを死なせられないと思へば強くなりたるこころ

晴れた朝産まれし吾子や還暦を迎へる今日も日本晴なり

福井　加納《かのう》　暢子《のぶこ》

望まれて産まれし吾子は男の子二人の祖父が名付け親なる

百点の算数のテスト持ち帰り祖母を喜ばす学童なりき

＊

さぬきなる夫の祖母は化粧せぬわれにくれなゐの口紅呉れぬ

岩手　鎌田《かまだ》　昌子《まさこ》

一年の収穫なべて寄付せんと祖母は高野の山へ旅立つ

十四にて嫁ぎ来たりし祖母のこゑ聞こゆる如し春の曇日

＊

山に焦がれ山に隠れし吾夫は日本三百名山に足跡を残す

千葉　川島《かわしま》　道子《みちこ》

「いつかある日」唄へば涙あふれくる「元気で生きよ」とはるかなる声

サクサクと落葉踏みゆく山道は栗拾ふ道うた拾ふ道

耳すまし降る雨の音聞きをれば闇のかなたに母の声あり　東京　来嶋《きじま》靖生《やすお》

雨の夜を流れゆく川もの言はず運びたるらし母のいのちも

眠れずにありし夜《よ》の明け世にあらぬ母と語れり現《うつつ》の夢に

＊

徹すれば偽善もつひには善なるや　バルザック像の深き沈黙　静岡　君山《きみやま》宇多子《うたこ》

自《し》が内に大切なるもの蔵ふ友必ずやゐむ汝の周りに

十七歳《じふしち》の悩みに応へむ長きふみ終りに記す「宇多子」といふ個を

＊

運転の免許返納きめてより夫は身めぐり断捨離はじむ　群馬　木村《きむら》あい子《こ》

捨て難き品物ひとつ晩年の母の好みし手編のショール

マスク掛けスーツ姿も初初し新任教師の孫を見送る

三人の孫の踊りし「パプリカ」は個性ありすぎ笑いの元旦　静岡　金原《きんばら》多恵子《たえこ》

初なりの苺二つぶ色づけど孫の口まで届ける術なし

「ジィジのね手術《オペ》っていうの　ハチにさされたとどっちがいたい？」五歳は問いし

＊

わが山の麓の春の恵みとぞ妻は杖つき木の芽摘みたり　茨城　久下沼《くげぬま》昭男《あきお》

膝に刺す太き注射の痛痛し妻は黙して目を逸らしゐつ

脳神経外科診察の老いわれに足腰痛き妻の付き添ふ

＊

あき子とは九月生まれの我に父付けてくれたり逝きて八十年　宮城　草刈《くさかり》あき子《こ》

爪を切る事の難儀さ生前の母に手を貸すことせず悔やむ

風呂場より数を数える声とどく盆に帰省の娘の家族

この夏はコロナ感染症蔓延し吾子帰り来ず風の音聴く

大分　草本《くさもと》貴美子《きみこ》

去年《こぞ》共に転びて笑いし夏座敷今年は風の吹き抜けゆきたる

老いし吾れに母さん泣くなと笑みいたる身障の子の末見届けたき

＊

焼き餅と墨の香ただよう食卓に子と向き合いて書き初めはじむ

東京　久野《くの》静代《しずよ》

日に三度四人家族の食卓は三月《みつき》過ぎれば窮屈となり

筑前煮「クックパットの味ですよ」娘は作り自慢気な顔

＊

車椅子こぐ子の描きし家族の絵みんな背中に羽根をつけおり

東京　栗原《くりはら》幸子《さちこ》

亡き母の和裁の包み色褪せて子等の着ていし残り布あり

和室より眺むる十五夜この月を夜間現場の子もみておらむ

「ねえばあば　お空つかみたい」幼指す天をあおげば柔らかな青

茨城　黒澤《くろさわ》初江《はつえ》

鬼役の祖父《じいじ》にキャーと悲鳴あげ幼は逃げる笑顔でにげる

ほがらかにあっけらかんと生きしという良寛さまに似る義母《はは》なりき

＊

「お母さん元気ですか」と置き手紙玄関におくうな重の上

東京　小林《こばやし》紀子《のりこ》

子ら達より若くないのと諭されて笑ひの渦の中に入れり

夏来れば恋ふる心が秘やかに雨降る中にゆく雑司ヶ谷

＊

大雪の時に拾いし子猫三毛宝となせる今の幸福

新潟　近藤《こんどう》栄子《えいこ》

妻われは健康で下戸亡き夫はその点とても得せしならん

運転を認知検査で許可されてひとりの生活三毛と頑張る

片づけの術なき妹《いもと》寝る兄にいつはりの朝やさしく
告ぐる
東京　里匂《さかおり》　博子《ひろこ》
草の葉を噛みつつ笑ひ合ふ子らの白きマスクが顎
に揺れゐる
引き馬の鼻撫でやまず目うるます子にけふの衣《きぬ》匂
ひ立たなむ

*

渓流の音しづかなる山かげに春陽をあびて歳かさ
ねゆく
新潟　佐々木《ささき》伸彦《のぶひこ》
致し方無きこと全て打ち捨てて今できることマス
クして立つ
近親の二人を襲ふ病名はギランバレーにアルツハ
イマー

*

来訪の叶はなければ遊びゐる曽孫の動画スマホに
寄する
神奈川　佐藤《さとう》　三郎《さぶろう》
止むなきや久に訪ひくる孫たちとアクリル板を隔
つる面会
グータッチなして去り行く輩《ともがら》の後を舞ひ散る桜
嫩葉《わくらば》

幼稚園へ吾娘の手を引き送りにし手を通院に今引
かれゆく
宮城　佐藤《さとう》冨士子《ふじこ》
手をつなぎ歩むわれらの姿見て向かい来る人笑み
を浮かべぬ
老い進む親を見せるは悪くなし娘《こ》に芽生えゆく労
りのこころ

*

ひゅるひゅるひゅー嫁の在所にソーラバエささ孫
抱きにいこう六月
岐阜　篠田《しのだ》　理恵《りえ》
申し訳なきほど息子に似たる子が青い産着に包ま
れており
いちちびた、二ちびた産まれてソーラバエ岐阜の
おばばの祝いごとせり

*

帽子付きどんぐりなのと微笑みて我が幼子は財布
にしまふ
茨城　渋沢《しぶさわ》たまき
通学の班分けリボンの色褪せて一年生も残りひと
つき
「すごいね」と子がＡＩを褒むる声会話の応酬途
切れずにゐる

数多き病気怪我を乗りこえて母百歳を迎えたりけり

埼玉　清水《しみず》　克郎《かつろう》

老い母を車椅子押し公園の噴水に行き暫しくつろぐ

こぼれくる母の涙を見るたびにこれでいいのか胸が詰まれり

＊

縞馬の縞を道成し駆けて来よ帰る帰らぬ帰れぬ息子ら

千葉　清水麻利子《しみずまりこ》

戦争を知らない我の千人針　子へのマスクをちくちくと縫う

われが掃き夫の集めてきりもなや落葉は天より降りくる玩具

＊

退院の夫は床屋へいそいそと伸びた白髪を刈り込みにゆく

東京　清水《しみず》　素子《もとこ》

ガラス越し店外に座り夫の髪に輝くハサミが躍るのを見る

父ははの亡くなりて後この永き年月生きんと思わざりしに

＊

デザートにいちごを見つけみんなして食べようと孫配りて廻る

和歌山　杉谷《すぎたに》　睦生《むつお》

朝昼晩料理作りてくたくたと妻がのたまうコロナ禍最中《さなか》

寂しさを甘えてうめる日曜日ママママと孫ママの首抱く

＊

まだわれが生まれる前の父の歌「富河少年団歌《おうえんだんか》」の歌詞を今手に

静岡　鈴木《すずき》　喬子《きょうこ》

高らかに父に届けと姉ふたり学生時代のかの日のごとく

応援歌村の社にひびきたり録音せる娘の翌日譜面に

＊

永遠を誓いたる日は暖かくチンドン屋など歩いておりし

埼玉　鈴木《すずき》　宏治《こうじ》

永遠を誓いし果てが今の世に保ちいる形不満なけれど

永遠はフクシマにあり永遠に引き継がれゆく核の瓦礫は

わが留守に冷蔵庫満たして帰りし子のメモ書きの字のうまくなりたり　愛知　鈴木《すずき》 昌宏《まさひろ》

老い重ねいづれか一人生きる日を互ひに触れず庭の草取る

母の手はいつも濡れてて温かし我等は五人その手に育つ

＊

初孫が生れしと子から電話あり　嬰《やや》の寝息のような雪降る　茨城　関口《せきぐち》 洋子《ようこ》

茶の間にて夫はラグビー厨にて吾は野球の中継を見る

時間かけおでんを煮込むそれが良し店には負けぬ私のおでん

＊

亡き夫の知らざる年月重ね来て平成令和とわれも老いづく　沖縄　楚南《そなん》 弘子《ひろこ》

亡き母の物言ひに似ると娘らの言ふわれの気付かぬ或る日の声音に

うづたかき春野菜の束茹でにつつ思ひは巡る大家族の日々

色あせたソファーに指さし夫が言う「母さん少しぼーっとしてて」　福井　高倉《たかくら》くに子《こ》

手まねきをしている夫に近寄れば窓一面に夕焼の空

面会が明日かなうと告げたれば「流されるな」と子は返したり

＊

外つ国に吾を待ちおりし臨月の娘の「ありがとう。こわかったから」　富山　髙野《たかの》 佳子《よしこ》

陣痛とう長いトンネルともに耐え吾娘の長男産声をあぐ

みどり児を抱けばほのかに乳のかおり黒水晶の眼の深く

＊

脚弱き夫の一歩の重みなり見守りしつつ寄り添える日々　広島　高橋《たかはし》 茂子《しげこ》

三時間の鎖骨の手術の麻酔より覚めし息子の手を握りしむ

満月のまどかに照れば縁側に共に見ていつ療養の息《こ》と

まんまるい亡母《はは》の心の半分をくるるが如し上弦の月
東京　高橋美香子《たかはしみかこ》
夕暮れに金木犀の香り来るもう帰り行く実家はなくて
「遅いからもう寝ようよ」とお互いに言いつつ続く母娘《こ》の会話

＊

大義母の母は幼ら置き逝けり百年前のスペイン風邪に
神奈川　髙畠憲子《たかばたけのりこ》
九歳にて母を亡くしし大義母は九十八年の命全うす
孫のまた孫の時代に再びのパンデミック来むか燕は飛ぶか

＊

朝になれば昔の母に戻るかと思ひ過ごしたる日々のしあはせ
東京　高山邦男《たかやまくにお》
母であること忘れてもお母さんと呼べば今でも言葉を返す
ものつかむ事ままならぬわが母のわが服つかむ力ぞ強き

レンジが呼ぶ炊飯器も呼ぶ朝まだきかあさんと呼ぶ息子は遠い
福島　田中滋子《たなかしげこ》
待つことのたのしきろかも子らを待ち月の出を待つ夜空明るし
ふたりきりになりたいなどとおもひし日遠くなつかし　ふたりきりなり

＊

傍らに連れ合いがいて過ごす日々ときにはイジワル言い合いながら
神奈川　田中節子《たなかせつこ》
連れ合いは異物を抱え生きているペースメーカーとう胸のふくらみ
あかねさす君と磐梯山見上げればコロナ禍しばし遠のくここち

＊

帽子脱ぎ鳥居をくぐる祖父をみて急ぎ帽子脱ぐ孫とその父
茨城　田中治子《たなかはるこ》
胴乱を肩に植物採集の兄に憧れ図鑑を繰《く》りし日
冬来れば面子の裏に蠟をぬり強さ競ひし汝弟《なおと》逝きけり

一年ぶりに妻が二合の米をとぐ音もリズムも常より軽やか

一つ家に新たな灯り寄り添うて老いの心に点る明かりは

長崎　谷川《たにがわ》　博美《ひろみ》

「やさしいあの子」奏でる孫のリコーダー聴きつつわれは朝餉摂りたり

＊

初に見る世界はいかが幼《いと》けなき瞳のまばたき宙《そら》を掴む手

婆ちゃんをもう忘れたかな再会に泣き出す孫に「いないいないバアー」

宮城　千葉《ちば》　む津《つ》

駆け回りすとんと眠る孫を抱けば両手に重たし命がぬくい

＊

遠き日に夫と歩みし野の道に吾亦紅咲くかすかに揺れて

栃木　塚田《つかだ》　美子《よしこ》

病院に夫を残して帰り来ぬ今宵わが家の虫鳴き止まず

亡き夫の残せしサツキ今日もなお暑さに耐えて緑つややか

盆参り墓前に立てる弟の後姿の亡父に似て来ぬ

神奈川　土屋《つちや》美恵子《みえこ》

祖母の味忘れ得ずしてスーパーにおからの煮物購ひ来たり

車椅子押して歩みしせせらぎ沿ひいまひとり来て亡母の恋しき

＊

きさらぎの明り障子に陽はあふれひとりの部屋がふくらみ始む

東京　釣《つり》　美根子《みねこ》

なきひとのシャツをはおれば滑《すべ》やかに膝のしたまで包まれてゆく

ビル間《あい》の冬青空に孫五人じいじの墓に一列横隊

＊

休日のわが家の指揮は妻がとり反論ゆるさぬ絶対命令

宮城　遠山《とおやま》　勝雄《かつお》

突然の来客多数をにこやかに妻は持てなす大盛りカレー

籐椅子にひねもす居眠る母逝きて坐る人なき椅子を寂しむ

両親と夫との思い出いっぱいの母屋との別れ心にきざみし
徳島　戸田《とだ》　英子《ひでこ》
秋空にピンクの輝きさるすべり塀より高く鮮やかなりし
九月末母屋と庭となくなりぬ別れの涙か夜降りし雨

＊

年としの誕生日ごと君に貰いしバラの花束ドライフラワーに
東京　内藤《ないとう》二千六《ふちむ》
皇紀二千六百年に生れしを父は二千六と名付けくれたり
双子の名長男の名の三と徳貫いて付けし仲良くあれと

＊

透き通る空を見せたく母を乗せタータンチェックの車椅子おす
兵庫　長江《ながえ》　雅子《まさこ》
はらはらと散りゆく花を手に受ければ体温のごとき温かさあり
大になり小の字になり川になり伸びて縮んで家族の昼寝

似る性のぶつかりて嗚呼かまびすし　娘との電話は同時に喋る
兵庫　中畔《なかぐろ》きよ子《こ》
春嵐だつたかあの日の涙雨　おとな宣言みせしふたり児
教皇の教へ聴きゐる講堂のどこかに孫娘の目が輝りをらむ

＊

おくつきにつるくさのつるまきもどす父母ありし時へ時へと
神奈川　長澤《ながさわ》　ちづ
幸運を呼ぶ虫なると知らざりてナミテントウ虫指にはじきて
夕闇と夜闇の間《あい》のうすき膜　霜月父の忌日息づく

＊

ハモニカと父母が愛せし猫のタマ昨日今日の如くも思わる
大分　永松《ながまつ》　康男《やすお》
どの歌が一番好きかと母に問えば荒城の月を吹いてと言えり
福島は猪苗代湖に磐梯山思い出の旅の妻若かりき

父の肩　重荷背負いし胼胝《たこ》ふたつ六人育てし力の証
徳島　中山《なかやま》よしつぐ

年輪の模様の浮かぶケヤキ卓　父の交わしし酒が染みてる

いつからか我のなすこと見守りて口添えせずに宙《そら》をみる父

*

わが父が戦死したりし武漢いま炎上しおり冬の最中を
北海道　西勝《にしかつ》洋一《よういち》

長かりし母の戦後か粛粛と昭和を送り忽然と逝けり

ジンギスカン鍋を囲んでベランダに過ぎゆく三人家族の夕餉

*

町名の入りし祭の手拭で祖母が作りしマスク美し
静岡　野沢《のざわ》久子《ひさこ》

お隣の祭組長の柴犬は滅多に吠えず子等に尾を振る

補聴器を注文したと夫の言う鈴虫の鳴く窓辺に立ちて

早生まれなんて関係ないけれどつま先で立つ集合写真
福井　野原《のはら》つむぎ

ふり向いてゆっくり歩いてくれる子よ小さな騎士は背丈も伸びた

花婿のきみが涙を見せるから母さん泣けなくなったじゃないか

*

こぼれ落ちる祖母の笑顔のその皺の深さに生き来し苦労現る
埼玉　野元堀《のもとぼり》順子《じゅんこ》

なぎの海月へと続く道ありてゆっくり歩いて会いたし父に

「きれいだね」八十九歳母の言う秋の小道で桜葉ひとひら

*

明け方に一斉に舞う白鳥にカメラを向ける息子の緊張
東京　間《はざま》　ルリ

悩み持てど打ち明けもせず白鳥の強さに惹かるる息子となりいて

白鳥を大きく捉えた一枚に生き物に匂う意気と体臭

照れながら娘《こ》は年玉を「私への投資の利子と思って欲しい」と
福井　橋本《はしもと》まゆみ

ほやのぉーとふる里訛りのスタンプが春待ちわびる祖母のラインに

在京の娘《こ》の幸《さいわい》をねがいつつ母はひとりでひな飾りする

＊

夫の癌この寂しさをいかんせむ寄り添ひゆかな落葉踏みつつ
千葉　長谷川《はせがわ》綾子《あやこ》

夫とわれ仲好く生きなむ今日もまた「ひるのいこい」のテーマ曲流れ

雀らも来なくなりたる狭庭辺に娘の植ゑしシクラメン咲く

＊

水曜はリポビタンD飲むらしく一人暮らしをパワーアップする母
茨城　長谷川《はせがわ》と茂古《もこ》

「別珍のスカートあるけどお姉ちゃん穿かへんかこれ」「べつちんて何?」

父の気配消えたる部屋に布団敷く煙草の灰で焦がした畳

妻の手を取りて渡れり青信号夕陽を浴びて木守り柿光《て》る
千葉　長谷川《はせがわ》祐次《ゆうじ》

小春日の陽光《ひかり》はやさしガンの吾に家族語らふひとつになりて

明け方に最後の肉親姉の死を伝ふ息子の張りつめし声

＊

そろばんの繰り上がる珠カチカチと数の不思議かをさな手を止む
神奈川　濱田《はまだ》美枝子《みえこ》

数の意味知らぬをさなの指先に輝き見ゆる無限の継起

をさなにはをさなの見知る真《まこと》ありそろばん珠にひとみ見開く

＊

さくら色の日傘くるくるまわしつつ君の描きし桜見に行く
沖縄　比嘉《ひが》道子《みちこ》

君の絵の君の自画像に囲まれて生きねばならぬ苦きこの世を

CDに残りし君の声聞かばわたくしきっとくずれてしまう

「死は神の領域」にしてその理由《わけ》を問はずに受けよと牧師夫人言ひます　広島　菱川《ひしかわ》　慈子《よしこ》

テオ・ゴッホその兄の死に間を置かず逝きたる失意妹の逝きて知る

テオ・ゴッホに倣ひてならじ妹の逝きて失せたる気力を奮ふ

＊

夫の居ぬ二十四年を生ききたり「ひとりでいいね」言葉が刺さる　茨城　平澤《ひらさわ》　良子《よしこ》

蔵いおきし夫の将棋盤孫に遺りぬ二人の対局見るは叶わず

亡き夫が埋めたる球根咲き継ぎて黄《きい》の水仙花付きのよし

＊

こんなにも撫でやりし子はゐなかつたと猫抱く夫よさうでしたかね　茨城　深井《ふかい》　雅子《まさこ》

口笛が上手になる頃離れゆく子の吹いてゐたエーデルワイス

実家《さと》の庭に母とながめし半夏生遠ざかりつつ消ゆることなし

青年と乙女となりし孫を連れ太宰を語り金木に降り立つ　秋田　福岡《ふくおか》　勢子《せいこ》

五十歳で離婚をしたと帰り来る息子との食卓会話の弾む

障子張替え網戸も手作りする息子三十年ぶり共に暮らせば

＊

藤井とふわが姓を継ぐ者のなし四人の娘みな嫁ぎたり　岩手　藤井《ふじい》　永子《のりこ》

父眠る墓の前にていましばし来ぬこと詫ぶる口籠りつつ

眠られぬ夜半思ひ出づ助動詞の呪文のごとき母のその声

＊

ひと言に数倍かへす口癖を元気の証と妻を見詰むる　埼玉　藤生《ふじう》　徹《とおる》

断捨離の進まぬ我が家これ程に価値観異なる夫婦なるとは

故郷は何処とは言へぬ子の二人吾が転勤の被害まともに

動画にて曾孫の歩く姿見るうれしそうにママとつ
なぐ手振りて
栃木　藤倉《ふじくら》　ツネ

曾孫の歯みがく動画シャカシャカと口に入れては
まずそうにして

スマホでの家族のラインに皆が集い誕生日祝いに
花咲かせおり

*

竹箒買ひに出て行く妻に言ふお空を飛んで帰つて
おいで
埼玉　藤森《ふじもり》　巳行《みゆき》

竹箒振り回して椋鳥を追ひ払ふ妻魔女かも知れぬ

愛妻と悪妻とは一字違ひどちらにもなる妻を見て
ゐる

*

祈り上げひそかにきほふ子の望み陰陽叶へる家の
改良
岐阜　古井《ふるい》冨貴子《ふきこ》

山のいも山野に掘りてこの年も味はふ膳に大歳を
越ゆ

新春の四方《よも》に降り積む今朝の雪リフォームせし家《や》
の吉事《よごと》を思ふ

白寿にて臥す日の多し父の背をさすりて今日の会
話と為しぬ
青森　古舘《ふるだて》千代志《ちよし》

死に際に父はわが掌に爪たてて指にて書けり「ア
リガト」の一語

一人でも生きてゆけよと亡き妻の言葉のような花
のハンカチ

*

生姜煮るレシピは記憶を少しずつ毀つ嫂さに教わ
りしもの
千葉　逸見《へんみ》　悦子《えつこ》

リハビリの甲斐あり手摺につかまりて立てると姉
の声ははずみぬ

ｗｅｂ会議始める息子はたちまちに企業の一員笑
顔の消える

*

気丈なる祖母は片手にわれを載せ育つかを問ひし
と母の語りき
神奈川　穂坂《ほさか》キミエ

四人娘《よたりご》の歳暮の新巻神棚へ飾りて祝ふ遠き日の父

ふるさとの墓地に娘《こ》と来て秋彼岸けふを香炷く曽
祖父母らのこゑ

鼻が悪く匂ひわからぬ亡き父にいひ白檀の線香灯す

東京　本田《ほんだ》　葵《あおい》

穏やかな義母が語りきコロナさんウイルスにまでさん付けで呼ぶ

どうしても母が見たいと言ふのです新月の見かた誰か教へて

＊

百歳の母の歩みのよろよろりうしろ姿に生きざまの見ゆ

徳島　槙野早智子《まきのさちこ》

手元より火元が先と母の言ふ家事の手ぎはの主婦八十年

歩行器に頼りて歩く百歳の折り紙の技いまだ現役

＊

撃ちて来しあを鳩腰に吊るしつつ夕陽背にしてるんるんの夫

高知　町《まち》　耿子《あきこ》

いつもいつも有難うです給料日言つてくれたね夫もう居ない

ひなちやんの豪君《たける》二歳大分お話出来るやうなりました

生まれたのはどちらなのかと聞かれたり両方ですと言う楽しさや

長野　丸山《まるやま》　英子《えいこ》

晴れた日の十月二十五日は宮参り陽夕《ひなた》よ陽大《はると》よ健やかにあれ

武士《もののふ》と女学生に着替えたるわが家の双児の食い初め祝う

＊

窓ごしのお城を眺め控へ室に親戚そろふ晴れはめづらし

埼玉　三上《みかみ》　智子《ともこ》

母をしのぶ会食すすみ親戚の人らと語るもうないだらう

ゆふぐれの立山連峰桃色にそまるを見つつふるさとを離る

＊

水つぽき母のカレーを大盛の飯に浸ませてかつかつ食ひき

神奈川　箕浦《みのうら》　勤《つとむ》

笑まひつつ突進してくる三歳のマシュマロ爆弾この胸に受く

遠からず父母の「大正」消えゆかむ手帳の年齢早見表より

父逝きて母と野菜を作りし地やわらかい土は実り育む
徳島　三好《みよし》　恭子《きょうこ》

父と母二人で取りし南高梅　今年は母と私と息子で

「いろいろと大変だったね」と母を労う菊の成長

*

診察を待ちゐる夫のうつし身が一気に老いぬつくづく老いぬ

君の背の老いたる丸み命とは小さく小さくなりゆくものか
東京　森谷《もりたに》　勝子《かつこ》

結婚線二本を刻むこのてのひらずつとあなたの肩に置き来ぬ

*

吾の温み移さんとして息の顔を両手に包む愛しくつつむ
宮城　森《もり》　美恵子《みえこ》

「隆喜《たかき》」「由希《ゆき》」遺してくれて有り難う息子に礼言う納棺の時

「黒帯」を息子の証しと祭壇に置くはひそかな母の抵抗

つややかに紅《べに》をさしたるママをみてがんばつた女児ピエロのお口
山口　安野《やすの》たかし

あづけた手そつとはなしていざゆかん稚児《やや》は決意す滑り台にて

まつすぐな眼《まなこ》でママにみせるのはできたばかりのお粘土細工

*

人前に光を浴びて宣誓の新郎新婦はりりしく愛し

帰り来て今日の吉事を顧りみぬ息子《こ》に贈られし花束香る
埼玉　山口《やまぐち》みさ子

庭に咲く小菊を携え墓参り息子《こ》の結婚を告げて微笑む

*

おひるねのくちもとふるるママの指乳歯の二本はればれと生ゆ

這ひよりて曾祖母のほほへ小さき手をふれあふふたりいのち眩しむ
神奈川　山下《やました》　成代《しげよ》

ゆめに会ふ歌稿手にする母のゐてまどろむ朝を温もりてをり

命終の迫れる母と美しき秋の残照見つめてゐたり

鳥取　山田《やまだ》　昌士《しょうじ》

夕茜冴ゆる雲間に光る飛機隠るるごとく母身罷りぬ

冬の日の深くさし入る部屋裡に母の遺影の笑みのこぼるる

＊

カンバスに向かう娘の腕とまり筋無力症と病名告げらる

愛知　山田《やまだ》　直堯《なおたか》

生涯の持病と明かされ自傷せし娘の狂気になす術もなく

遺された自画像の眼にみつめられ娘想いて夜は白みぬ

＊

我妻の優しき思い胸に秘め三途の川を末世に旅立

東京　山本《やまもと》　安里《あんり》

認知症かくして自分をあわれむな私は生きてる私の世界

古里は主なくとも古里だ春を忘れず花は野に咲く

かろやかな幸せの音立てながら鶏の肉片から揚げとなる

神奈川　山本《やまもと》登志《とし》枝《え》

揚げたてを傍から少年は食べてゆく昔もこんな少女をりたり

夕日さすキッチンに山芋擂りてをりいつか残されし二人のための

＊

原爆忌　丘越え来たる鐘の音に鶏舎の卵は骨のしろさに

広島　山本《やまもと》　敏治《としはる》

三線《しん》の蛇皮を打ち鳴らす撥の音　琉球そして沖縄哀歌

「黒い雨」現在《いま》も土砂降り続きをり国会議員の汚点のニュースに

＊

小四の孫に「愛情のチョコ」届くははにかみながら受くる両の手

福井　山本《やまもと》　保子《やすこ》

去年よりも「愛情チョコ」一個増す「食むな」とメモ添え冷蔵庫にあり

ぬぎ置きし男孫のシューズぴったりと我足になじみゆっくり散歩す

両国の街並少しずつ変わり天丼《てんどん》の店なくなりはてぬ
東京　山本《やまもと》　雪子《ゆきこ》

いま一度海老の天婦羅食べたかり熱きご飯の上にかがやく

天婦羅もよきが天丼みな好む孫の二人ももちろん天丼

＊

ただ一つ父の歌った「夕陽の丘」母に衿ぼくろあったからです
埼玉　吉岡《よしおか》もりえ

子の部屋に背広の掛かることもなくハンガーしまい一日《ひとひ》はじまる

小春日を家族で競うバスケットパーカの跳べば落ち葉の走る

＊

哲也さんは百日だけの吾が息子オリンピックを抱っこし視せたね
石川　吉田《よしだ》　雪美《ゆきみ》

にこにこと「今朝父さんが帰って来たよ」癌末の母清に笑みいる

蝶のごと飛び来たりしか戦死の報泣き叫びいる母を見つめる

競りに出す牛幾頭にうからの名を付けいとおしむ畜産の弟《おと》
沖縄　与那覇《よなは》綾子《あやこ》

寡黙なる弟なれど年毎に増えゆく牛と夢語るらし

ゴーヤーは苦きがよろしと言いにつつ夫は平らぐ朝採り二本

＊

〈方舟〉に籠ること百五十日うちいでて子が散髪にゆく
東京　和嶋《わじま》　勝利《かつとし》

はつなつの少年となりあらはるるつつましくして陽をうけそめぬ

「酔鯨」と「知多」と息子に贈らるる誕生日とはやはりよきもの

13
教育・スポーツ

早朝の花壇に集ふ村人の話題は今宵の千秋楽に
埼玉　会川《あいかわ》　淳子《じゅんこ》

我の村と同じき名前の正代関今宵は夫と祝杯に酔ふ

ひらひらと月射し仄かに青みたる小代重俊供養の板碑

＊

春あさき日かげのうつる障子の間背筋ただしき師にまむかへり
東京　秋山《あきやま》佐和子《さわこ》

ほのぼのと釈迢空を語るこゑ日暮れを惜しみ聴きほれにけり

時くれば堅きつぼみもほぐるるを前のめりなるわれの来し方

＊

井の頭公園散歩の乳母車に帽子深すぎ顔の見えずも
東京　大貫《おおぬき》　久和《ひさかず》

地球儀を買いて八年前に行きし大連、旅順をメガネにさがす

皇太子妃美智子様泊りし大佐渡ホテル記念の写真展示してあり

飛ぶ鳥が気流に乗って滑空すフォローの風と風を読みおり
東京　大森《おおもり》　悦子《えつこ》

アジサイの方向ですとキャディー言う冬のアジサイ見極め難し

グリーンまで逆算をする　距離、傾斜、風向き、そしてその日の自分

＊

蕉翁の発句《ほっく》校歌に少女《をとめ》さぶ「しほらしき名や小松」と唱ひ
石川　金戸《かねと》紀美子《きみこ》

口々に「撃《う》ちてし止《や》まん」身丈より長き薙刀よろよろ振りぬ

われらのみ六年《むとせ》学びし国民学校たかが六年されど重たし

＊

９ＪＬＪ１１１０わたくしの形代なれば折り目付けたり
静岡　木ノ下《きのした》葉子《ようこ》

指が覚ゆる学籍番号折り紙に畳みて別れ難き教室

其の上の学籍番号色紙に折り込み留年坂を下りつ

監督に拳で答えてギアチェンジ区間新出し襷を渡す
極限のなかにも一秒けずり出せ沿道わかす箱根路ドラマ
吐く息の白き箱根の山下り身の内熱く滾りているらん

北海道　佐賀《さが》　幸子《ゆきこ》

＊

先生が遊んでくれた放課後に木造校舎の影が伸びてた
蹇《あしなへ》の友を背負ひて金毘羅宮登りし思ひ出修学旅行
障害を持ちて生まれしI君はいつも一人で校庭を見てゐた

群馬　志田貴志生《しだきしお》

＊

登校せぬ子を訪ぬれど静もれる家内に鸚哥の囀るばかり
友を呼び歌ひ笑へる子等のこゑ校庭の上空に木霊してをり
さざめきの消えし校舎をゆつくりと歩む少女よチヤイムが呼んでる

青森　杉山《すぎやま》　靖子《せいこ》

新型のコロナウイルス対策に学校をすぐに閉じろと　夢か
パプリカを合奏する子か誇らしく六歳児から十二歳まで
謄写版、コピー、ワープロ、パソコンと四十四年の学校事務員

岩手　千葉《ちば》　喜恵《きえ》

＊

戦死せる兄の母校は勝ちすすみ育英高と準決勝戦
一高の捕手はとなりの有雅くん　マスク外せば美青年なり
強豪の育英高の七点に一高の一点　燦然とせる

宮城　寺島《てらしま》　弘子《ひろこ》

＊

思春期の生徒とともに三十五年流行言葉にクレームつけながら
先生ってもう呼ばないでクラス会　古希迎えたる子に囲まれて
語尾にかな「ら」抜き言葉認知されせめて孫には教え教えて

滋賀　富安《とみやす》　秀子《ひでこ》

検温と手の消毒をチェックされマスクの力士身を引き締めぬ

東京　永田《ながた》　吉文《よしふみ》

観客のなき横綱の土俵入り力士の意気地テレビ画面に

四股を踏み土俵の邪気をはらふとぞ吾も四股踏むわが家の畳

＊

乗馬クラブの倒産により馬主に手離されし馬　寂しかるべし

神奈川　中村《なかむら》　規子《のりこ》

馬主を失ひ不安定になれる馬　乗りゐる客をしばしば落とす

飼葉桶におやつを入るるわれの背にヘイキューブに塗《まみ》るる鼻つけてゐる

＊

わが夫の弛まぬしるべありてこそ生涯スポーツスキーに親しむ

北海道　林《はやし》　朋子《ともこ》

スキー終へほどよき疲れに仰ぎみる冬天の青雲間に深し

虚弱児と云はれしわれが喜寿の今スキーなすとは誰おもはむや

「勇敢なる桜の戦士」の愛称に呼ばるる日本のラグビー選手

東京　堀河《ほりかわ》　和代《かずよ》

二つ三つラグビー用語知るのみのワールドカップに吾がのめり込む

街路樹の黄に色づける丸の内ラグビー選手のパレードに沸く

＊

折り返し地点明けゆくハイウェイを走れる人ら皆顔持てり

東京　本多《ほんだ》　稜《りょう》

逆光に眩むたまゆらもう足で走れぬのなら心《ハート》で行けと

タイ寺院の屋根一枚を額縁に完走メダルをかざしてみたり

＊

赴任せし福崎高校回想す岸上大作生みし学び舎

香川　宮地《みやじ》　正志《まさし》

福島の近隣なるが出生地民俗学者柳田国男

公報の短歌の選者体験す地域おこしの一役担ふ

粛粛と取組み進む土俵上　力士呼び上ぐ声のゆたかさ
少しずつ柝の音に差異のあることを知りたり相撲の無客興業
「神送り」千秋楽の儀式まで見せて無客なる十五日終う

和歌山　脇中《わきなか》　範生《のりお》

14

旅

「ＧｏＴｏ」トラベル利用して行く阿蘇谷へコロ
ナ予防のマスクと消毒　佐賀　井手《いで》　淑子《よしこ》
阿蘇五岳を独りじめして楽しかり根子岳の尖り天
を突き刺す
草千里の小径をゆけば張り詰めしわが脳はも解け
てゆくなり

＊

峪の名をひびかせ嶋の名をうたふ古地図をわたる
小鳥となりて　静岡　小笠原小夜子《おがさわらさよこ》
「山藤ね」「いや、桐だらう」山深くうすむらさき
は遙かなひかり
山を背に負ひて来にけり霧雨をまとへる昼の煙が
にほふ

＊

旅の途次伝承拾遺メモを取る研究者の道今も忘れ
ず　埼玉　岡田《おかだ》　謙司《けんじ》
花水木人気なき街彩りて何事もなく夏来るらし
昼下り人なき通り照り返し午睡むさぼる開き戸の
窓

オロシアの北の都の美術館豪華絢爛疲れ果てたり
京都　岡本《おかもと》　榛《しん》
「いやあ欲しいわあ」と隣の妻が言いロシア人形
ひとつを買いぬ
人形の赤いサラファン彩褪せて妻は遠くへ行って
しまえり

＊

万葉を長く学びて思ふのみ吉野の鮎はまぼろしの
味　東京　雁部《かりべ》　貞夫《さだお》
高野《かうや》より熊野の古道踏むもよし吾は古座川の鮎を
食ひたし
小鹿田《をんた》より日田へ戻りし秋の夜妻と分ちし鮎鮨一
尾

＊

銀色にかがやく立山連峰を大伴家持うつくしきと
詠む　東京　河合真佐子《かわいまさこ》
京を想い越中の地のさみしさを秘めて詠みしか家
持のうた
会うことの無き遠きはらからも仰ぎしならん立山
の峰

爆撃に穿たれし方形の水溜り年々浅くなりゆくと言う
国中が焦土と化した戦ありい行くベトナムに眼裏湿る
幸せであったか側室三百人笑い返して王朝を偲ぶ

宮城　菊地《きくち》　栄子《えいこ》

＊

久久に電車が来るを喜びてほほゑみゐるやうな無人駅の椅子
自販機の売り切れランプが主人公終列車行きし無人駅ホーム
あの人に返事をせずに戻り来て無人駅の灯に叱責されをり

岩手　菊池《きくち》　哲也《てつや》

＊

紅白の梅花に染むる綾部山瀬戸内凪ぎて春日ゆたけし
飛鳥路に紫野標野を尋ぬるに歩みを止め夢さめにけり
唐松の林を抜ければ落葉松の山の現れ蝦夷地黄に映ゆ

兵庫　岸野《きしの》　和夫《かずお》

石狩川見えかくれするバスの窓雪の大雪連峯ひらく
層雲峡の紅葉截りて潔し銀河の滝また流星の滝
六月の安曇野の空のくもりゐて郭公の声のひびく早苗田

埼玉　清水美知子《しみずみちこ》

＊

四国にも土柱はあると我云えど同行の人一人も知らず
時刻表読もうと腰をかがめれば隠れただろうとパトカー止まる
アジビラや立て看嫌い背にバッグ一人歩いた夏の徳島

東京　鈴木《すずき》　正樹《まさき》

＊

七時間坐したる後に歩み出すカンボジアの地は乾ききりたり
旅に来し現役時代の主従かな一人は敬語にもの言ひをりて
丈高き樹林に経読む声ひびきバンテアイ・スレイの門を出でたり

埼玉　鈴木《すずき》みどり

遠き日に淡路の水仙観《み》に行きし船酔ひの子の服捨てたつけ
和歌山　高岡《たかおか》　淳子《じゅんこ》
溺愛に育ちしわれは長く来て世の荒波を否《いや》と知りけり
ぢやあねつて笑つて迷はず花の園ふはりゆくべし死出の旅路は

*

雪の旅終らんとする丘の道座禅草の荘厳に遇ふ
神奈川　永平《ながひら》　緑《みどり》
紫の僧衣まとひて風に立つ座禅草の声明幽か
融雪の旅の終りの祈りとや　如何な突風にもひたと動ぜず

*

黒潮のしづかなる海すべりゆく小雨にけぶる屋久島は森
埼玉　橋本《はしもと》　久子《ひさこ》
午前四時アルファ米をかきこんで一歩踏み出す南端の山
洋上の宮之浦岳ふきぬける潮風あびる春の山シャツ

石道の妻籠馬籠をそぞろゆく思ひ出探す亡妻《つま》と来た道
神奈川　橋本《はしもと》　廣秋《ひろあき》
吾子《こ》ら介護崩れさうなる老いの身を奮ひたたさん亡妻に恥ぢぬため
黒髪か二人の道で拾ひたる松葉は亡妻の旅の形見に

*

房総の汀のホテル汐錆びてつばくろの巣は窓近くあり
埼玉　橋本《はしもと》みづえ
漁火も月をも見えずぬばたまの闇の奥より海鳴りを聞く
明けやらぬ空へ向かひて飛びたてり雛四羽待つつばくろ速し

*

鳴沙山の駱駝にのりて気づきたり前世われは遊牧の民
青森　藤田久美子《ふじたくみこ》
ほかならぬ一人への道遥かにて火焔山はめらめら燃ゆる
置き去りにして来し心取りにゆく万里の長城の西の果まで

凍てつける標高五千メートルの闇が体にのしかかりくる　埼玉　細貝《ほそかい》　恵子《けいこ》

眠たさにおぼろとなりたるわがゆくて氷河の壁が皓皓と立つ

キリマンジヤロの最高点のまぶしさにしばしまなこを閉ぢつつゐたり

＊

武漢発コロナウイルスわが街のランタン祭りがちょっと寂しい　長崎　本田《ほんだ》　民子《たみこ》

三峡を下りて武漢に着きし日のいちめんの蓮田とれんこん饅頭

武漢とはレンコンの町と覚えたりわが眼裏の蓮蓮田

＊

白砂に延ひて連なる昼顔のくれなゐ揺らすモルジブの風　埼玉　三友《みとも》さよ子《こ》

小魚ら何千匹か浅瀬ゆく大魚《たいぎょ》の姿を作りゐるらし

クルーズの甲板に立ち見廻せり三百六十度の水平線を

磯の香の充つる答志の港の辺島人黙し若布仕分ける　三重　村松《むらまつ》とし子《こ》

自刃せし九鬼嘉隆の胴塚と首塚のありふたつ離れて

海へだて己が造りし鳥羽の城見る嘉隆の首塚あはれ

＊

旅の前逸る心を静めおりカバンに溢れるワクワク感を　東京　森下《もりした》　春水《はるみ》

三度《みたび》訪う北の大地はどこまでも緑うねりて我を包みぬ

強羅にて思いめぐらすこと多く露天風呂より見ゆる半月

＊

水上の渓谷沿いの Hotel に露天風呂あり Corona 祓えば　埼玉　山岸《やまぎし》　哲夫《てつお》

谷川岳のみ白く雪肌見せつつも絶えざる雲と霧とを怪しむ

恋人は不参加なれども仲間等と水澤うどんや天狗の湯へ

バイキング諸ひつつも夕餐は家族の囲む部屋食の好し
栃木　横山《よこやま》　岩男《いわお》

今年ではかなはぬ十七年ぶりの会ひ東大寺への道静かにあらむ

気力だけは失せずにあらむと胸を張る骨のあらはになりたる胸の

＊

山頂にW1《ダブルワン》止め見上ぐれば風車ごうごうと音たてまわる
高知　依光《よりみつ》　邦憲《くにのり》

大歩危に固き豆腐を買いにゆく桜の下を駆るW1《ダブルワン》

戻りきてメンテナンスも怠らずバイク十三台わが友なれば

＊

成らざりしか青志送りて七十年望郷にじむ黒いふちどり
徳島　籟《らい》　青冬《せいとう》

炊ぎ立つ草屋根煙る夕凪に遠き瞼の彼岸会に佇つ

風雪の鬼冢《きちょう》探ねて松籟に何質《ただ》すべき地水火風空建つ

かつてここは闘牛場にて残酷と廃止されたり今マーケット
岐阜　和田《わだ》　操《みさお》

グラナダへバスに揺られて三時間目覚めてもまだオリーブ畑

眉をよせ身をくねらせてフラメンコ踊るをみなの激しきタップ

15 戦争

うから等は明日ありやの一つ灯に寄りて精出す兵への手紙
埼玉　上村《うえむら》理恵子《りえこ》

今日死ぬの幼の問えば目を閉じし母の胸裡推して黙せり

アンペラの小屋に目覚めの驚きは敗戦に泣く大人の涙

＊

八月は戦後の長さ計る月七五年我は老いたり
沖縄　運天《うんてん》政徳《まさのり》

暁に凛と輝く星明り鎮もる街の八月十五日

美化もなく事実のみ記す碑文あり小桜の塔の児ら安らかに

＊

「宿題」と孫にせかされ八十の夫〈艦砲射撃〉を初めて語る
茨城　岡部《おかべ》千草《ちぐさ》

慰安婦の意味を問い来る中学生ごまかすことなき言葉を選ぶ

今もなお「行かぬ」「行けぬ」と夫の言う花公園は射爆場あと

よみがへる軍国少女の日々のあり千人針また竹槍訓練
高知　叶岡《かなおか》淑子《よしこ》

この国の「核禁条約」不参加のこのもどかしさけふ被爆の日

核兵器いまだに一万四千発　世界にあることの脅威を思ふ

＊

戦無き時代に子生みし幸思ふ　桜と錨予科練のうた
神奈川　亀谷《かめたに》由美子《ゆみこ》

開戦の三日後生まれ「エール」に聴くこの歌この歌軍歌みな知る

死は無だと語りし父より長く生き未だその域に至り得ぬ吾

＊

聖戦の名の戦争に召されたる父ら数多『英霊』と称ふ
埼玉　木村《きむら》良康《よしやす》

正義なる戦争ありや無残なり無辜の〝臣民〟飢ゑて狂死す

天の川煌めく星座仰ぎ見む七夕に祈る『とこしへの和平』

戦前・戦争のモノクロ写真息づかす令和の乙女カラー化の試み　神奈川　小市《こいち》　邦子《くにこ》

手作業の黄の彩色によみがへるタンポポの原の家族団欒

骨箱の白、投降の旗の白カラー写真にいよいよ冴ゆる

＊

ドラマなる戦災孤児に幼日の景よみがへり涙の溢る　神奈川　小林《こばやし》　邦子《くにこ》

玄関にうつむくままに物を乞ふ戦災孤児の垢にまみれて

煮かぼちやの一切れ渡すに頬ゆるむ孤児の微笑を今も忘れず

＊

捨てかねし軍事郵便一束の四角黄ばめり文字《もんじ》は擦る　岐阜　白木《しらき》キクへ

機銃掃射の直撃受けし父をのせリヤカー押しつつ友は行きたり

終戦の時は小学二年生十六名のクラス会果つ

爆撃機駅前広場を爆撃せし七十五年前人は隠れて　福島　鈴木《すずき》　進《すすむ》

叔父が居てガダルカナル島にて戦死せし特別弔慰金をわれは受取る

四十歳になりたる兄は消防の部長をつとめ死にてゆきたり

＊

ひと月で対戦車壕掘り終へぬ「10分持つか」と隊長の言　石川　陶山《すやま》　弘一《こういち》

タコ壺を掘り潜望鏡をしつらへる戦車迎撃の戦法稚拙

匍匐して戦車のキャタピラ爆破する擱坐演習今日まだ続く

＊

第壱次世界大戦日本の艦隊遥か地中海行く　北海道　田尾《たお》　信弘《のぶひろ》

アメリカの空母を發見大和から艦砲射撃で撃沈させる

米軍機五機が襲来軍港の呉に全てを撃墜したり

ただ一度戦争を語りし父の逝き記憶を継がんと誓う八月

東京　多田《ただ》　優子《ゆうこ》

空襲に焼かれし街に少年は学び舎を前に呆然とせしと

願いても祈りても来ぬ平和ゆえせめて物言う民でありたし

*

戦争に負けたことより終結が嬉しかつたと被爆者語る

長崎　田中須美子《たなかすみこ》

「助けて」のひとこと言へず救援の列車の中で逝きし被爆者

母親の胸にて被爆したる夫、喜寿を迎へて足すこし弱る

*

原爆の投下数ヵ月前雛鳥の三人を連れて疎開せし姉

長崎　椿山登美子《つばきやまとみこ》

原爆の落ちる予感のありや無し長崎を抜け島に帰り来

ねんねこに赤児おぶひて温かりきいづれも寒き戦後日本

「ラ・パロマ」歌へば浮かぶ昏き夜々蓄音機にて聴きゐたる兄

大分　羽田野《はだの》とみ

「神風」の鉢巻しめて励みたる学徒の友らおほよそはなし

わが町の乙津川より不発弾出たりと報ず夜のニュースは

*

鳥となりてきつと還らむ　ふるさとは北遠くして雪のくるころ

東京　林田《はやしだ》　恒浩《つねひろ》

戦車隊に追はれおはれて見えぬ眼にわれが仰ぎし空はなにいろ

露人《ルスキー》の家によりくる栗鼠《リス》のさま父は詠みたり捕虜たりし日に

*

ピカのあと勤労奉仕の校庭でようけ焼いたと語られる夏

大阪　東野登美子《ひがしのとみこ》

炎天にピースサインの少年の胸のあたりのU.S.ARMY

行列の蟻踏みつぶす少年を叱る大人の　アリの巣コロリ

戦争とは日本の外で戦ひて必ず勝つと信じてをりぬ

知覧にて見たる若きの遺書の字の立派なりしを今にし思ふ　茨城　樋川《ひかわ》　道子《みちこ》

一年の授業にしかし英語ありてリーダー読みて嬉しかりしよ

＊

わが生れし荒川区町屋を探す旅都電に乗りて目を凝らしたり

焼野原の東京でありし戦後なり戦なき代の平成終はる　東京　藤井《ふじい》　徳子《のりこ》

三歳の記憶なければこの生地《せいち》思郷の心湧かず歩めり

＊

何かあったら共に死のう復員せし兄が手榴弾をわれに見せにき

同期の友みな沖縄に戦死し兄は本土決戦図書かされしとぞ　山形　牧野《まきの》　房《ふさ》

ふるさとは帰るところにあるまじや兄が愛誦詩覚えしわれは

被爆者の平均年齢八十三　やうやく梅雨の明けて八月

死者の魂還る八月敗戦を想ふ八月　樹の影濃ゆき　長野　湊《みなと》　明子《あきこ》

戦争を知らぬ吾なるに無きはずの記憶の痛しかの八月の

＊

グラマンが機銃撃ちつつ頭上過ぐ小鳥の群れが翔び立ち去りぬ

グラマンの機影霞める群青の海の上なる夏雲の果て　埼玉　宮森《みやもり》　正美《まさみ》

「海ゆかば」数多の兵を死なしめて韻律美しく旋律哀し

＊

「日本のいちばん長い日」の半藤一利逝きぬ無謀な戦争を一刀のもと

「墨子を読みなさい」死の前夜　半藤一利夫人に言ひしと　東京　森《もり》　玲子《れいこ》

死のきはに「ごめんね、先に死にます…」とごめんねを三たび半藤一利

体内に潜む悪魔の姿なきかたちを「被曝」と記すを学ぶ
長崎　山北《やまきた》　悦子《えつこ》

爆心地死者七万余四千度爆風秒速四百四十メートル

「焼場に立つ少年」今何処《どこ》に　死没者名簿の白紙の一冊

＊

オスプレイ今日は飛ばぬかやんばる路に月桃の香の甘くただよう
兵庫　山城《やましろ》　隆子《たかこ》

父在らば叔父の如くに百歳を迎えておらん戦争無ければ

みぎひだり甘蔗の葉擦れのここちよし父祀られし摩文仁への道

＊

教室は軍が接収児童われ等兵が壕掘る土を運びぬ
山梨　和田《わだ》　羊子《ようこ》

軍の書類燃やす煤煙太陽を呑み込み村を暗く隠しぬ

「君が代」は胸キリキリと抉る歌米寿過ぎしに今も唱へぬ

16
社会・時事

日本地図書いてと孫に頼まれて北方四島しかと入れたり
山形　朝倉《あさくら》　正敏《まさとし》

「戦《いくさ》など二度とするなよ」地図を持ち孫に教える北方領土

日本地図から消えてゆく島々か誰も分からぬこの世のうつつ

＊

閉ざされしコロナ社会のままならず心身守るマスクの陰で
沖縄　あさと愛子《あいこ》

沖縄戦の体験語る媼の顔刻まるる皺の真実を知る

新基地の山原《ヤンバル》の海埋もれるも緋寒桜の色勝りたり

＊

目にみえぬものに止《とど》めを刺され死す猛獣に咬まれず銃弾受けぬに
北海道　石井《いしい》　孝子《たかこ》

白日にさらされ見るに耐えぬこと世に山とありだから空はある

病み疲れなるかその人まどろむだけ誰もが座れるバス停ベンチに

触れ合わず生くるは難しウイルス禍に人間《ひと》のアキレス切らるるがごとし
大分　伊東《いとう》さゆり

大粒のなみだのごとき今日の月地球の災禍を憂いておりぬ

あれこれとスマートフォンに仕切らるる　現代人はロボットのごとし

＊

あなたには答えませんと言う人が好まれており高き支持率
鳥取　井上《いのうえ》　政彦《まさひこ》

「そのような指摘は全く当たらない」当たらぬ理由の説明はなし

反対をすれば許さぬ世になるか戦後生まれは八割を超す

＊

マイナンバースマホに監視カメラまでＩＣＴが管理してるか
茨城　大平《おおひら》　勇次《ゆうじ》

コンビニに街角にあるカメラなり監視ではなく防犯のため

その昔個人情報保護法に教育現場とまどいせしが

「軽老」と言われて久し「楢山」の昔を思い堤を歩む

大阪　長《おさ》　勝昭《かつあき》

「耐え難きを耐え」て来たりし幾星霜経て堪え難き宰相に遭う

ブラックですかと問われ砂糖を所望する森友・加計政権の闇

＊

核兵器禁止条約発効に希望見えたり年賀状書く

茨城　小野瀬《おのせ》　壽《ひさし》

マルクスを教えてくれた恩師から「僧になった」とハガキが届く

「もらわれたその妹は私では」と同級生が電話してくる

＊

二枚のみのアベノマスクはいかがせんサザエさんちは七人家族

沖縄　我那覇《がなは》スエ子《こ》

これほどに短歌ネタの人いただろかモリカケ・サクラ・中抜き総理

皇軍の実態あきらか32軍壕に「女性たちの部屋」報道に唖然

被爆時の記憶ひとかけも持たぬ身を八月の陽はじりじりと灼く

長崎　管野多美子《かんのたみこ》

死亡者を数字にくくりていう時に鎮魂の思いはもはやこもらず

何もせず何も叫ばずどっぷりと平和の名の世に身を委ね来し

＊

疫癘《えきれい》は人類の瀉血《しゃけつ》か里山にけたたましくもホトトギス鳴く

千葉　久々湊盈子《くくみなとえいこ》

神の篩《ふるい》にかけられている心地して消《け》ぬがに白き昼月見上ぐ

玩物喪志《がんぶつそうし》の若者が増えこの町の最後の本屋店じまいせり

＊

削られし山肌に吹く冷たき風「辺野古」埋め立て望まぬ砂利を

沖縄　國吉《くによし》　文子《ふみこ》

辺野古へとダンプ行き交う採石場村は静もるホコリに染まり

海原を陽射す輝き打ち消すがに船は待機す砂利の運び屋

香港の友人たちはどうしてる七月一日眠れない夜　　東京　倉持《くらもち》　則子《のりこ》

言論の自由な社会を守らんと老いも若きもデモに連なる

雨傘にて催涙弾を避け続け前線に立つふたりの未来は

＊

少女らが白詰草のティアラ編む影も果てたり外出禁止　　愛媛　古角《こかど》　明子《あきこ》

〝コメディアンコロナにて死す〟速報が列島めぐり愚民覚醒す

歌会もソーシャルディスタンスマスクかけ隔靴掻痒言の葉白し

＊

六〇年安保のデモにスクラムせし露文科の友の腕も皺むか　　大分　後藤《ごとう》　邦江《くにえ》

戦争を拒む学生デモ隊に八百屋の店主手を振りくるる

スクラムし議事堂かこみて歌ひたる十九歳《じふく》の吾の見しは青空

高齢者の孤独死一日七十人かくもさびしきこの国に住む　　東京　小林《こばやし》　登紀《とき》

コロナ禍の長き休校で明かさるる給食に命を繋ぐ子どもら

一滴の尿でがんを見つけるとう線虫あっぱれ研究あっぱれ

＊

道歩む人影も無く音も無しコロナ禍の中静もりし我が街　　千葉　小林《こばやし》　直江《なおえ》

コロナ禍に人々術なく引こもり息をひそめて去るを待つのみ

コロナ禍は人の心まで蝕むや悲しきニュースに胸ふさがるる

＊

サンセット下浜ロード開通しぐるぐる迷ふわが家の道　　秋田　小松《こまつ》　芽《めぐみ》

友らみな足病み気病み腰を病み無縁なるかな〈Go To トラベル〉

〈Go To〉のふためき騒ぐ映像をひややかに見て猫も目を閉づ

アカンサスその葉まとへる円柱を見上げたしゼウス神殿跡に
神奈川　三枝《さえぐさ》むつみ

人がひとを地に抑へ込む映像を現《うつつ》にみるが五輪ではない

胸元にとどく花穂よアカンサス難民ボートに坐れる人ら

＊

豚が盗まれ鶏《とり》がぬすまる良心を捨てたる闇がはびこる令和
埼玉　里田《さとだ》　泉《いずみ》

豚の足二人が持ちて運び去るを防犯カメラは記録しており

あと二・三日収穫いよよという時に梨を盗られし農夫のなげき

＊

隣り合ふ町会主催のラジオ体操夏休みに入る児等に合せて
青森　鹿内《しかない》　伸也《のぶや》

人伝に知りしか町民百名を何時しか超えたり小学校グラウンド

七月尽の朝刊飾る町民体操「コロナに負けず」と盛況の記事

崖に住みし子ヤギはポニョと名付けられ柵に囲まれ名を呼ばれたり
千葉　芝《しば》　敏子《としこ》

夢かたる少年のごと嬉しげにＪＡＸＡの津田さん「はやぶさ」語る

沿線に道ができれば伐採と噂のさくら車窓に見つむ

＊

ぺらぺらな夕刊届きぬこの国の痩せ衰へる脳《なづき》のごとし
神奈川　島《しま》　晃子《あきこ》

禍々しき刻印のごと十歳の頬に残れるマスクの跡は

わが家でも働き方改革と電動カッターの大根おろし

＊

「障害者は邪魔」などといふ輩ゐてふとも牙剥く日本といふ国
長崎　下田《しもだ》　秀枝《ほづえ》

殺されたむすめは甲でも乙でもない、美帆です！とその母は叫びぬ

無差別殺人、煽り運転、教育がどこかで違つてゐたんぢやないか

天網は漏らすな誰がため赤木氏が改竄させられ死を選びしか

埼玉　下村《しもむら》すみよ

公文書を改竄させられ鬱を病み自死せし人のよそごとならず

「検査数一日二万をめざします」首相の答弁ひと月同じ

＊

「沖縄を返せ」と歌いし遠き日よ復帰せし祖国の温度差を知る

沖縄　謝花《じゃはな》　秀子《ひでこ》

対馬丸と沈みし弟慰むと千羽鶴折るその姉の夏

元学徒の壕より出でし万年筆八十九歳の娘握りしむ

＊

富めるもの国境越えて逃亡す新自由主義《ネオリベラリズム》の羽ばたき止まず

東京　鈴木《すずき》　良明《よしあき》

ＡＩは株価動向託されて天気予報のやうに明るい

ＣＭのなかに生かさるる芸能人ずつとピアノを買ひつづけては

なんでやねん世界でひとつの被爆国核禁止条約見向きもせんとは

千葉　園田《そのだ》　昭夫《あきお》

コロナ禍の騒ぎの陰にフクイチのデブリの活動止むことあらず

口角筋動かす機会の数減らし臼歯噛みしむる時間の増え来る

＊

少子化の続く未来に光なししばらく振りの君に言問ふ

秋田　高貝《たかがい》　次郎《じろう》

少子化は何時まで続くものなのか平和ボケなどしてはをられぬ

産めや増やせが希望であつた戦後です貧しいながら活気があつた

＊

彼《か》の人のモリカケ桜パイさばき魏徴《ぎちょう》不在の亡国を見ん

埼玉　千葉《ちば》　勝征《かつゆき》

自粛せず必要火急の叩き上げ任命拒否に会食無視に

秘書責めず職を辞すこそ道ならん根雪の面《おも》に氷雪を見ん

国会の門に自爆せし青年に思い馳せたる辺野古ゲ
ート前
沖縄　當間《とうま》　實光《じっこう》
村人の諍い続く辺野古崎海煌めきて潮鳴りやさし
戦没者七六〇四号當間牛　弔慰金とぞ二十五万な
り

＊

馬毛島の滑走路が十字架めいて不戦の国とは思へ
ぬ妖しさ
宮城　永岡《ながおか》ひより
仕方なくマスクをしたる子ら増えて見分けがつか
ぬペンギンのごと
大臣の黒き顔色うつろな眼マスクはまるで白色矮
星

＊

われも座す外出自粛のバスに三人《みたり》ひとしく前向き
罪人のごと
富山　中川《なかがわ》　親子《ちかこ》
わが見たる十歳《とを》の雄山の頂きに雲海に寸を抜き富
士の山
いたく暑く常備の梅を一粒にしづかさ願はむ薬種
のおもひ

平和時の喜怒哀楽の小主観コロナの坩堝へ熔けゆ
かむとす
佐賀　中西《なかにし》　信行《のぶゆき》
障害者四十余名の殺傷に死刑の断　一死以つて償
へぬ十九の命
やがて来む桜花の盛り五輪の和湧きたつ希望を砕
くなコロナ

＊

「機影数激減、地球に異変あり」とある異星に報
告されつ
大分　中溝《なかみぞ》里栄子《りえこ》
自らを問ふは演習の砲音に身を震はする犬いだく
とき
ラクト・オボ・ベジタリアンとなりてより身の管《くだ》
清しくたべもの迎ふ

＊

拝すれば暗き御堂に覚めたもう伏目涼しき観音菩
薩
京都　野﨑《のざき》恵美子《えみこ》
今生の底に消えざる苦のあらば岩の戸照らせよ天
つみひかり
當麻寺の「浄土の庭」に近付きて彼の世の下見へ
入園切符を

愛娘の帰国叶わず逝きたりし横田滋氏の無念を想う

千葉　野田《のだ》　忠昭《ただあき》

拉致されて四十三年被害者の家族らなべて老い深まれる

何年も拉致問題を動かせぬ日本政府の怠慢ぞこれ

＊

豊かなる水ある星に住みながら裸足の子らがにごり水汲む

宮崎　間《はざま》　瑞枝《みずえ》

様ざまの助け合い募金はどこへ消えたゴミ山あさる子らに届かず

遅々として工事進まぬ高速道盛土に夏草おい茂るまま

＊

年賀状今年限りと友の言う君は終活吾も終活

茨城　初見《はつみ》　慎《しん》

自動車の運転免許証返納の適齢期なりされど更新

本日も行き先決めず連れもなし自動車徘徊　小さな旅

不足知らぬ孫児持つことの免罪符ひそかに寄するユニセフ基金

宮崎　浜﨑《はまさき》勢津子《せつこ》

十年の協力謝すとふユニセフのサポート基金は月二千円

幸せになるべき児らの受難絶えずなす術知らずたゞ祈るのみ

＊

核禁止条約発効しがらみのなき独立国の底力なれ

広島　東《ひがし》　木の實《こみ》

サーローさんを囲みて優しき女性たち　世界を変へる人らと思ふ

同胞《はらから》は語り部にいかほど報いしか夾竹桃も芽吹き初めたり

＊

ひらめきのパールハーバーに航空機　指揮官〈五十六《いそろく》〉おもかげに顕つ

大分　樋口《ひぐち》　繁子《しげこ》

五十六の「義を見てせざるは…」語録ありサムライ魂《こん》たる潔《いさぎよ》さよし

国敗れサムライ魂《こん》を失くしたりコロナ禍に聞こゆ四面楚歌なり

そのむかし町一番の人混みの十字路に立つ四方の
静けさ
岐阜　日比野《ひびの》和美《かずみ》
あの辻に膝付きてゐし白衣の傷痍軍人といふ物影
〈はやぶさ〉よ奇蹟の地球《ほし》に未だ止まぬ青人草の
彷徨を見たか

*

リハーサルの無い人生であるからにコロナ禍の中
人生100年
沖縄　平山《ひらやま》良明《りょうめい》
「脱ハンコ」市町村行政混乱す「印鑑は顔」の日
本人社会
「皮弁冠《タマンチャーブィ》」琉球国の王冠は金・銀・水晶約300個

*

「居酒屋の」一曲唄ひ慰さまむ鯖の味噌煮で家飲
みする日
佐賀　廣澤《ひろさわ》益次郎《ますじろう》
家籠りと言ひて動かずプランターの土を返して陽
に当てしまま
職人がマスクを縫へる常日頃オートクチュール世
に出す店の

アフガンの蝶に魅せられ山に行き渓谷に病む人を
見し医師
石川　古田《ふるた》励子《れいこ》
江戸の代の工法蛇籠・斜め堰　砂漠に実る奇跡の
西瓜
銃弾に中村哲は逝きしかどガンベリ砂漠に西瓜は
実る

*

菅首相十分文在寅大統領十五分かかる些細に神経
使ふ
山梨　古屋《ふるや》清《きよし》
この狭き地球は逃げ場のなき檻か実証としてコロ
ナ蔓延る
利便性とかく優先さるる世か手書きの文の持てる
ぬくもり

*

道饗《みちあえ》は細菌を寄せぬおまじない現代人はワクチン
を打つ
福岡　前田《まえだ》多恵子《たえこ》
中国に伝わる説話白澤《はくたく》でコロナ変異を除けたきも
のよ
ふるさとは農の家なり学校の帰途垣間見る町のに
ぎやかさ

銃声と悲鳴が混ざりデモ隊崩る　朝のリビングいきなり地獄　奈良　眞島《まじま》　正臣《まさおみ》

病床に眠れぬ冬の夜トランプの打ちひしがれし孤独を思う

胎児めく列島のかたちＡＭＡＫＵＳＡの文字は読めたり大航海地図

＊

うつくしきメロディー音に呼ばれいし携帯電話《ケータイ》いまや記号の折れ込む　三重　三原《みはら》　香代《かよ》

はつなつの海を恋いつつこの春の憂きことはなす友との電話

鏡のなかの鏡が誘《おび》くその奥に終にもどれぬ吊り橋の揺る

＊

凛として裏葉色《うらばいろ》なる羽織まとひ藤井棋聖の挑む対局　東京　村田《むらた》　泰代《やすよ》

封じ手は「８七同飛成」意表突く藤井棋聖の王位への一手

藤井聡太二冠八段の誕生は夢と希望なりコロナ禍の世に

病む彼が「恵方巻き食う」と言ひ出せば世と繋がるを嬉しと思ふ　福井　村寄《むらよせ》　公子《きみこ》

Ｔシャツに帽子・マスクも真っ黒の人近づきてすうと過ぎゆく

沖縄戦経た「あなた」から朱香音《あかね》さんへ命つながる希望もつながる

＊

騙《かた》るがわと縋《すが》るがわとが繋ぐ手の発光したるを選挙に見たり　千葉　望月《もちづき》　孝一《こういち》

アメリカに貧困層の一員とおぼしき吾娘《あこ》のスタンスいかに

議事堂にのりこみ撃たれ逝きしひと　笛吹く男にささげし命

＊

太郎らのＭ＆Ａ進行中　土地買付も静かに進む　新潟　矢尾板《やおいた》素子《もとこ》

犬猿も雉の社員もリモートにてデータをもとに鬼ヶ島買ふ

戦はず「秒」で手に入る「鬼ヶ島」所有変はると気づかぬうちに

目を覆うためであったか愚政策見てはならぬとアベノマスクは
千葉　山内《やまうち》　活良《かつよし》

百八じゃ到底足りぬ嘘つきは秘書と知ら切るひとの梵鐘

ニワトリならば今頃殺処分近隣でクラスター発生す

＊

廃校となりたる母校をめぐり見る校歌の歌碑は草に埋もれて
岩手　山内《やまうち》　義廣《よしひろ》

山峡に数多の鉄橋架かりゐて廃線なれば遺構となりぬ

黙契の山に真向ひけふも立つ終生われは杣人の裔《すえ》

＊

一・二四は幸徳秋水ら刑死の日四万十の墓今年も吹雪け
東京　山田《やまだ》　訓《さとし》

幼子にそそぐ母親の目差《まなざし》におりようの像は竜馬を見あぐ

誘はれて海を渡りしからゆきの忍び泣く声ページより洩《も》る

8・6の朝　被爆前に交わされし無邪気な無数の「おはよう」ありき
広島　山本《やまもと》　真珠《しんじゅ》

グレイなるベレー被りてレストラン〈羅馬《ローマ》軒〉という駿馬に揺らる

ノートルダムの火災を茫然と見守りしパリ人《びと》よただマリアのために

＊

真金吹く吉備の桃太郎刃《やいば》振り出でたる鬼を退治なしたり
東京　横手《よこて》　直美《なおみ》

わが内に住み居る鬼はまた少し大きくなりてニヤリと笑う

うつし世に姿見ぬ鬼は人類の叡知の刃ずるく躲しぬ

＊

新天皇けんぱふのもとにと誓ひたるその行く路を見つづけたきに
千葉　横山《よこやま》　鈴子《すずこ》

戦争の放棄を約する憲法の永久にあれとて窓の夕焼け

「近世の主婦」を描きて結論は従順でなく対等とむすぶ

愛媛　芳野基礎子《よしのきそこ》

園児等はおまはりさんが好きとても馳せ来る皇女
に夫は緊張

「遊ばうよ」と園児の皇女に警官の夫は言はれて
「わしや困つたかい」

降嫁の日の紀宮様に想ひ寄すか病床の夫に涙滲め
り

17

都市・風土

海抜はたったの三十メートル余あえぎつつのぼる五百歩の坂
東京 秋山《あきやま》 周子《ちかこ》
足腰をきたえよむすめは命じくるわが住む街の坂みちおおし
なにゆえか熊本市寄贈の肥後椿若木のならぶどんぐり遊園

*

寄居虫《やどかり》の這ふ磯浜にしばしゐてサラバ我には帰る家ある
大分 井上登志子《いのうえとしこ》
潮泡《しほなわ》の生るる島々つなぐ橋ただ驚愕の最新工法
「神の島」とふ瀬戸内の小さき島伊予水軍の誇りもうする

*

屋上を見放るベランダにこの都市のウイルスが渦巻き漂いいるか
北海道 内田《うちだ》 弘《ひろし》
川縁のコスモス激しく揺れる中コロナウイルスが人に囁く
子を叱る声が朝のベランダに聞えてウイルス休校が解ける

和紙の里東秩父の花桃に包まれ暫しコロナ忘れぬ
埼玉 梅津佳津美《うめつかつみ》
己が身を包みし衣脱ぎ捨てて若竹ずんと天をめざせる
歳晩の凩は枯野を駆け巡り年の境へ吸われてゆきぬ

*

水細く二分れする浅川の砂州しろじろとまだ草萌えず
東京 大野《おおの》ミツヱ
空の果ていま夕焼けて足許の闇深めゆく浅川べりに
浅川を北へ穏やかな丘陵地家並み増えつつ明け暮れしづか

*

山間《やまあい》の小さき邑に生まれたり世に遠く住む十八歳《じゅうはち》までを
神奈川 桜井《さくらい》 園子《そのこ》
桶屋籠屋ブリキ屋石屋提灯屋山間の邑に全て事足る
手業持つおんつぁん達を支えしはおばちゃんと知る歳重ね来て

さはさはと加湿器は鳴る正論を掲げきたりて疲れしわれか

東京　篠《しの》　弘《ひろし》

この日頃乗らずになりし地下鉄の昏れ残る駅明るさを増す

病みたれば空仰ぐこと知らしめて時かけて見るけふの夕映え

＊

紫のけむり燻らし焼いも屋有楽町をそろそろと来る

埼玉　島崎《しまざき》　征介《せいすけ》

改札の内に笑まふは大黒天有楽町の駅に年古る

歩み止め空を仰げば「雪ですね」と声の聞こえて人の過ぎゆく

＊

まもなくに海のない街に住まふゆゑしばし見て来む海のけしきを

千葉　高橋《たかはし》　公子《きみこ》

「海に来て」とメールをすれば「俺も今海を見てる」と返信の来る

すさまじき海の落日見せたきと授業をおきてベランダに並ぶ

行きなづむ暮坂峠に遠く聞く霧にくぐもる青葉梟《あをばづく》の声

東京　竹野《たけの》ひろ子《こ》

あのバスは成城行きか萌黄色嫁ぎし次女が子育ての街

友逝きて売り急ぐらし高騰の噂の土地に都忘れ咲く

＊

赤甍屋根を照らせる月光に今宵は柔和なシーサーの顔

沖縄　渡名喜《となき》勝代《かつよ》

満月は赤き甍に皓かうと往きにし沖縄も斯くてありしか

煙突のけむり懐かし首里城下いまも変らぬ泡盛の香よ

＊

皺深き両手針突《ハジチ》の深青色痛くありしか手首にまでも

沖縄　中下《なかした》登喜子《ときこ》

沖縄の独自習俗針突《ハジチ》せし祖母のその手は紬織りいし

来年の約束はもう出来かねる「健やかなれば」と文に追伸

木枯らしの吹きいる夜に訪い来る托鉢僧を父は泊めにき

北海道　柊《ひいらぎ》　明日香《あすか》

両足を雪の路面につけながら郵便配達員はバイク走らす

鳴く鹿の声は聞こえず北側の雪の斜面に牡鹿のおり

＊

六月のコロナ落ちつきわが町の武蔵国府跡国史跡あゆむ

東京　比留間《ひるま》澄子《すみこ》

鷹狩りの家康秀忠家光の宿舎のありし跡地に立ちぬ

東府中坂を下りれば無観客の東京競馬黒うま走る

＊

伝言板消えて久しき改札に人を待ちゐる十月の午後

神奈川　松﨑《まつざき》　英司《えいじ》

海近き街川の水満ち潮に冬の夜の闇湛へてゐたり

人気無き夜の港湾灯りのみ海に映りて肯ふ過去を

わが店に売られしおもちゃのショベルカー大きくなりてわが店壊す

東京　三原由起子《みはらゆきこ》

ディスタンス保ちて対峙するわれら同じ「浪江の子」だったわれら

復興は「なかったこと」の連続で拠り所のなきふるさとになる

＊

小雨降るコスモワールド眺めつつ万葉仲間と食む七草粥

神奈川　宮下《みやした》　俊博《としひろ》

北鎌倉《きたかま》の駅前を走る青年のペットボトルが朝陽を散らす

護国寺の境内ゆけば歌碑ありて目で口ずさむ「カラスの赤ちゃん」

＊

男らのいのちの休み場所たりし柳ヶ瀬老いぬ人も街衢も

岐阜　村井佐枝子《むらいさえこ》

再びは開かぬバーの扉より青春そつと脱け出し行かむ

蜃気楼のごとくビル街立ちあがり昭和の子らの影入りゆく

海遠く見ゆる小さきわが街に老人施設またひとつ増ゆ

千葉　森《もり》　みずえ

蝉の穴に木の実落としてあそびしは街に棲むとふ狸ならむや

人は芝に水鳥は杭に憩ひをりコロナまだある日曜の午後

＊

さまでして急がなくともよいものを丹沢山塊雲のつぶやき

神奈川　山田《やまだ》　吉郎《よしろう》

人生の第四コーナー曲がり終へ霊峰阿夫利《あふり》の風に吹かれむ

からからとなべわり山は笑ひをり丹沢山塊西の座は夏

＊

恐竜のやうなる雲が紅白の東京タワーに近づきてゆく

東京　結城《ゆうき》　文《あや》

しばしして空見上ぐれば恐竜のごとかる雲も崩れ果てゐつ

恐竜の雲の名残りか灰色の薄まりし雲のタワーを被ふ

冗舌《じょうぜつ》に末を語り合う老二人しばしの間耳奪われて

愛知　吉川《よしかわ》　幸子《さちこ》

久方に片足立ちを試みるフラミンゴのごと待合室に

桜花吾が逡巡を拭うがに限りに咲きて尚も輝く

＊

笠菅を刈りつつ明日の空模様占う山の端夕月の浮く

富山　吉國《よしくに》　姃子《せいこ》

笠菅は幾何学模様に展《の》べられて川原に白く夏日を反す

頭ややかしげ菅笠《かさ》縫う母の顕つ郡上八幡の朝市の姥

＊

はるかなる郭公のこゑ過去世よりとどけるごとし涙ぐましくも

東京　吉田《よしだ》　員子《かずこ》

青嵐に柳の千枝乱るるをバスより見つつ盛岡の町

若く逝きし母の願ひか吾に賜びし歳月ありて歌詠みつづく

18
災害・環境・科学

昆虫が食糧危機の切り札となること知りぬ地球の
ゆくへ
長野　青木《あおき》　節子《せつこ》
絶滅の生物があり新しい誕生のあり地球の歴史
葬式も親族のみと形かへコロナ時代の最後の別れ

＊

千年に三度目となる大津波ふるさとを引き十年過
ぎぬ
福島　伊藤《いとう》　正幸《まさゆき》
十年は次の津波の一里塚プレート滑るはいつの日
ならむ
七メートルの防潮堤の上に佇ちわが死の後の波頭
を見つむ

＊

感染のリスク高めたる新型の鳥インフルの対策続
きおり
宮崎　今枝《いまえだ》美知子《みちこ》
ヒナ達も採卵鶏も肉鶏も毎日毎夜ガスにて消え行
く
鶏舎での処理に動員されたるもいまだ帰らぬ午後
十一時

降りしきる雪のむこうに浮かびくる三・一一あの
日も雪なり
宮城　伊良部《いらぶ》喜代子《きよこ》
寒かった。そして暗かった。星だけが空いっぱい
に輝いていた
哺乳びん、ランドセルに本、アルバムも瓦礫と呼
ばれ陽にさらされて

＊

「東京の人は来ないで」コロナ禍に云はれフクシ
マよみがへりくる
東京　遠藤《えんどう》たか子《こ》
ふくしまの人うとまれてゐた日々の記憶よなんの
因果か知らず
ヤブガラシの蕾が雨に濡れてゐる朝なりふるさと
の道にあらねど

＊

台風に堤防決壊浸水のふる里丸森町テレビに映る
宮城　大槻《おおつき》うた子《こ》
ずぶ濡れのあまたの家財を水害の芥とぞ纏めトラ
ックに積む
ふる里の阿武隈川を復興の二輛電車が今渡りゆく

早朝の青空すがし深呼吸　ことのほか美《うま》しあたらし酸素

栃木　長内《おさない》ヒロ子《こ》

搗く蓬餅《もち》の強きねばりに擂鉢を押さえる夫の手共に持ち上ぐ

コロナ禍の自粛解かれし球児らの声高らかに白球を追う

＊

なにもかも呑みこみし海不知火はぬめ光る布のごとく静かで

北海道　織本《おりもと》英子《えいこ》

打ち寄せぬ海はちろちろ輝きて問えども問えども語ろうとせず

ひかり凪、石牟礼道子の詠いし海よああ石仏のみつめる海よ

＊

震災後はやも十年過ぎたるに故郷に戻れぬ避難者あまた

福島　加藤《かとう》廣輝《こうき》

原発とう爆弾抱え名のみの町人住めぬ地に未来を託す

異郷の地に死したる人の無念さをただ祈るのみ生きいる我は

水にごし空気をよごす人類へ天罰のごと降《くだ》る災禍か

秋田　加藤《かとう》隆枝《たかえ》

「人もこの息苦しさに耐えてみよ」棲みか追われし生き物のこえ

この夏のヒトのなわばり危うくてクマ目撃の情報しきり

＊

深宇宙のドラマを観むと夜ごと覗く望遠鏡はこの人の夢

神奈川　雅《が》風《ふう》子《し》

来し方を翳し見たれば天文台は暮れゆく緑に深く沈める

満月の夜ははるけきアンドロメダ星雲までも行きたしと思ふ

＊

意を決し冠水の道渡り来つ立ち往生の車を避けて

千葉　神田《かんだ》宗武《むねたけ》

川のごとく道路横切る氾濫に命の危険一瞬よぎる

わが町の崖崩れにて死者ありと聞けば附近の知人思はる

五十億キロ六年を越す工程を経　はやぶさ2号帰還果せり

リュウグウの玉手箱をいざ開く瞬間《とき》のプロジェクトチームの歓声がききたい！

称えよう！チームが必死に取り組みし数百万回に及ぶ実験を

福島　北郷《きたごう》　光子《てるこ》

＊

海嘯《かいせう》のいつさい見つつ知らぬ気に青澄みゆくは北の空なり

日のあたる慰霊碑の陰に青み初む草に葉脈　当事者と呼ぶ

身のうちに僅か溶けゆく現実b　春のあけぼの白湯を飲むとき

宮城　北辺《きたべ》　史郎《しろう》

＊

明治なる新しき世の海嘯はふるき暦の端午の節句

昭和なる桃の節句に襲いたる津浪ありしも今は昔なり

平成も海にまどうは三陸のさだめなりしや津波記念日

岩手　酒井《さかい》　久男《ひさお》

木の根ごっそり抜いて通り過ぐ台風太平洋上にあり

電柱が倒れて電線切れている恐ろし台風もう姿なし

赤トンボ大地うずめて飛び交えり台風一過秋風の吹く

埼玉　佐久間《さくま》　優《まさる》

＊

突然に現れ襲ふコロナウイルス令和二年初春の日を

知らぬ間にゲリラの如く襲ひ来るコロナの正体誰も治せぬ

死者の数今日も増えゐて人の世の滅び行くがの地球の姿

東京　菖蒲《しょうぶ》　敏子《としこ》

＊

善人も悪人も皆マスクして帽子にサングラスすれば犯人

マスク二枚配って辞任の安倍総理記憶に残る小さな仕事

ピストル型の体温計を当てられて思わず両手上げそうになる

沖縄　新城《しんじょう》　研雄《けんゆう》

戦争を知らぬわれらの晩年にコロナ戦争に挑まれており　沖縄　新城《しんじょう》　初枝《はつえ》
コロナにも勝てないものか沖縄のシーサー派手なマスクつけられ
ピストル型の体温計を当てられて両手上げそうな夫私は上げる

＊

長沼の赤きりんごは愛しきやし千曲の川の決壊を越え　長野　竹内《たけうち》　正《ただし》
ぐらぐらと井上山が動きけり三・一一あれから十年
玄関に望む飯綱雪景色十年のちも見ゆることかは

＊

影見えず声なき猛威のウイルスに怯えて一年終結ならず　広島　田辺《たなべ》かつえ
眼にて会釈を交し過ぎて後何方であったか花柄マスク
「花は咲く…」復興ソングテレビより流れて籠りの部屋の明るし

何年を持ち堪ふるやこの地球警告のごと気候の荒るる　埼玉　中村《なかむら》美代子《みよこ》
闘へる余力のありやこのほかに未知のウイルス地球の過熱
疫病と地球の過熱捨ておきて兵器市立つ戦商ひ

＊

天辺に刃たてれば音にぶく亀裂を生みぬ西瓜のマントル　東京　南雲《なぐも》　桃子《ももこ》
我はいまだヴァイオリンを弾く冬来たり凍死するともアリには乞《こ》わぬ
最強の人等が見捨てて月へ行く青くきれいな地球は縮み

＊

遠き日のやさしき雨の音を恋ういつの日よりか雨戸をたたく　長崎　花岡《はなおか》　壽子《ひさこ》
愛し合う家族を無理やり引き裂いて川に飲み込む土砂災害
ごうごうと山の奥よりとどろきて土石は家も未来もながせり

驕りたる人類の業とも豪州の街に迫る猛火収まらず
火傷負ふコアラは人の子のやうに山道に座りひたすら水飲む
吾も亦驕れる人類の一人なれば傷負ふコアラに深く頭を垂る

東京　平本《ひらもと》　浩巳《ひろみ》

＊

ガガーリンが青かったと言いしこの地球いまだ美し惑星なりや
災害に紛争絶えぬこの地球滅びに向かい加速してゆく
新調のブラウス今日は着て行こう明日着られるとは限らないから

埼玉　松本《まつもと》　紀子《のりこ》

＊

土砂くづれの犠牲となりし実習生椎葉の村びと悼みて嘆く
村びとに心かよはせしベトナムの実習生を災害まきこむ
浸水の後片付くる老人の「友は犠牲となりし」と語る

千葉　宮渕《みやぶち》由紀子《ゆきこ》

四面ガラスの薄青色の電話ボックス海に向ひて鎮まり立てり
「風の電話」に拠りたる遺族三万人悲痛の声々み霊に届きけん
海望む「風の電話」のボックスは籠る言霊に背筋の寒し

岩手　八重嶋《やえしま》　勲《いさお》

＊

逃れ来て竟《つひ》の棲家を建てし地に海よりの風吹きぬけてゆく
避難地に老ふたり住む「お帰り」と家族を迎へし日々もはるけし
原発禍に還れない人還りし人還らない人それぞれの夏

福島　吉田《よしだ》　信雄《のぶお》

19

芸術・文化・宗教

とほき世の五絃の琵琶の夜光貝はなの螺鈿のかが
やきにけり
埼玉　青輝《あおき》　翼《つばさ》
鷗外も聴きしや螺鈿五絃琵琶　復元の音《ね》のひびく
に対かふ
うつしみの命かなしみ見おろせる狩猟文錦褥《きんじょく》の矢
を射る人を

＊

よみがへる天平文化は海を越えここ沖縄に特別展
を
沖縄　安仁屋升子《あにやますこ》
琉球の「手わざ」も時の線上か螺鈿細工の五絃
琵琶《びは》の光輝《かげて》る
語り継ぎ言ひ継ぎゆかむ天平の文化の極み令和の
御代も

＊

夢のある平和な時代大晦日柏手二つ守られし今日
大分　安部《あべ》あけ美《み》
床の間のお飾り餅にいっぱいのお守りつけて正月
祝い
参詣の短歌本でき快進の夢ある歌は慰めとなる

わが心底から淋ししんしんとミサにあずかる教会
はるか
東京　阿部《あべ》　洋子《ようこ》
コヘレトの聖書開けば百週間旧約新約学びし三年
半
うた読みてうた詠むことも楽しみてコロナ禍日々
は過ぎてゆくなり

＊

ルノワールのひかりを帯ぶる乳飲み子の乳をのみ
つつ自が足つかむ
石川　荒木《あらき》　る美《み》
深ぶかと大樹はありて葉のそよぐコローの淡くや
わらかな空
ほそながきグラスに水はすきとおりマネのまばゆ
き薔薇が息づく

＊

聖水と思う朝《あした》の山みずに青葉映して咽喉《のみど》に入るる
長崎　稲富《いなとみ》　啓子《けいこ》
「原爆は残虐な行為」と教皇の説けば懺悔か雨の
降り頻く
笛の音に合わす鼓の舞囃子「秘すれば花」の境地
で舞いぬ

仏冷えとふ夫の言葉のいみじくも三十三間堂の静けさに震ふ　新潟　井上《いのうえ》　槇子《まきこ》

つつがなく御堂に響く新盆の読経聞きつつ生と死はかな

六地蔵の肌に胸を押しつけて嫗は平癒祈願の長し

＊

若き日の吟行の思ひ出杳として熟るる稲の香　山《やま》背《しろ》の里　京都　井ノ本《いのもと》アサ子《こ》

厨子開かれ間近に現はるる尊顔の艶にして厳《いつ》なる光に射らる

丈高き十一面観音《くわんおんさま》のおん前に並びて五十余年の御礼申す

＊

かたちある人ゆゑかくも恋しかりかたちあらねば何をか恋はむ　北海道　大家《おおいえ》　勤《つとむ》

かたちなき物はかたちに身を借りて知らしめすらめかたち尊し

心通はす相手のありて生かさるるその人あらずば自を愛すべし

忘れいし節分の夜息《こ》は豆を持ち来て撒きぬ声おさえめに　静岡　大久保《おおくぼ》正子《まさこ》

古雛は押入の奥に眠らせて桃の節句とちらし寿司つくる

日の匂い風の音にも秋祭り弾む太鼓の聞けぬはさびし

＊

白布に写されし映画観し日あり七十年も前の思ひ出　東京　大熊《おおくま》　俊夫《としお》

かく狭き空き地に観しか白布に漫画映画は写されてゐき

はらぺこの芋虫描きし映画なりひもじかりしゆゑにか覚えをり

＊

三角の和菓子「水無月」晴れがまし祢宜のお祓い受けて売らるる　三重　岡田美代子《おかだみよこ》

近隣の子等呼び集めマスクして夏越《なごし》の和菓子「水無月」分けやる

コロナ禍で茅の輪くぐりは中止とぞお祓いのみの境内さびし

百三歳《ひやくさん》で命を終へしカーク・ダグラスかの鋭角の
顎のヱクボは
福岡　岡本《おかもと》　瑤子《ようこ》
「バイキング」を雄々しく粗野に演じたる美丈夫
カークに中一の恋
北欧の伝承『サガ』を読み漁る遠き日少女の図書
室の隅

＊

魅力あるダンサーと見し深川秀夫半世紀経て紙面
に死を知る
三重　金子《かねこ》　靖子《のぶこ》
婿も弾く「さすらひ人」は難曲にてシューベルト
自ら困りしといふ
バッハ眠る教会にミサのころ清ら逝きて二百七十
年けふ

＊

壁の絵のずれをただせば瑠璃の海いざ花の苗求め
に行かむ
新潟　桑原《くわばら》　昌子《まさこ》
朝日さす足立美術館の庭園の働く人にわれもなり
たし
歌へない涙ぐむからとためらふも彼は歌ひし「長
崎の鐘」

震災に耐へし山門八年経て揺れし屋根瓦の崩落つ
づく
福島　佐藤《さとう》　輝子《てるこ》
山門修復奉告《ぶこく》法要の表白《へうびやく》を尼僧の吾子は朗々と奏
す
脈々と継ぎて菩提寺を守り給ふ檀徒の思ひを尊み
てをり

＊

晩年に違う世界が広がりて身も心もコロナでパニ
ック
宮城　佐藤《さとう》　靖子《やすこ》
頑張った六十号の油絵はコロナ禍に負け美術展中
止に
美術館の休館・休廊の文字ならぶ美術新聞にふう
っと溜息

＊

「コロナ禍にお祭りは自粛といたします」白い辛
夷は天に零れて
新潟　佐山加寿子《さやまかずこ》
厄病を祓ふ鬼太鼓《おんでこ》飛び跳ねず　さつと簡素に神事
終はりぬ
「満開の凪」と詠ひし師の桜咲けども咲けども佐
渡はしづけし

ジャングルにて狩猟採集に生くる民いまも南米奥地に住めり　神奈川　菅《すが》　泰子《やすこ》
吹き矢もて空飛ぶ鳥を落とす技遊びにあらず生きゆく手立て
自然より暮しに要るものなべて得る民は余剰のものを持たざる

＊

自粛する夜にやわらに射すひかり西行法師の真如の月は　宮崎　杉田《すぎた》　一成《かずなり》
おそらくは西行明恵も求めけんわが学びいる「魂の学」
わが心を「ちょっと待てよと止観する」シートが示すわれのつぶやき

＊

名女形はっと息のむしなやかな所作で誘う夢幻世界へ　東京　鈴木《すずき》　和子《かずこ》
美術館異空間への誘いに胸躍りつつ一呼吸する
文楽の大夫の語りと太棹の渦巻く音は我身にこだます

ひろしまの被爆体験に苦しみて救ひを求める仏教絵画なり　茨城　関《せき》　千代子《ちよこ》
パルミラの遺跡を行く朝数頭の駱駝に乗る人の安らぎの画
中国との国交成りてよりシルクロードの交流をなす平山郁夫

＊

シャンソンと分野異なる短歌にも音律という共通項あり　神奈川　高木《たかぎ》　陸《むつみ》
明日のこと惑わず今を大切に生きたる証『象のまつげ』は
定型の三十一文字にできることあまりに深くあまりに広し

＊

わが街の名所となるやサクラタウン角川武蔵野ミュージアム聳ゆ　埼玉　竹内《たけうち》　由枝《よしえ》
隈研吾設計したるミュージアム空威圧する巨大多面体
縄文の武蔵野台地が隆起せし奇巌のごときランドマークぞ

公演のついでに野村万蔵が面打ち兎門父訪ね来し

愛知　竹本《たけもと》　英重《ひでしげ》

狂言の面を野村万蔵に学びて父は「伯蔵主」打ちき

伯蔵主の面野村万蔵に父は学びし共に励みし

＊

慾の渦巻く羅生門、破れし門に降る雨止まず飢ゑやまず

長崎　辻《つじ》　武男《たけお》

果てしなく流るる川はとこしへの苦しみの河、悲しみの川

信仰心うすき世の中羅生門、赤子の泣き声　われに返れり

＊

日が暮れてざわざわぞわぞわ雑司が谷今宵もタンゴバーの開店

東京　土井《どい》　絵理《えり》

バンドネオンの蛇腹はうねりその音いろ麻痺薬《しびれぐすり》か呵囉仿謨《コロロホルム》か

赤ワイン飲んで手のひら腫れるほど拍手してああここは波羅葦僧《ハライソ》

鎌倉の空に仁王立ちの入道雲おれが王者と富士に驕《おご》れり

福島　鳶《とび》　新一郎《しんいちろう》

実朝公鎌倉山に世を睥睨すれども既に陽傾きてをり

昔より源家の栄枯見届けしご神木公孫樹《いちょう》突如倒れぬ

＊

表現は墨ひと色の世界なりけふは青墨と磨り始めたり

東京　豊田《とよだ》　育子《いくこ》

チョークをば軋ませて書くわが指に力入りぬ万葉のうた

真直なる線書かむとしふと曲る筆墨の妙これもおもしろ

＊

寺近き最上川辺に桐の花昼のひかりをむらさきにして

東京　中村《なかむら》美代子《みよこ》

港が見える文学館をめぐり来てアリア聴きつつコーヒーを待つ

母の日のテレビデンワのコンサート息子のピアノこの時を待つ

除夜の鐘鳴り響くなか新年を般若心教唱えて迎う

福島　野口《のぐち》　晃伸《あきのぶ》

大震災寺の梅花《ばいか》の知りしかば鎮魂の経菩提寺に唱う

居合道の稽古に行きし次の朝《あさ》心にひとつのくもりもあらず

＊

病む妻に旬魚真鯛が届きたり佐渡の友なる思ひが嬉し

神奈川　萩原《はぎわら》　卓《たかし》

旬魚なる真鯛の輝く桜色描くバックはスプリンググリーン

牡蠣はもうシーズン仕舞ひとぞ賜ればそつくり大目の佃煮とせり

＊

大勢の歌壇の人を前に一生一度の晴れ舞台　未来山脈授賞式が始まる

長野　花岡《はなおか》カヲル

未来山脈七十周年記念大会祝の席で未来山脈賞とカップを戴く

大会の席上未来山脈賞を戴く幸せ　喜びをじっとかみしめる

雨の夜ひとり座しゐるバスの車窓《まど》　首のないマネキンばかり並ぶ

香川　兵頭《ひょうどう》なぎさ

抽き出しを開ければ壊れた鳥が鳴く世界異変の雨の真夜中

峠から人ら生きゐる明かり見ゆあかりの向かうの闇は海なり

＊

十六回の連続王手を凌ぎきり十七歳が初戦を制す

千葉　平山《ひらやま》　公一《こういち》

ＡＩも予想出来ざる３一銀の守りが勝負を決めし一手と

最年少タイトル更新十七歳盤より低く終局の礼

＊

獅子頭を上下左右に振りながらすすり泣くごと歯を打ち鳴らす

青森　三浦《みうら》　敬《たかし》

墓石に水をかければ墓獅子の水飲む様が哀れを誘ふ

亡き人を恋しく思ふ切なさに袖を濡らすと掛け唄響く

香水瓶メメントモリを感じては審らかにこそさわっていたい
三重　水越《みずこし》　晴子《はるこ》
ヴィーナスを求めタランテラファム・ファタルすらジプシーは嗤う
数刻はふらちな感じ蕩けゆくマンダリンから爪弾く調

＊

初まりのありせば果てもあらましをいつまでつづく人界やらむ
群馬　矢端《やばた》　桃園《とうえん》
詮ずるにさだめられたる行路《みち》ならし辿り来しみちたどりゆくみち
夜は見えて昼はみえざる星のごといのちは失せず三世十方

＊

法泉寺《はふせんじ》を開きし梅嶺《ばいれい》和尚の碑亀の甲羅の上に乗りたる
三重　藪《やぶ》　弘子《ひろこ》
古の天啓の池の主なるか碑の下の亀は口開け踏ん張る
境内を覆ふがごとき円ら椎木下に落ちし実いまだ残れる

人麿の歌碑訪ねみむふる里の「阿児《あご》の松原」バス停に降る
三重　山岸《やまぎし》　金子《かねこ》
万葉のをとめら裳裾ぬらしけむ渚辺今しサーファーの群る
亡き父の草刈りなして守りゐし歌碑のめぐりをおほふ笹竹

＊

否定的に抹香臭いと言ふなかれ西行芭蕉仏学べば
大分　山田《やまだ》　義空《ぎくう》
あと六ケ寺残り少なくなりにけり六郷満山霊場めぐり
住職のいまさぬみ寺の草を刈り御朱印を押す村の人々

＊

秋の日のあまねく照らす広隆寺霊宝殿にみ仏は在《ま》す
東京　山仲《やまなか》　紘子《ひろこ》
灯火《ともしび》に古りし木目のくつきりと浮かびかすかなほほ笑み見する
上体をはつかに前に傾けて思惟する菩薩鼻すぢ通る

オベリスクのやうといふなる糸杉をゴッホは祈りの象徴とせり
長野　米山恵美子《よねやまえみこ》

糸杉の暗き炎の彼方なる星屑として魂のしづもる

星と月遥かに望める野の道に密かに炎ゆる一本の杉

＊

園児らと長年遊びし思い出がよみがえりくる良寛の歌
千葉　渡邊《わたなべ》　光子《みつこ》

五合庵の「腹にとほりぬ」ほどの寒き春迎えたり

良寛耐えぬ墨染めの衣の袖をひるがえし托鉢も忘れ子らと遊べり

20 新型コロナウイルス関連

「米と味噌あらば足らふよ」悠然と言はしき父よ米二合炊く　神奈川　青戸《あおと》　紫枝《しえ》
海も見ぬままに季節を逝かしめてカミュ読みてゐる音のなき夜を
禍の年の冬至の夕べ木星《ジュピター》と土星《サタン》が低き空に寄りあふ

＊

祝い唄も歓声もなく粛々とクレーンの動くコロナ禍の建前　福井　縣《あがた》　洋子《ようこ》
高機能おしゃれ可愛いあまた出てマスクは常の装いとなりぬ
声変りも背丈の伸びもリモートで知る寂しさはいつまで続く

＊

パンデミックオーバーシュート日本語の語気ひびかねば危機感わかず　千葉　秋葉《あきば》　四郎《しろう》
コロナ禍に窓開《あ》け走りありのまま騒しき地下鉄電車疎まず
果たすべき仕事のあれば家を出づ感染重症化世代のわれは

買物は口コミ読みて品定め　置き配荷物雨に打たれて　東京　圷《あくつ》　玲子《れいこ》
缶詰は楽しからずと母歌ひ電話で合はする「さくら貝の歌」
墓参り不要不急にならざるか　花持ち乗りたる電車の視線

＊

白い眼で睨まれている列車内マスク忘れて出勤の罰　徳島　麻木《あさぎ》　直《ちょく》
一輌に乗客五名のＪＲ三密無縁の休日出勤
健やかな成長願い雛選ぶコロナの夏に生れし孫らに

＊

マスクして日傘さしてる小学生新たな日常ここから本番　埼玉　東《あずま》　千恵子《ちえこ》
傘さしてソーシャルディスタンス保つとうじゃれあい帰った日々の懐かし
このウイルスいったい何をしたいのか心との距離はなさずいたい

年とれば我が身かわいさコロナ禍に自室にこもりゲームに夢中　静岡　渥美《あつみ》　昭《あきら》

満開の桜にうっとりコロナ禍のなかに夢びとマスクに頼る

世を挙げてコロナに向かい知恵しぼる頼るはこの世にワクチン待つのみ

＊

連れ立ちて銀座のクラブを飲み歩く「上級国民」の深夜徘徊　奈良　英保《あぼ》　志郎《しろう》

切実感なき立て前は見透かされ平和幻想の膨張続く

コロナ禍に高齢者の生き死には転車台のロシアン・ルーレット

＊

郵送の卒業証書「さよなら」を言えないままに春は過ぎゆく　埼玉　安齋留美子《あんざいるみこ》

感染の拡大示す赤色に傷だらけの地図染まりゆきたり

穏やかな光届けるスーパームーン鎮痛剤のごとく身に沁む

鳩四羽凍てつく青空舞い遊ぶコロナなき世のあの頃のごと　東京　池田《いけだ》　澄子《すみこ》

花の宵友の訃報に涙して共に築きしハーモニー揺らぐ

葬送の歌は「花」よと友笑みし願い叶わず親族のみと

＊

忘れいし言葉つぶやくメメント・モリ《死を憶え》　コロナのニュースに突きつけられぬ　埼玉　井ケ田《いけだ》　弘美《ひろみ》

コロナ禍の人いぬ街に鳩たちが懸命にさがすパンの一屑

鈍痛のような日々なりはたた神とおくひらめき夜空をくくる

＊

食卓を囲む家族に腹かかふる笑ひをくれし志村けん逝く　愛知　池田美恵子《いけだみえこ》

収束の見えぬウイルス拡大に吾が身を重ぬムンクの「叫び」

父よりも十年永き人生を新ウイルスの恐怖の襲ふ

何となく春が過ぎ去り何となく冬を迎えるコロナ禍の中
目覚めれば手枷足枷動けないイラついて見る空は真っ青
マスク着け息切らして外を見る「自粛」という名の貝殻の中
福島　伊澤《いさわ》　勉《つとむ》

＊

小さなる旅さえ恐くて出られない空気にがんじ搦めにされて
子の帰省の有無をうらなうごと見いる感染状況地図の千葉県
コロナ禍の生活スパイラルのよう日常非日常ないまぜにして
茨城　石神《いしがみ》　順子《じゅんこ》

＊

連日のコロナ報道　父母すでに世にあらざれば心の軽し
令和二年大石田町の最上川　茂吉の見たる川氾濫す
コロナ禍も豪雨被害もつつみ込み陽は蓮池の闇に沈みぬ
東京　磯田《いそだ》ひさ子《こ》

棒グラフに日毎伸びゆく感染者アブラカタブラコロナ退散
ＧｏＴｏの旅の伊勢路のどの家も「蘇民将来」の護符掲げあり
快速に抜き去る赤きオープンカーコロナの三密躱して行けり
和歌山　井谷《いたに》みさを

＊

歌舞伎座前に店構へゐし「辨松《べんまつ》」が閉店と聞くも自粛で行けぬ
エレベーターの立ち位置示され五名のみ　乗るを見送る六人目のわれ
さう言へば賞味期限のなきマスク七年経てもすぐに使へる
東京　市川《いちかわ》　義和《よしかず》

＊

話したい声に出したいマスク取り自分の心《うち》を声に出したい
休校の孫らに掛ける言葉なくいつまで続くやわが家は教室
無彩色の花などは無し花びらの翳りは白く際立ちにつつ
福島　伊藤《いとう》　早苗《さなえ》

籠もり居はわが常なれど終はりなき家事の手を留めベルゲンを行く　福島　伊藤《いとう》　雅水《まさみ》

つきそはれ付き添ひてゆくコロナ禍の病院通ひ寒椿咲く

明日のことわからぬ今日を生きてゐる子らの帰らぬ正月終る

＊

コロナ禍の自粛で知りぬ距離をとり人と繋げぬ手のさびしさを　沖縄　伊波《いは》　瞳《ひとみ》

基地ゲート閉じられたまま外へ出すコロナ患者とフッ素化合物

自粛せよ旅に出よとぞ鼓舞されて心もからだも統べられてゆく

＊

宣言解除となりたるをなお自粛する、乾期の肺魚の泥中の眠り　広島　上條《うえじょう》　節子《せつこ》

怪訝そうにお世話になりますと母の言うマスクの我は初めての人

夜ごと干すマスクの絹の黄を帯びて蚕の巣ごもりわたしを隠す

マグノリアの花咲く町の死者たちは冷凍車に載りハート島《市営墓地》へと　京都　植田《うえだ》　珠實《たまみ》

閉ぢられし街に人の列はゆく死者を弔ふ聖歌をうたひ

ひとたちの気配のうすきこの夏もかたばみの花踏んでも静か

＊

どこまでも高き青空音もなく羊雲ゆくコロナ雲ゆく　秋田　臼井《うすい》　良夫《よしお》

ゆつたりと美男葛の活けられてコロナに負けたと主が笑ふ

免許証更新をする窓口の女もわれもマスクしたまま

＊

週二回オンラインにて娘と体操運動不足を補いおりぬ　東京　内田《うちだ》　くら

コロナにて久びさ行きし朝散歩緑若葉に生気満ちくる

神宮の鎮座百年大祭に参道に映ゆ夢鈴の灯り

ニンゲンもイヌネコブタウシニワトリもみんな共通令和のウイルス

埼玉　梅澤《うめさわ》　鳳舞《ほうぶ》

日本の男はどういうひと大相撲の金剛力士のような人

日本の男ってどういうひと二人組のお笑い芸人のような男だよ

＊

風かよふ三輪の山辺の春に出会ひ自粛心のほどけゆきたり

奈良　浦《うら》　萠春《ほうしゅん》

崇神紀に疫鎮遏《ちんあつ》の記載あり大直禰子《おほたたねこ》もて山ををろがむ

コロナ禍に閉塞の秋ワイドショーは竹内結子の自死報じたり

＊

おさなごにはコロナ防止の手洗いも水遊びなりまだ洗ってる

千葉　栄藤《えとう》　公子《きみこ》

園より子が戻り積木をひとつずつティッシュで拭いてる「ショウドク、ショウドク」

マスクして遊びに来た孫口元がとがって見えるキツネに見える

ウイルスに負けてなるかと音に聞く名物老舗の「うな重」を食ぶ

宮崎　江藤九州男《えとうくすお》

もう店の名前もママの顔立ちも遠い昔のやうな街角

人々に自粛を強ひて忍びゆく　楽しからむや夜の銀座は

＊

三密を令和桜に祈願する花びらほどの数はごめんと

東京　及川《おいかわ》　廣子《ひろこ》

道連れは七つ下がりの雨の音ことば交さぬマスクの孤独

箱の中「もしよかったら」と店の前ぐいのみひとつ手にするコロナ禍

＊

満開の桜のつづく川沿に露店の見えず人影のなし

東京　大塚《おおつか》　秀行《ひでゆき》

国々にひろがるコロナ感染にせつなし東京五輪延期は

ひとすぢの光見えたりしかすがに愚直に自粛続けん今は

羽根畳みうずくまる大き鳥のごと子らをらぬ小学校のフリーズ

熊本　大友《おおとも》　清子《きよこ》

路上には通行人が必要なり下校の子らと挨拶かはす

コロナ討つべし人間は生き残るべし　この星をただ喰ひ潰しつつ

＊

うつむいた人の背のやう泡立ちて引きゆく波にマスクが浮いて

神奈川　大西久美子《おおにしくみこ》

唇に触るる潮水オキシドールを塗る前に吸ふ苦き血の味

初夏の「Ｚｏｏｍ」歌会わたくしは由比ヶ浜より点呼に応《いら》ふ

＊

休校の児らとうどんの生地を練るいつしか外に春の雪降る

東京　大貫《おおぬき》　孝子《たかこ》

突然に休校となる児と歩む道のべに黄のかたばみ咲きて

目に見えぬウイルス思ひ児ら去りて西日のさせる部屋を除菌す

水しぶき笑い声する夏だより帰省せぬ息子《こ》の思いもキャッチ

徳島　大山真理恵《おおやままりえ》

賀状書く孫によりそう子の姿思い浮かべる四角い文字に

マスク取り顔上げ歩く日のためにほほえみがえし朝の鏡に

＊

塗籠のなかに暮らしているような今年の春は鈍色をせり

東京　大和久浪子《おおわくなみこ》

かかる日も癒しあるなり天体は法則のごとく輝きている

晩夏は殊にさびしさゆるがせて蜩鳴けり余韻残して

＊

世界地図あっという間に染まりゆく地球はこんなにも小さかったのか

大阪　小笠原朝子《おがさわらあさこ》

籠る日々ためらいもなく無為徒食そんな日もいいと嘯いていた

集い来る子らの読むはずだった絵本《ほん》開かれぬまま
はる・なつ・あき・ふゆ

近づきて近づきすぎぬ距離たもつ密接不可避な二歳児と一日《ひとひ》

扉開かぬ希代未聞のコロナ禍に閉ざされたるやひかりも音も

たそがれのはや迫りくる裏道を張りなきマスクの人ら行き交ふ

群馬　岡田《おかだ》　正子《まさこ》

＊

東京と名古屋の孫を案じつつ新型コロナの情報を聞く

不安なる酷暑にコロナにこもる日日友の電話に心安らぐ

紺碧の空眺めつつひたぶるに天災人災なき世を願ふ

埼玉　岡部《おかべ》　とみ

＊

梅の木に花喰鳥がゐて楽し早い列車で出かけた朝は

抑揚の強き会話が弾む場を静かに離れ加湿器を置く

弥生よりふた月を経て王冠が通つたあとのさみしき街よ

愛知　尾﨑《おざき》　弘子《ひろこ》

笹竹も立たぬ七夕一宮「コロナ去れよ」の短冊書けど

クマゼミが朝早くより啼きしきる悪疫去れよの読経のごとし

コロナには春夏秋冬関係なくマスクの夏もやっと終わりぬ

愛知　小塩《おしお》　卓哉《たくや》

＊

絹貼りの柩のうちのほの明くマスクとふ白きを君はもうせず

読経する僧侶をりをりマスクとるこの世の勤めといふは苦しゐ

マスクとふ白き小さきもの要らぬあの世ならむか死者は発ちにき

東京　押切《おしきり》　寛子《ひろこ》

＊

ウイルスに関りのなき巣立ち仔の鴉の鳴きて口中赤し

縹色の空のもとにて歩み行く人ら互みにまなこ合わせず

満天星《どうだん》の朱に混れる一本の棘の木みっしりとコロナ防ぐか

北海道　押山《おしやま》千恵子《ちえこ》

新型は車と思へどウイルスだコロナウイルスクル
ナウイルス　和歌山　小田《おだ》　実《みのる》
梅干の毎日一つ二十年コロナウイルスクシヤミで
飛ばす
蠟梅は去年も今年も咲き誇るコロナウイルス何処
吹く風と

＊

経済にアクセル踏んだこの地球やり過ぎだよとコ
ロナは言えり　東京　小沼《おぬま》　常子《つねこ》
ウイルスは一切忖度してくれず不実無策のメッキ
をはがす
家籠りすること多きこの一年「アンネの日記」読
み返したり

＊

姫女苑さやぐ真夏の集落にコロナよ来るなと祭り
の太鼓　高知　小野亜洲子《おのあすこ》
上海で京で眺めし秋の月コロナの今宵は野に見上
げをり
流星群にコロナ終息願ひたりまばたき光るは束の
間にして

スーパーにすれ違う人よ目の合えば曖昧に会釈す
マスク顔にて　福島　小野《おの》　洋子《ひろこ》
三密を避ければすなわち思考力も自粛するらし老
いの脳《なずき》は
キンモクセイ満開を指す人の前にマスクはずして
深く息吸う

＊

年々《としどし》の蕗の薹摘む楽しみもコロナに家籠り過ぎて
しまえり　福井　加賀《かが》　要子《ようこ》
オンライン授業に取組む大学院生汝の集中度合《どあい》を
案ず
弔いに久方に会う従兄弟等《いとこら》のマスクの顔もただ哀
しかり

＊

つのり来る不安に朝より戸を鎖して籠れる弱者ふ
たりの暮し　広島　香川《かがわ》　哲三《てつぞう》
感染を怖れて今日も家出でず戻り寒波に日すがら
の黙
県境跨ぎて居住二拠点の暮しに常なき不安の兆す

嚔《くしやみ》くしやみくしやみ止まらずだいぢやうぶです春
やよひ花粉症です　千葉　風間《かざま》　博夫《ひろお》

布マスク感染防止になりますか飛散防止になると
いふけど

令和二年九月曇り日真昼間のマスクをせざる人ゐ
ぬ車内

＊

七十六日封鎖に耐へし都市のさま『武漢日記』読
む冬の厨に　高知　梶田《かじた》　順子《みちこ》

仙台屋桜くれなゐこの威風　人はウイルス恐れ籠
るを

千晴二十歳《はたち》マスクながらに振袖に晴ればれ笑ふ八
重歯かくして

＊

アマビエも年神さまも来て御座《おは》す雑煮のお椀のこ
ころ温とし　福岡　梶原《かじわら》　展子《のぶこ》

てふてふを追ふ孫の背の伸びやかにされどコロナ
の休校続く

コロナ禍で人の消えたるシヤツター街を犬一匹が
走りゆく見ゆ

しろつめ草かぜにそよげる村境越ゆるを躊躇ふ
「東京の人」われ　東京　春日《かすが》いづみ

コンサート延期が決まり虫干しの剣先襟のタキシ
ード揺る

畏みて家鍵と共に消毒すキーホルダーのローマ教
皇

＊

洗ふ洗ふ五指をひろげて洗ひをりいよよからつぽ
わがたなごころ　東京　春日《かすが》真木子《まきこ》

日に幾度五指のあはひを落つる水こぼすな洩らす
な「生」への夢は

マスクして交はす会釈のせつなきを目高が見てゐ
る眼を押し出して

＊

仏蘭西《フランス》から来るドアノーを愉しみに予約をしたり
誰にも言わず　千葉　片山《かたやま》　由加《ゆか》

九人の黙したヒトを運ぶバス枝下梅は風にふかれ
る

先頭の車両を選ぶ総武線離れた家族に会いにゆく
ため

欲しきもの要るものなしと子に答へ受話器置くさ
にすまなさ覚ゆ　東京　勝倉《かつくら》美智子《みちこ》
ウイルスを運ぶな家には立ち寄るな重要書類は彼
処と伝ふ
コロナ世を無事に凌げとうち揃ひ先祖が励ますご
とき秋空

*

観客のなき館内に「まつたなし」の気魄こもれる
行司のかけ声　新潟　勝見《かつみ》敏子《としこ》
三月振り入るプールに懐かしき友らと寄れば監視
の注意
検温と記名のプールに再会の友を遠目にひとり泳
げり

*

うっすらと雪にも見ゆる山ならん「コロナ」の間
合いに萌えよ若芽よ　宮城　金澤《かなざわ》孝一《こういち》
ふる里の「ウイルス」ゼロは今日もまた「けんか
七夕」如何に過ぎしや
身をしずめときを待ちいる沈下橋急くな滅入るな
嵐は去らん

馬場あき子氏「日本の帯を締めたり」とコロナ無
き世のオペラ座コンサート　青森　兼平《かねひら》一子《かずこ》
帽子取りコートを脱ぎてマスクはづす儀式のごと
き門口の所作
「会へずとも歌会はできる目からうろこ」と仲間
たちよりメールが届く

*

令和二年四月七日緊急事態宣言発令女孫誕生
長野　神池《かみいけ》あずさ
できるだけ離れて作業せよと言う「ふれあい花
壇」にふれあえぬまま
父さんを村八分にはさせたくないから帰らない
コロナ未だ未だ

*

コロナ下の施設逢瀬は十五分拘置所よりも短しと
君　大阪　上條《かみじょう》美代子《みよこ》
平熱か三度確かめいざ出陣ケア現場の三密越えて
「慎重に！」防護衣の背に檄が飛ぶ　微量注射器《シリンジ》
にらむ老眼ナース

国民を不安と恐怖に曝しつつコロナウイルス拡散続く
沖縄　亀谷《かめや》　善一《ぜんいち》

コロナ禍も各地におこる災害も令和の世相悪夢の如し

コロナ禍に政府資金の投入など日本経済の危機を畏れる

＊

コロナゆえ帰省出来ぬという便り内科医兄の誠実を案ず
島根　川井《かわい》　恭子《きょうこ》

マスクして向うの売場に手を振る人誰と分からぬままに御辞儀す

外出自粛に籠れば自らに点てし茶をも手に囲いつつ一瞬惑う

＊

人間にどうにもならぬことあつてよしと生きむか例へばコロナ
山梨　川﨑《かわさき》　勝信《かつのぶ》

誰も乗らぬ特急列車が越しゆける電車こちらも我と数人

マスクせよ掌を洗へとぞウイルスの前につくづく我らの無力

国境を越ゆる速さは疫病にはるか劣れり理念と言ふは
愛知　河田《かわだ》　育子《いくこ》

スラウェシの焼き蝙蝠屋かうばしき翼広げて約五百円

荒草の辻に掛かりてふり向けばやよひの花にうつし世明る

＊

新型のウイルス流行るに休校となりたる校舎の今日も静もる
宮城　川田《かわだ》　永子《えいこ》

此の地球不思議ないのち溢れをり新型コロナウイルスなども

コロナ禍の沈静祈る思ひにて今日もマスクを丁寧に干す

＊

扉《と》の奥に小さい部屋が開かれて小さい椅子に消毒液あり
京都　川本《かわもと》　千栄《ちえ》

距離を取り四隅に乗った人々が見ている階を移る点滅

キャラメルを少し舐めたら噛む癖をそのままにまた季節が変わる

六月の手帳売場に積まれゐる四月五月の空しき手帳
マスクをして歩む炎天けふまでにつきたる嘘をにれがむやうに
恒河沙の唄を眠らせカラオケ館一棟暗き箱として立つ

埼玉　岸《きし》野《の》亜《あ》紗《さ》子《こ》

＊

ウイルスに記憶奪はれわたくしの手帳のページ真つ白のまま
ガラガラの車中に居眠る人は無し背骨を伸ばし座る真昼間
肌寄せて小犬は温もり伝へたり笑顔忘れし今日のわたしに

東京　久《きゅう》和《わ》　鏡子《きょうこ》

＊

コロナ禍に喘ぐ都会をよそ事に補選の鶯ふたつさへづる
過疎でなく適疎と知りぬコロナ禍を畑に汗する日々のたづきに
ふたつ三つわが家の空に戻りつつ成田と羽田に機影は向かふ

茨城　久《く》下《げ》沼《ぬま》満《みつ》男《お》

疫病で休館となりしゴッホ展闇に糸杉悶えてをらむ
夕化粧も千日紅もうなかぶし濃厚なる接触避けて戦げり
コロナ禍で地球震撼たる夕べ〈芽ばえ〉とふ番組にみどり児笑ふ

兵庫　楠《くす》田《だ》　立身《たつみ》

＊

ウイルスもこの世のものと斎藤史《ふみ》ならばきっと言うだろ矮鶏遊ばせて
人類の歴史にコロナウイルスが加わるだろう死者ペスト越ゆ
気の重きコロナ払わんと派手にまく令和三年の節分の豆

兵庫　楠《くす》田《だ》智《ち》佐《さ》美《み》

＊

COVID-19 の死の思はるる花蓮《はちす》　はな・はなの間《ま》を満つる哀しみ
聞くほどに心いたぶる新型コロナ　ロックダウンの異国に息《こ》はゐる
祈りたり祈るのみなる　新型のコロナウイルス鎮まれよかし

千葉　久《く》保《ぼ》田《た》清《せい》萌《ほう》

驕りたる人間の世にひたひたと増殖つづくるコロナウイルス

東京　倉沢《くらさわ》　寿子《ひさこ》

コロナパニックに銃弾売れに売るる国　何を撃たむと構へてゐるや

武器を持たぬわれらが命を守るすべ　互ひに近づき過ぎず生きよと

＊

ウイルスに怯えて暮らす日常をニューノーマルと言う人のあり

東京　倉重《くらしげ》　惠造《けいぞう》

正念場承知はすれどウイルスに囲まれ見えぬ出口が見えぬ

コロナ禍にうつうつうつとしてむりやりに気晴らしせんと歌など唱う

＊

「だいぢやうぶだあ」二度とは聞けぬ志村氏のコロナ死悼む娘のメール

新潟　黒川《くろかわ》　千尋《ちひろ》

田植ゑにも三密避くる習ひにてマスクをつけて会話を控ふ

半年に六十万を越す死者は戦ひにも似るコロナの脅威

こんなことになるんだったら夜の街でもっとたくさん遊べばよかった

北海道　桑原憂太郎《くわはらゆうたろう》

マスクには目では見えない同調の圧力を防ぐ効果があります

気のおけぬ友を集って夜の街で飛沫とばして呑み明かしたい

＊

深深と立て行司の声響きたり当麻蹴速《たいまのけはや》出でくる土俵

大阪　髙田谷智惠《こうだやちえ》

懸賞の旗持つ人の影薄くうつ向き加減に土俵を回る

勝ちを告ぐる行司の声をウイルスの咆哮と聞く無人の観客

＊

ウイルスの防災無線をききながら夏毛にかわる犬とゆきおり

山梨　河野小百合《こうのさゆり》

オーガンジーの母の帽子をとりだして縮んでしまった外界に出る

紫陽花の色の抜けゆく八月を会えない伯母が施設にすごす

マスク縫う布どっさりと送り来し娘の断捨離をわが家に留む

広島　河野《こうの》　繁子《しげこ》

この柄は孫に婿にとマスク縫い暮るるの早し糸くず払う

うたを詠めマスク縫わなと心せき家にこもりて一刻おしむ

＊

冷え冷えと雨降る自粛のこの午後を辞書よ一緒に漢字で遊ぼ

京都　甲元《こうもと》　洋子《ようこ》

大鎌にて命刈らむと待ち伏せる死神のごと「猖獗」といふ文字

酋長の「酋」の字は酋長の顔に見ゆいや酋長のシャツの柄にも

＊

生命でさえなきウイルスに宿を貸し侵されてゆく高等人類

大阪　小西美根子《こにしみねこ》

命令形の前にひれ伏す世となりぬ　会うな　離れろ　大声出すな

水色のセロファンのような明るさの街を往き交うみなマスクして

コロナ禍と諾はせられて一周忌の父の法要さらりと終る

静岡　小林《こばやし》　敦子《あつこ》

メロンパンの専門店にてマスク買ひ〈自粛〉の街の閑散を行く

コロナ禍の面会制限予期せねば〈在宅介護〉怖づ怖づと決む

＊

頭《づ》や骨に沁みるやうな怖ろしい静寂といふ　ヴェネツィア封鎖

千葉　小林《こばやし》　幸子《ゆきこ》

ヴェネツィアの旅人ひとりもゐなくなり運河の水の青き春なり

バルコニーに窓の硝子に虹の絵をかかげてかはす春のあいさつ

＊

平熱と一瞬にして計られて診察許可の出さるる不思議

千葉　小峯《こみね》　葉子《ようこ》

群れることで繁栄してきた人間は群れ依存症の遺伝子持つも

重ならぬように話すもテレビ電話ちぐはぐ会話それだけで良し

春きしも家籠りする私に脇目もふらず桜ちりゆく
千葉　小山美知子《こやまみちこ》

子に孫にあえぬこの夏それはそれ菊桔梗絵の盆燈ともす

「密」と書く年の終わりに笠雲が富士の高嶺にかかるをみたり

＊

東京はかすみの奥に沈みたりあんなに遠い異国となりて
神奈川　三枝《さいぐさ》　昂之《たかゆき》

一つずつ斜線を引いて消してゆく五月六月十月までを

素手となるそれから開く青春の蹉跌の春も今年の春も

＊

小さくてかわゆき桃色であろうとも断固マスクを拒否するこの子
福島　齋藤《さいとう》　芳生《よしき》

呼気吸気マスクの内になまぬるく籠る会議に発言をせず

絶対に詠わないぞと決めたのに新型ウイルスとかマスクとか

行く春や在宅勤務ステイホーム芭蕉も旅の草鞋を仕舞う
栃木　齋藤《さいとう》　嘉子《よしこ》

〈生きること〉と〈活きること〉との狭間にておにぎりを食む〈今できること〉

ほおずきの灯りよ遠慮なく灯れ彼岸此岸のひとの思いに

＊

クラスターついに五百人越えたりとテレビは叫びわが指洗う
富山　佐伯《さえき》　悦子《えつこ》

宇宙ゴミ宙《ちゅう》に増えゆく危うさよ　われも宇宙のゴミ屑なれど

またひとりコロナにかかり指を折る一人一人が黙ってかぞえる

＊

ＧｏＴｏの旅のしおりが届きたりパンフレットで想いをはせる
東京　坂井恵美子《さかいえみこ》

温暖化故かコロナに熱中症と日本列島何処に行くや

コロナ禍になりてさまざま変わりゆく令和の時代戸惑いながら

迫りくるコロナに人はおののきぬ新型肺炎報道乗つ取る

埼玉　榊原《さかきばら》　勘一《かんいち》

最速の六、七輪を咲かせたる靖国桜にみぞれ降りつぐ

コロナ禍も知らに今年も桜花咲く普段の暮らし早くめぐり来よ

*

詠むまいと思へどたちまち一首二首コロナの歌の浮かびくる朝

静岡　桜井《さくらい》　仁《ひとし》

見えぬ明日見えぬ世界を見むとして仰ぐ青空木々のさゆらぎ

感染者さらに広がるこの朝をひそやかに舞ふアサギマダラは

*

きさらぎの街は暮れゆくたった今外したようなマスクを残し

青森　佐々木絵理子《ささきえりこ》

幾にちもゼロが連なり引き出しの奥にて眠る銃の静けさ

ニッポンは何処に向かい舵を切るうっかり咳も出来ぬ世の中

ウイルスに怯ゆることもなき鯉は寒の戻りの池に鎮もる

埼玉　佐田《さた》　公子《きみこ》

ウイルスに罪はなけれど人間を苦しめ死なしめウイルスも死す

地球《テラ》に住むウイルスはヒト　さもあらん　益田昭吾氏の説を諾ふ

*

終日をコロナのニュース流れくる今宵三日月明星光る

新潟　佐藤《さとう》　愛子《あいこ》

自宅での終末ケアを選びたる義弟《おとうと》を誉むコロナ禍の現在《いま》

ひとつ置き空席として久々に聴くコンサート「レクイエム合唱付」に鳥肌の立つ

*

受験生の多き神社の「撫で牛」に除菌液あり　足を擦りぬ

神奈川　佐藤《さとう》　和枝《かずえ》

外出の自粛の後の散歩道カラスノエンドウ実をつけてをり

この地球の運行確か初日の出鋸山の尾根より昇る

狂喜する生徒ら新型ウイルスのため試験なし明日
から休校

神奈川　佐藤《さとう》　玄《しづか》

一言を欠いたるままに時なくて終はりし高二の授
業思はる

オンライン在宅授業す在宅の若き教師にサポート
されつつ

＊

ご一緒の暮し馴染まず手をやきぬCOVID《コビット》-19去
年も今年も

東京　佐藤千代子《さとうちよこ》

病院の医師・看護師も神の手を借りたる人よ夫の
傍ら

大風に吹かれ落ちたる病葉も雨に打たれて色ふき
かえす

＊

コロナ禍にときどき心捕らはるる医療従事の子等
を思へば

福島　佐藤《さとう》　文子《ふみこ》

三回忌に家族三人詣りたり帰省叶はぬ子等の分ま
で

朝のドラマ「エール」の森に行きたしと癌再発の
妹の言ふ

海も山も障壁となり得ぬコロナウイルス現はれ出
づるを戦きて聞く

青森　佐藤《さとう》　嘉子《よしこ》

普段使ひお出かけ用とそれぞれのマスクを仕分け
小箱に収めぬ

コロナ無き春思はずや揚げ雲雀若草萌ゆる春の野
原を

＊

鼻先がつんと寒くて朝桜見上げたのちにまたマス
クする

青森　里見《さとみ》　佳保《よしほ》

会釈だけしてすれ違う花の道互いに風をうすく曳
きつつ

しろたえの布マスク縫う春炬燵この世のどこも近
くて遠い

＊

縁台に座り茶を飲みそそくさと娘は帰るマスク付
ければ

宮城　佐野《さの》　督郎《とくろう》

六度五分に熱下がつたとメールすれば階下の妻か
ら来るVサイン

青嵐吹き来る夕べ一ミリの一万分の一の憂鬱

以前にも以後にもならずウィズ・コロナ『デカメロン』四日までしか読めず　神奈川　佐波《さば》　洋子《ようこ》

自粛疲れに街へ出でゆき鉄製のフライパン一つ買って来たりぬ

夏《げ》籠《ご》もりならぬステイホームの解除され雨しきふればトマトが匂う

＊

武漢《うーはん》にたれか入れたる災ひの「ピタゴラスイッチ」天涯くづす　東京　信濃《しなの》　優子《ゆうこ》

トランプも習近平も手子摺れるCORONA　旧くは「王冠」のこと

蟄居して聴く「パピヨン」のテーマ曲　こんなかなしいしらべだつたか

＊

絶対に観に来ないでと桜いふ林檎《りんご》の苑も牡丹の寺も　大阪　篠原《しのはら》　節子《せつこ》

ピアニスト受難の時ぞ会場のキャンセルつづき黒南風のふく

白昼の月の匂へる一人花見髪に付きにしウィルス払ふ

ウイルスのわが身に付くなと身構えておまじないのごと大蒜を焼く　神奈川　下村《しもむら》　道子《みちこ》

終末になりて生き方変えんとすコロナと共存の知恵を探して

もういいという思いから甦る燦と輝くフリージアの黄に

＊

づぼらやのふぐのふくふくふくよかな腹を見上げてものをこそ思へ　奈良　勺《しゃく》　禰子《ねこ》

好きか嫌ひかではなく景色が消えてゆく好きか嫌ひかわからぬ街の

第二波の線うつくしく伸びてゆくゴーヤーの蔓整へる間も

＊

病院の行きも帰りもコロナ禍を忘るるごとき秋の晴天　千葉　清宮《せいみや》　紀子《のりこ》

われの住む街に更地の多きことコロナ禍のもと知りたるあはれ

二人分の給付金にて4Kのテレビ買ひ換へ自粛続くる

人病みて季節巡りて風温《ぬる》む　花も田畑も生命《いのち》育む

福岡　雪春郷音翠《せつしゅんごうおんすい》

無聴衆　マエストロ・ムーティ　ウィーン・フィル　されど地球《ほし》に流るる新年「美しき青きドナウ」

幼き日〝伝令ゲーム〟に笑えしも　コピーミスなり　恐き変異種

＊

自然との距離を保てよホモ・サピエンス　ウイルスは森で眠つてゐるはず

茨城　曽野《その》　誠子《せいこ》

ウイルスを環境破壊で引き摺り出して敵だ敵だはヒトのおごりか

消毒液もマスクも足りぬ息子《こ》の医院ただ粛々と診療続ける

＊

幼子まで嫌がりもせずマスクする新型コロナ見えぬ不気味さ

大阪　髙尾富士子《たかおふじこ》

コロナ下に豪雨の中をバイク音いつものとおり朝刊とどく

眉仕上げマスク美人で買い出しへコロナ禍令和新たな日常

マスク跡二本の線のつく頬を表面張力もどれと叩く

京都　高田《たかだ》　好《よしみ》

元気でね友との別れ束の間をマスクはずして顔を見せ合う

自粛とけ面会予約できたのにその前日に姉死すを聞く

＊

コロナ禍に会えぬまま逝きし義弟《おとうと》よビデオ通話のその翌日に

栃木　滝口《たきぐち》　節子《せつこ》

コロナ禍に帰省叶わぬ娘《こ》に送る夫の作りし無農薬野菜

マスクして返事はしない感謝状贈呈式の帰路も無言で

＊

日常が様変わりした令和二年ほどけたリボン結べずにいる

千葉　竹本《たけもと》　幸子《さちこ》

それぞれのいつもと違う夏が過ぎぬるいサイダー君とのみ干す

面会の母とは厚いガラス越し互いのスマホが心をつなぐ

消し忘れられたる文字を消し去りぬ臨時休校二日目の朝
千葉　田中《たなか》　拓也《たくや》

空白の校舎の中に差し込みぬ春のはじめの朝の光は

窓の外にしろく輝く桜あり　行事予定の予定消されて

＊

近隣のAさんBさん陽性にコロナ罹患が他人事ならず
福島　田中《たなか》　寿子《としこ》

長男の東京転勤知りし日よ暫し慄く七月一日

仕事終えマスクを外すこの夕べ今日の束縛徐徐に薄らぐ

＊

コロナ禍に怯える心押えつつ向かった先はビューティーサロン
埼玉　谷口《たにぐち》　ヨシ

久々の鋏の音の心地よく耳に響きて体の解る

何となく帰りの道は遠回り馴染の沼のほとりに出でぬ

無聊なる常なりにしも四季めぐり満天星《どうだんつつじ》の白き花咲く
大分　玉田《たまだ》　央子《てるこ》

遺る瀬なき蔓延しるしコロナ禍の死者増えつづく二年目の春

愈よ着く新茶のかをる空港へすずめのなみだほどのワクチン

＊

航空隊の子は語気強めわれに言ふブルーインパルス感謝飛行を
三重　辻田《つじた》　悦子《えつこ》

一年前いづこへも行きしわが日常夢見る如く思ふことあり

快楽に興ずる若者いつの日か亡国の徒となりゆかん冬

＊

盆休み今年は帰れん動かぬと長男より電話コロナの三波か
徳島　辻本《つじもと》　弘子《ひろこ》

年一度帰省待つ親子双方が寂寥もちて「それがいいかもね」

往来を封じに来たかコロナ禍、ワクチン発明心待ちにす

武漢発コロナウイルス世界中の人と社会に禍を撒く
東京　筒井《つつい》由紀子《ゆきこ》

一君と会いたいなあと夫の言う孫子に会わぬ自粛の日日よ

黒雲をバックに光るお月様コロナに負けるなと言っているよう

＊

罹患者が増えて転院繰り返す余儀無き事と思へど辛し
長崎　常川《つねかわ》　緑《みどり》

面会を阻むコロナは体力と気力落とさせ認知症推す

コロナ禍でアマビエ様を担ぎ出し商売繁盛ほくそ笑む人

＊

マスクあり消毒液も足りてゐる　ああさういへばセロトニン無し
福岡　恒成美代子《つねなりみよこ》

丑年の牛を嘉せど疫病《えやみ》ゆゑ「臥牛」を撫づること禁じらる

新型コロナウイルス禍の世界を、日本を、識らないまま逝つたあなた

マスクはづしコーヒーするひとときも憂愁の色ただよひ止まず
長野　伝田《でんだ》　幸子《さちこ》

距離置きて話すことさへ憚らる　ひたに危ふさの翼をたたむ

怖れつつマスク外さむこの後も朦朧とした影の憑き来む

＊

「行かない」と「来るな」の会話に親と子の絆は確かコロナウイルス
愛知　遠山《とおやま》　耕治《こうじ》

大小の文字愛らしき年賀状曽孫は八歳　逢いたいよ爺も

コロナ禍に会う事かなわぬ初孫の写真可愛いと息子は一言

＊

いつの日かと憧れてゐしクルーズ船コロナ流行に夢は萎みぬ
石川　栂《とが》　満智子《まちこ》

コロナ禍に志村けん逝く映像におどけた笑顔ばかりを残し

撮り溜めし千枚以上の写真もてスライドショーする籠れるひと日

コロナ戦、米中対立環を掛けし日本の役目自づか
ら見ゆ　千葉　土岐《どき》　邦成《くにしげ》
コロナ禍で脅かされる生存権活用したし憲法二十
五条
カラオケもグランドゴルフも中止とてわが家に戻
り独り酒酌む

＊

コロナ禍に緊急事態宣言の出でし日スーパームー
ンを仰ぐ　千葉　戸田《とだ》　佳子《よしこ》
外出の自粛要請とかれしが不安なる日々枇杷の色
づく
長引きし梅雨の明けしがコロナ禍の感染拡大やむ
ことのなし

＊

感染の憂ひも鞄に詰め込みて富山へ向かふ今日は
三校　富山　中川《なかがわ》　暁子《あきこ》
コロナ禍の雨降る土曜日百冊の本動きたり町の図
書室
期限切れの富山までの回数券ポケットにあり自粛
自粛で

クラスター爆弾をかつて怖れしがクラスターなる
発生怖る　神奈川　中川《なかがわ》佐和子《さわこ》
お互いに声も出さずに距離を置き買い物をして人
間がいない
黒ひげか黒マスクなのかわからざる男が駅の向こ
うから来る

＊

永田研最後の花見も中止となり中途半端に大学を
去る　京都　永田《ながた》　和宏《かずひろ》
十年前わたしにひとりの妻がゐてわたしは彼女を
引き止められなかつた
オンライン飲み会などと不可思議の会にたがひに
グラスをかざす

＊

疫病の退散祈願の柏手を雪の木立の神が飲み込む
秋田　永田《ながた》賢之助《けんのすけ》
この寒さ逆手に増殖すると言うコロナか流感　木
枯らしに鳴る
辛辣に問うもにべなく答えるも国会論争マスクで
見えず

窓ごしの母に手をふり満開のホームの桜を共に見上げる

東京　中西《なかにし》　京子《きょうこ》

在宅の夫のうちたるキー音に合わせて葱を刻んでみたり

しずかなる夫との時は透きとおり空はまもなく夕映えになる

＊

何事も自粛自粛にくれるなか庭の草取り励めば平和

群馬　中野美代子《なかのみよこ》

世の中はどうあれ目高はよく泳ぎ体温超える猛暑を生きる

自粛にて会ふ事叶はぬ友の声受話器はみ出しコロコロ笑ふ

＊

地域差のありてコロナの感染も田舎の街は関はり薄し

千葉　中村《なかむら》　正興《まさおき》

月一度持病の薬貰ふため距離空けて待つ病院の椅子

今朝もまたニュースは報ず東京が感染者数増加のグラフ示すを

いつの日も「だいじょぶだあ」とひょうきんに励ましくるる人の逝きたり

沖縄　中村《なかむら》ヨリ子《こ》

市役所の大小十五のシーサーもマスクされおり阿も吽もなく

顎マスクのおじい五人が車座で缶ビール飲む普天間の路地

＊

コロナ　クルナ　コロナ　コロブナ　転向《ころ》ばざる異人偲ばゆ切支丹坂

東京　中山《なかやま》　春美《はるみ》

すきとおる両手拡げて一尋《ひとひろ》をすれちがうなり私はセスナ

三十一文字は詩人の私信　逢えぬ世ににじむ想いを掬い取らばや

＊

中天に澄めるだけ澄む冬の月コロナ変異を繰り返し聞く

高知　中山《なかやま》　恭子《やすこ》

塩素にて床を拭きつつ思ひゐぬSARSと闘ひ死にし医師の名

密を避けアクリル板に向かひあふコロナこの年新年歌会

沖縄　永吉《ながよし》　京子《きょうこ》

地を蓋ふ新型コロナウイルスの行く方知らず弥生の桜

『つゆじも』に百年前の「はやりかぜ」茂吉も罹り詠みしウイルス

感染者に思ひ及ばず己が事のみに明け暮れもう夏は過ぐ

＊

福島　波汐《なみしお》　國芳《くによし》

コロナ禍に塞ぐこの日々当てつけに空き缶ひとつ蹴る帰り道

負けないぞ負けてたまるか何処までもぶな林のなか水起《た》つこころ

人類の終《つい》も見よとやコロナウイルス牙むきだしに嗤うを憶う

＊

宮城　新沼《にいぬま》せつ子《こ》

コロナ禍に閉ざされし吟詠教室は四か月ぶりに再開されぬ

四か月振りなる吟詠教室にマスク着けしまま友らと集ふ

八月になりても鶯のこゑ透るコロナ禍遠きこの川原に

石川　西出《にしで》　可俶《かしゅく》

一年を浄化なさんや歳晩のけさ窓外は真白なる雪

平穏と何かが違ふしづかさに老い二人して雑煮を祝ふ

『孤愁』なる長編小説読み終へし時間のわれにありたり去年は

＊

千葉　根本《ねもと》千恵子《ちえこ》

当たり前と過ごして来たりあれこれのなんと多くと気付く毎日

このところひとりひとりが透明な大きなボールの中にいるような

「ご飯だよ」声はかけれど箸取るは別々の部屋テレビが相手

＊

山梨　野澤《のざわ》真砂子《まさこ》

ねむりゐるコロナ覚まして人間の居場所失ふ文明の世に

情報の大波小波の日日にしてコロナ・コロナのひととせは過ぐ

百年の孤独が千年人の世へコロナ参らすいかなることぞ

予定表の式典・茶会・短歌の会・クラブ活動コロナに中止

京都　白子《はくし》　令《れい》

籠もる日々自と対峙なすに悔い多し彼の日この時かえり来らず

生かされて九十三年の日々ふりかえる学びに恋に散らしし火花

＊

コロナ禍に揺るる世相に盂蘭盆の迎へ火さへもマスクして焚く

東京　林《はやし》　宏匡《ひろまさ》

棚経に来たれる僧もマスク越し御声抑へて唱へけるかも

マスクして御名唱へゐる僧の声かすれがちなれ木魚は弾む

＊

地元紙にマスクの型紙載りてゐて記者の気くばりありがたきかな

山口　林《はやし》　芙美子《ふみこ》

目に見えぬ感染症を防がむと家族が使ふ布マスク縫ふ

春祭の賑はひもなしコロナにて護国社の桜満開なれど

沈潜の時と捉へむ人と人の交はり阻むコロナに負けず

京都　久富《ひさとみ》　利行《としゆき》

官製の「新しい生活様式」の語に違和感をわれも覚ゆる

宴会の代はりに近況報告を求むるメール友らに送る

＊

コロナ禍や総理の椅子で揺れる間も咲き継ぎゆける白き木槿は

三重　樋田《ひだ》　由美《ゆみ》

静かなる権力の声おだやかに砂の深みに沈みゆく民

しかもなお人はためさるコロナ禍で人の温もり逃げ水のよう

＊

変はるなく日の照る春の隙間へと未知のウイルス侵入したり

三重　人見《ひとみ》　邦子《くにこ》

ウイルスの話題の深みをさ迷ふ日すみれの花の紫が濃い

手を洗ふまた手を洗ふ込み上げる恐怖の影を消すためあらふ

姿・形似通ひをれば〝コロナ〟とぞ　神と悪魔の二極の姿
大分　日野《ひの》　正美《まさみ》

青葉若葉この日の光〝コロナ禍〟を自粛の回《めぐ》りは命溢るる

〝コロナ禍〟を上野が丘の美術館も人の影無しただに森閑

＊

鬼子母神の階登りゆくお御堂に頭垂れいるコロナ死者出で
福岡　姫山《ひめやま》　さち

パンデミック終らぬ朝にみんなみの風吹きはじむ寒波去りゆく

年を越え緊急事態宣言発「コロナ！止まって！」天空あおぐ

＊

アメリカの友の頭上の満月を阿波の地で見るフラワームーン
徳島　日向《ひゅうが》　海砂《みさ》

ふうはりと夜空に向かひハナミズキ地球は一つ月の語りぬ

故郷へ帰れぬ孫も見てるかなまん丸な月フラワームーン

真夜を裂く子からのＬＩＮＥ「明日からコロナ隔離病棟勤務に辞令」
愛媛　平山《ひらやま》　繁美《しげみ》

弱音すら吐かない息子「俺がやる。」吾も子も同じ看護師なれば

アングルをいかに変えても保菌者の疑い晴れない看護師を生く

＊

コロナ禍の制約緩み編集室までの道の辺つばな銀色
徳島　廣瀬《ひろせ》　艶子《つやこ》

苦手なるマスクにも慣れしと思ひつつ帰宅後はまづマスクを外す

自粛の日日花殻摘みを日課としどの花もなべて花期を延ばせり

＊

遠距離の娘と会話顔も見て自粛に深まるスマホの絆
愛知　深谷《ふかや》ハネ子《こ》

ゆったりと趣味の短歌にひたりおりコロナのニュース強く聞こえる

在宅で務める孫の昼時間母と娘ばあばの希な女子会

コロナ禍の町の青空日本晴れもったいないよな今日という日が
静岡　藤岡《ふじおか》　武雄《たけお》

わが植えしミニトマト三本ひたすらにコロナ籠りの食卓みたす

親友はみな逝く九十五歳かなわらわらと立つ白き山茶花

*

迷惑なる流言蜚語にて納豆とトイレットペーパー品薄となる
千葉　藤島《ふじしま》　鉄俊《てつとし》

満開の桜を目にしなにがなしコロナウイルスの影及ぶらん

コロナ禍に稼動の止まりバス事業運送業の友が嘆きつ

*

軍事費こそ不要不急の無駄遣いコロナ休業補償に充てよ
三重　藤田《ふじた》　悟《さとる》

御仕着せのマスク二枚か為政者の思いつきたる後手後手の策

「新しい日常」いかにコロナ禍の暮らし問われる人との距離も

イベントの中止となる記事新聞にコロナの去らぬ世を歎き合う
大分　藤野《ふじの》　和子《かずこ》

一反のさらし広げてマスク裁つ晒は常に身を守る白

スーパーの入口に立ち幼にも社明活動のマスクを配る

*

病院のリモート面会に口あけし母の歯の間を泡がながれて
広島　藤原《ふじはら》　勇次《ゆうじ》

延命の治療が終はりのちかき日に生きゐることは慰めなのか

こゑにせむとうごく唇へ耳よすれど終《つひ》に言葉を聴くことのなし

*

モノクロの写真一葉ダイヤモンド・プリンセスなる巨船写りて
東京　藤原龍一郎《ふじわらりゅういちろう》

レインボーブリッジ一期一会なる東京アラート真っ赤な至福

死者の数リアルタイムで増えゆけばウーバーイーツが陰膳運ぶ

マスクして皆孤独なり町なかの商店街も人声乏し

東京　古木《ふるき》　實《みのる》

ウォーキング老いたる人とすれ違ふニンニクの匂ひ我に残して

素朴なる野沢菜蜂の子凍み豆腐妻と語りぬふるさとの味

＊

五輪の火衰へ暗む国々を相次ぎ襲ふコロナの恐怖

山梨　古屋《ふるや》　正作《しょうさく》

淡々と流すに虚し日にちを首長の告ぐる感染者数

短歌《みじかうた》に感《かま》け老後を一筋に励むも不要不急の行《ぎやう》か

＊

列島はコロナ・ウイルス傘下なるきさらぎほろほろほころぶ梅は

東京　古谷《ふるや》　智子《ともこ》

休校の子ら遊ぶ路地けんけんぱあ五輪マークのやうな落書き

つくづくに不要に不急の用ばかりこもるこころの鬱のウイルス

身構えてもしやそれとも分かぬ間に鯉口切るもコロナしたたか

東京　堀内《ほりうち》　善丸《よしまる》

猛暑下のうねりの波の人の世にコロナの脅威天空を覆う

轟きて雲海の龍躍り出よ無頼コロナを淵に葬れ

＊

「三密」は学校の肝　目に見えぬもの学校のいのちをうばふ

福島　本田《ほんだ》　一弘《かずひろ》

ああ秋のあをぞらの下マスクせし二百三十五人がならぶ

マスクした顔が卒業アルバムに収められむと思《も》へばかなしき

＊

「こんにちは」隣のボーイソプラノに足軽くなる梅雨の外出

東京　本渡《ほんど》　真木子《まきこ》

スケボーを歩ごと日ごとに手懐ける少年掴むわが家のフェンス

休校の長きに午後は体育と少年腕を振る一輪車

陰性であったと電話に声が言う命を貰いしひとのごとくに

大阪　本土《ほんど》美紀江《みきえ》

いるという見えない敵にはマスクをと政府のマスクが一人一人に

透明の流れ弾いくつ飛んでいる気配に歩むコロナ禍の道

＊

答弁も政策もみなころころと変はれど変はらぬコロナの威力

石川　前川《まえかわ》　久宜《ひさよし》

偉ければコロナ寄らぬと思ふらし大臣も知事も宴つぎつぎ

ころころとコロナ対策転がりて最早これまでと大衆酒場

＊

先頭から番号札を配られて整然と買ふマスク一箱

神奈川　前田《まえだ》　明《あきら》

まがなしく坂は光りぬ夕映えの団地に人はだあれもゐない

ぎんなんの落つる音して驚きぬ閑かなりけり　コロナ禍の寺

無観客試合になると聞く夕べ床下庫より缶詰出し食む

東京　前田《まえだ》　益女《ますめ》

無観客と決まりて大阪場所始まるぶつかりの音張り手の音聞く

百人超え感染ニュースに疲れては膝当て付けてヲヒシバを引く

＊

来客の一人とてなきコロナ禍の家計わづかに潤ふ哀れ

岩手　松田《まつだ》　久恵《ひさえ》

「雨は線、雪は点」とふ少年の詩の断片がふとよみがへる

屋根の雪走る刹那に飛びたちし小鳥らのこゑ庭に騒がし

＊

予期せざる桜吹雪に紛れ行くコロナウイルスに人影のなく

京都　松田《まつだ》　基宏《もとひろ》

がら空《す》きの電車に乗りて省みる不要不急の出掛けか今日は

丘の家より出で来し女性「絶景でしょう」　コロナ散歩の我「すばらしい」

オリンピック　はやぶさ2帰還　吾米寿　喜びの年に新型徽菌《コロナ》襲来
新潟　松永《まつなが》　精子《せいこ》

懸命な医療前線に感謝してブルーインパルス《いんぱるす》描く五本の線を

姿なき新型徽菌《コロナ》の脅威　朝夕に子　孫　曾孫を手合はせ祈る

＊

籠り居に人恋しさの募るなか東塔の蓮花咲きしと写真が
愛知　松野《まつの》登喜子《ときこ》

薬師寺の再建の東塔と納まりて蓮花は今朝を祝ひて開く

落慶法要の延期となりし東塔に疫禍のなかを咲ける蓮花よ

＊

コロナ禍中も雪吊り菰掛け雪囲い祖《おや》より継げる土地の生活《くらし》は
石川　松本《まつもと》いつ子《こ》

城跡の散り敷く桜人知れず自然に還るこの春さびし

コロナ関連大きく占むる新聞の茶飯事としてクマの出没

ガス台の欠伸してゐる台所宅食便をチンするくらし
群馬　松本《まつもと》　孝子《たかこ》

コロナ禍に花見の旅も幻に自粛にこもり老を養ふ

コロナ禍に孤独の闇の深まれり心のドアも閉ざされゆかむ

＊

換気せよ密集避けよ席離せ教師を悩ますこと増えてゆく
秋田　松本《まつもと》　隆文《たかふみ》

夕暮れを帰宅途中の人の群れマスクの黒が街に増えくる

新しき日常をと言われるもわれらに変えるべきもの一つもあらず

＊

「コレラ菌などゐるはずもなし」透き通る水飲み干しきチャイコフスキーは
静岡　丸井《まるい》　重孝《しげたか》

本当に大事なものは見えぬと言ふほんとに怖きものもみえざり

大技は土俵際にて出ると言ふコロナを破る決まり手ありや

巷ではコロナウイルスはびこりて孫にも会えず米二合とぐ　青森　三浦《みうら》ふじゑ

こもる日々茶柱の立つ白い朝皆はいかにと遠い春待つ

粒々の満天星《どうだんつつじ》明かり閉ざす心をほのかに点す

＊

悲しみに追ひ打つ偏見ただ耐へる感染死の親に会へざる友は　千葉　三浦《みうら》好博《よしひろ》

空気読めとかつて圧力かけたりきコロナ禍の自粛警察に似て

「ご無事で」と歌友のメールの結びなりコロナ禍に死者増え来る日々を

＊

ラジオからコロナの拡大怖れ聴く春色のキャベツ刻む手早め　埼玉　三上《みかみ》眞知子《まちこ》

言いたい事なんてそんなになかったとマスクは吾を無口にさせる

夜の道あたり見回しマスク取る酸素の足りぬ魚のごとく

枇杷買ひに来てスーパーに見つけたる消毒アルコール躊躇なく買ふ　愛媛　三島《みしま》誠以知《せいいち》

感染の二波三波来るを覚悟して値崩れのマスク今日も購ふ

うかうかと自粛緩和に乗る気せず馴染みの蕎麦屋をまた素通りす

＊

コロナ禍をまた一段と近づけてテレビになじむ人の急逝　埼玉　御供《みとも》平信《へいきち》

ノンアルの缶一本に二時間の席も中止かコロナウイルス

志村けん笑はすしぐさ思ひ出す歯科の女医の手口中にある

＊

村人のつく除夜の鐘濃く低くコロナ収束願いて百八　神奈川　宮原《みやはら》喜美子《きみこ》

君の字にコロナ見つけし人のあり字遊び楽し自粛の続く

コロナ禍に座席指定の特急の急行よりも混みて「三密」

病院の玄関に待つ検温器防護服の手が額をねらう
鳥取　宮原《みやはら》　玲子《れいこ》
誰ひとり学名呼ばざる名を持てり　忍者の如きウイルス飛び交う
マスクする習慣持つ人持たぬ人世界を席捲したるファッション

＊

ウイルスが舞っているかもしれないが目に見えるのはタンポポの絮
長野　向山《むかいやま》　文昭《ふみあき》
盗賊の一味のようになってしまいマスクを着けてわれも加わる
感染が止まぬ九月の半年前「9月入学」主張されにき

＊

行く先を四方八方閉ざされて細き蛇穴のおくを見ている
群馬　武藤《むとう》　敏春《としはる》
どうしたら飛べるのだろう　飛べないとは言わない内村航平
人は人の道で生きろが通じない新型コロナが立ちはだかった

人いない東海駅の構内に子育て中のつばめ飛び交う
茨城　武藤《むとう》ゆかり
愛されぬ大金鶏菊みちのべに咲いて美し巣ごもりの日々
しばらくは郵便局は三時までそれと知りせば訪わざらましを

＊

コロナ禍に「緊急事態」となりし街春の大きな満月かかる
京都　村上《むらかみ》太佳子《たきこ》
深海に潜りたるごとひそやかに茶を摘む人ら　コロナ禍続く
菜の花の続く堤を少年は犬を連れゆくマスクをかけて

＊

コロナ禍の医師看護師のひる夜の患者に向かう心聖《きよ》しも
茨城　村山《むらやま》　重俊《しげとし》
咳二つ新型コロナウイルスが喉にいるかと疑う一人
エンプティネストに孫子かえり来ず二人の雑煮コロナ禍の新春《はる》

いたずらに桜散りゆく夕つ方首相説きゆく自粛をせよと

埼玉　本木《もとき》　巧《たくみ》

死神のほくそ笑む顔いかなると宣言一つ桜散る夜に

ひととひと間を空けよの放送に笑み浮かびきぬ人間なれば

*

籠りゐる部屋にダンベル振る宵の傾《かし》ぐ地球を三日月照らす

千葉　森《もり》　弘子《ひろこ》

巣籠りに夕餉の献立ひとくふう二人の間ほどよき密に

いにしへゆ籠る慣ひのある風土あらたなる世の兆すけふの日

*

コロナとは見えざる触手その指紋むなしくせむと椅子、扉拭く

長野　森島《もりしま》　章人《あきひと》

雨、むきだしの目がうつくしい　二メートル以内の侵入禁じられ

紙芝居より抜け出せいまぞ百人の黄金バットよ官邸に飛べ

街路樹の未だ芽吹かず疎らなる街行く人のマスクがまぶし

兵庫　保田《やすだ》　ひで

常ならぬ世にも春来てしらじらとこぶし花咲く街はしづもり

手作りのマスクをくれて姪曰く「花模様のものもよければどうぞ」

*

パンデミック聞き慣れぬ言葉も何時の間にか日常会話の中に息づく

東京　山内《やまうち》三三子《みさこ》

受付も会計も一人でこなす医師　今日は何時もの軽口を言わず

二メートル離れ挨拶した後でマスクを付けぬ営業マンは

*

毎日のなんと平和に過ぎゆくかコロナを恐れ家に籠もれば

大阪　山口《やまぐち》美加代《みかよ》

個に生きる訓練なのか衣食のみの単純愚直の日々を宜う

テレビSNSまたラジオ世のあらましは無言にて知る

雲ひとつなき青空に秋の風旅に出たしと心が騒ぐ

和歌山　山田《やまだ》　暁美《あきみ》

平穏という宝もの日日失せて新型コロナ感染者増す

赤き実の映える千両ゆったりと生けて迎えるコロナ禍の暮れ

*

診察をするたび聴診器を消毒し園児の健診何とか済ます

長野　山村《やまむら》　泰彦《やすひこ》

「オンライン授業は集中できていい」屈託もなき女子医大生

ささやかな医院なれども非接触性体温計を一台配備す

*

世界を征服せしか新コロナ鎖国で耐えんと人間界は

北海道　山本《やまもと》　司《つかさ》

感染が多発し医療の崩壊が　棺の並ぶ国の増えゆく

自然破壊なせる人類へのおしおきか新ウイルスも自然の一部

マーガレット咲きいる庭を眺めつつテイクアウトのカレーを待ちぬ

岐阜　横山《よこやま》美《み》保子《ほこ》

サプライズの花火のあがりそれぞれの自宅に見上ぐ飛騨の夜空を

家族葬となりてマスクの親族と和やかに母を送り出したり

*

吾が体にいつより潜みゐしウイルスぞ帯状疱疹遂に現はる

香川　横山《よこやま》代《よ》枝《し》乃《の》

騒がしき新型コロナに対抗する如くも現はる帯状疱疹は

涼風が入り来て疲れし顔撫づる三密排除と窓開け放てば

*

眼の力、肉体の圧、対面の授業始まり学生に向く

岩手　吉田《よしだ》　史子《ふみこ》

礼をしてわれはたぢろぐ学生のマスクの上の真剣な眼に

メールでは饒舌なりし学生がそ知らぬ顔す　うんそれでいい

宛《さなが》らにRussian《ロシアン》 roulette《ルーレット》の如き日々コロナ医療の前線に子は
山梨　吉濱《よしはま》みち子《こ》

人の死が自にも繋がる隔離室ゴーグルをせし痕が痒しと

重患のコロナ感染隔離室いのちといのち手と手と手と手

＊

思い篤き手造りマスクの温ときを身護る盾とし師走の街ゆく
富山　米田《よねだ》　憲三《けんぞう》

遠き日の千人針を想いおり彩柄とりどりの手造りマスク

足型の貼られし位置に立ちて待つレジの前従順な羊となりて

＊

孫《こ》と作る餃子の形不揃ひに自宅待機も今日で十日目
滋賀　渡辺《わたなべ》　茂子《しげこ》

感染者日毎の数に杞憂すれど角《かど》のカフェ今日も満席

花柄のマスク華やぐ今日の歌会されど語らず窓よりの風

英国首相コロナの病ひの回復し退院したればロンドンは晴れ
秋田　渡部《わたなべ》　崇子《たかこ》

吐く息がわれに返れりマスクして街へ出でて買ふ肉・魚

コロナ対策参謀の医師ルビコン川を渡る覚悟をせしと聞く

＊

ワイドショーの中に広がるウイルスが午前十時の心蝕む
東京　渡邊《わたなべ》富紀《ふき》子《こ》

ひとことも話さず食べる子供らのジェスチャーゲームの食レポごっこ

忘れないように大きく印刷をして玄関に貼る「マスクしろ！」

＊

戒めによりて籠れど幼子の声の聞こえぬ道昏れんとす
神奈川　渡辺《わたなべ》　謙《ゆづる》

あたたかき絆はなべて断てよとぞ新型コロナ憎々しけれ

人類の奢りし報いにあらざるや忌はしき病地球を覆ふ

参加者名簿・作品索引

［あ］

［い］

［う］

［き］

［く］

佐賀　幸子　さがゆきこ
北海道（潮音）　181
坂井恵美子　さかいえみこ
東京（覇王樹）　246
酒井　和代　さかいかずよ
千葉（潮音）　009
酒井　敏明　さかいとしあき
北海道（原始林）　018
阪井奈理子　さかいなりこ
福井（新アララギ）　036
酒井　春江　さかいはるえ
静岡（波濤）　096
酒井　久男　さかいひさお
岩手（清流）　218
里匂　博子　さかおりひろこ
東京（玉ゆら）　165
榊原　勘一　さかきばらかんいち
埼玉　247
坂倉恵美子　さかくらえみこ
北海道（コスモス）　096
坂倉　公子　さかくらきみこ
愛知（窓日）　096
坂本　朝子　さかもとあさこ
石川（新雪）　074
作部屋昌子　さくべやまさこ
和歌山（かつらぎ短歌会）　120
佐久間　優　さくままさる
埼玉（曠野）　218
桜井　京子　さくらいきょうこ
東京（香蘭）　096
桜井　園子　さくらいそのこ
神奈川（かりん）　210
桜井　仁　さくらいひとし
静岡（心の花）　247
桜木　幹　さくらぎみき
愛知（ポトナム）　120
佐々木絵理子　ささきえりこ
青森（未来）　247
佐々木佳容子　ささきかよこ
大阪（白珠）　127
佐々木絹子　ささききぬこ
宮城　065
佐々木勢津子　ささきせつこ
福島（コスモス）　018
佐々木つね　ささきつね
神奈川（花實）　050
佐々木伸彦　ささきのぶひこ
新潟（歌と評論）　165
佐佐木幸綱　ささきゆきつな
東京（心の花）　065
佐々木百合子　ささきゆりこ
北海道　036
佐々木順子　ささきよりこ
秋田（短歌人）　026
笹田　禎果　ささだていか
愛知　026
佐田　公子　さたきみこ
埼玉（覇王樹）　247
早智まゆ李　さちまゆり
岐阜（中部短歌）　143
佐藤　愛子　さとうあいこ
新潟（石菖）　247
佐藤エツ子　さとうえつこ
神奈川　026
佐藤　和枝　さとうかずえ
神奈川（潮音）　247
佐藤　邦子　さとうくにこ
千葉（長流）　050
佐藤　三郎　さとうさぶろう
神奈川（相模原市民短歌会）　165
佐藤　玄　さとうしづか
神奈川（コスモス）　248
さとうすすむ　さとうすすむ
東京　127
佐藤千代子　さとうちよこ
東京（歌と観照）　248
佐藤　輝子　さとうてるこ
福島（歌と観照）　224
佐藤冨士子　さとうふじこ
宮城　165
佐藤　文子　さとうふみこ
福島（歩道）　248
佐藤　正精　さとうまさあき
大分（朱竹）　075

清水美知子　しみずみちこ
埼玉　187
清水　素子　しみずもとこ
東京（覇王樹）　166
清水　康臣　しみずやすおみ
長野（白夜）　144
志村　佳　しむらけい
青森　128
下田　秀枝　しもだほづえ
長崎（波濤）　201
下田　裕子　しもだゆうこ
神奈川（波濤）　128
下田尾三乃　しもだおみつの
茨城（日本歌人）　051
下村すみよ　しもむらすみよ
埼玉（短詩形文学）　202
下村　道子　しもむらみちこ
神奈川（かりん）　249
下村百合江　しもむらゆりえ
千葉（国民文学）　144
勺　禰子　しゃくねこ
奈良（短歌人）　249
謝花　秀子　じゃはなひでこ
沖縄（黄金花）　202
城　幸子　じょうさちこ
長崎　051
城　富貴美　じょうふきみ
大阪（香蘭）　098
菖蒲　敏子　しょうぶとしこ
東京（姫由理）　218
白岩　常子　しらいわつねこ
北海道（短歌人）　036
白木キクヘ　しらききくへ
岐阜（一路）　193
白倉　一民　しらくらかずたみ
山梨（新宴）　144
白道　剛志　しらどうたけし
東京（水甕）　098
白柳玖巳子　しらやなぎくみこ
静岡　009
新城　研雄　しんじょうけんゆう
沖縄（黄金花）　218
新城　初枝　しんじょうはつえ
沖縄（黄金花）　219
新藤　雅章　しんどうまさあき
東京（まひる野）　098
信藤　洋子　しんどうようこ
静岡（水甕）　009

［す］

末武　陽子　すえたけようこ
山口　065
末次　房江　すえつぐふさえ
千葉（太陽の舟）　098
末光　敏子　すえみつとしこ
福岡　098
末吉　英子　すえよしえいこ
長崎（波濤）　051
菅　泰子　すがやすこ
神奈川（濤声）　225
菅野　節子　すがのせつこ
埼玉（玉ゆら）　066
菅原　恵子　すがわらけいこ
秋田（かりん）　144
菅原　蓉　すがわらよう
神奈川（弦）　128
杉崎　康代　すぎさきやすよ
福井（塔）　099
杉田　一成　すぎたかずなり
宮崎（輪）　225
杉谷　睦生　すぎたにむつお
和歌山（林間）　166
杉本　明美　すぎもとあけみ
京都（ポトナム）　099
杉本　照世　すぎもとてるよ
神奈川（逊水）　075
杉本　陽子　すぎもとようこ
青森（潮音）　051
杉山　敦子　すぎやまあつこ
東京　099
杉山　靖子　すぎやませいこ
青森（潮音）　181
杉山　知晴　すぎやまともはる
徳島　128

鈴掛　典子　すずかけのりこ
東京（国民文学）　010
鈴木　彩子　すずきあやこ
大阪（橙）　051
鈴木　栄子　すずきえいこ
神奈川（天象）　037
鈴木　和子　すずきかずこ
東京（歌と観照）　225
鈴木　喬子　すずききょうこ
静岡（国民文学）　166
鈴木　宏治　すずきこうじ
埼玉（砂金）　166
鈴木　　進　すずきすすむ
福島（歩道）　193
鈴木　孝子　すずきたかこ
埼玉（曠野）　128
鈴木千惠子　すずきちえこ
北海道（ポトナム）　099
鈴木　信子　すずきのぶこ
東京　037
鈴木　英子　すずきひでこ
東京（こえ）　019
鈴木ひろ子　すずきひろこ
千葉（歩道）　099
鈴木　正樹　すずきまさき
東京（かりん）　187
鈴木　昌宏　すずきまさひろ
愛知（日本歌人クラブ）　167
鈴木　眞澄　すずきますみ
千葉（歩道）　099
鈴木みどり　すずきみどり
埼玉　187
鈴木由香子　すずきゆかこ
東京　100
鈴木　良明　すずきよしあき
東京（かりん）　202
角　　広子　すみひろこ
香川（心の花）　037
陶山　弘一　すやまこういち
石川（新雪）　193

［せ］

清宮　紀子　せいみやのりこ
千葉（歩道）　249
関　千代子　せきちよこ
茨城（星雲）　225
関口満津子　せきぐちまつこ
神奈川　010
関口　洋子　せきぐちようこ
茨城（香蘭）　167
関根　由紀　せきねゆき
群馬　100
関谷　啓子　せきやけいこ
東京（短歌人）　037
雪春郷音翠　せつしゅんごうおんすい
福岡　250

［そ］

楚南　弘子　そなんひろこ
沖縄（黄金花）　167
曽野　誠子　そのせいこ
茨城（潮音）　250
園田　昭夫　そのだあきお
千葉（かりん）　202
園部眞紀子　そのべまきこ
茨城（短歌21世紀）　100
園部みつ江　そのべみつえ
茨城（国民文学）　145

［た］

田尾　信弘　たおのぶひろ
北海道（かりん）　193
多賀　洋子　たがようこ
東京（笛）　100
髙尾富士子　たかおふじこ
大阪（覇王樹）　250
高岡　淳子　たかおかじゅんこ
和歌山（水甕）　188
高貝　次郎　たかがいじろう
秋田（覇王樹）　202
高木　　陸　たかぎむつみ
神奈川（響）　225

高倉くに子　たかくらくにこ
福井　167
高佐　一義　たかさかずよし
北海道　100
高瀬寿美江　たかせすみえ
岐阜（歌と観照）　019
高田　　好　たかだよしみ
京都（覇王樹）　250
高田　理久　たかだりく
福井（未来）　019
髙野　勇一　たかのゆういち
千葉（万象）　100
髙野　佳子　たかのよしこ
富山（短歌時代）　167
高橋　公子　たかはしきみこ
千葉（水甕）　211
高橋　協子　たかはしきょうこ
石川（作風）　066
高橋　茂子　たかはししげこ
広島（表現）　167
高橋　弘子　たかはしひろこ
大阪（日本歌人クラブ）　128
高橋美香子　たかはしみかこ
東京（覇王樹）　168
髙橋　庚子　たかはしみちこ
神奈川（濤声）　101
高橋　康子　たかはしやすこ
埼玉（曠野）　027
高橋　良治　たかはしりょうじ
埼玉（迯水）　066
髙畠　憲子　たかばたけのりこ
神奈川（香蘭）　168
高原　　桐　たかはらとう
東京（地中海）　101
田上　信子　たがみのぶこ
千葉（コスモス）　129
髙山　克子　たかやまかつこ
神奈川（歩道）　066
高山　邦男　たかやまくにお
東京（心の花）　168
滝口　節子　たきぐちせつこ
栃木（ぷりずむ）　250
田口　敏子　たぐちとしこ
埼玉（表現）　052
田口　安子　たぐちやすこ
静岡（国民文学）　145
竹内貴美代　たけうちきみよ
石川（澪）　101
竹内　彩子　たけうちさいこ
茨城（谺）　145
竹内　　正　たけうちただし
長野（波濤）　219
竹内　由枝　たけうちよしえ
埼玉（りとむ）　225
竹田　京子　たけだきょうこ
広島（天）　052
竹野ひろ子　たけのひろこ
東京（青垣）　211
竹村　厚子　たけむらあつこ
秋田（かりん）　101
竹本　幸子　たけもとさちこ
千葉（香蘭）　250
竹本　英重　たけもとひでしげ
愛知（歩道）　226
多田　優子　ただゆうこ
東京（歌と観照）　194
橘　　まゆ　たちばなまゆ
千葉（かりん）　129
橘　美千代　たちばなみちよ
新潟（新アララギ）　066
辰巳　邦子　たつみくにこ
徳島（鴨島短歌）　052
田中　愛子　たなかあいこ
埼玉（コスモス）　101
田中恵美子　たなかえみこ
埼玉　101
田中　　薫　たなかかおる
千葉（心の花）　019
田中喜美子　たなかきみこ
石川（国民文学）　010
田中　滋子　たなかしげこ
福島（沃野）　168
田中　成彦　たなかしげひこ
京都（吻土）　120

［ち］

［つ］

増田　律子　ますだりつこ
栃木（地上）　013
町　　耿子　まちあきこ
高知（波濤）　175
町田のり子　まちだのりこ
埼玉　132
松井　豊子　まついとよこ
奈良（巻雲）　111
松井　平三　まついへいぞう
静岡　150
松尾　邦代　まつおくによ
佐賀（ひのくに）　121
松尾　直樹　まつおなおき
長崎　132
松尾みち子　まつおみちこ
長崎（あすなろ）　112
松岡　静子　まつおかしずこ
東京　112
松坂　　弘　まつざかひろし
東京　077
松﨑　英司　まつざきえいじ
神奈川（星座α）　212
松田　和生　まつだかずお
千葉　039
松田　恭子　まつだきょうこ
神奈川（香蘭）　150
松田　久惠　まつだひさえ
岩手（運河）　260
松田　基宏　まつだもとひろ
京都（ポトナム）　260
松田理恵子　まつだりえこ
佐賀（ひのくに）　132
松永　智子　まつながさとこ
広島（地中海）　057
松永　精子　まつながせいこ
新潟（鼓笛）　261
松野登喜子　まつのときこ
愛知　261
松林のり子　まつばやしのりこ
長野（朝霧）　150
松村　常子　まつむらつねこ
広島（歩道）　077
松村　正直　まつむらまさなお
京都　077
松本いつ子　まつもといつこ
石川（まひる野）　261
松本　静泉　まつもとせいせん
千葉（茨城歌人）　077
松本　孝子　まつもとたかこ
群馬（林間）　261
松本　隆文　まつもとたかふみ
秋田（星雲）　261
松本千恵乃　まつもとちえの
福岡（未来）　112
松本トシ子　まつもととしこ
大分　057
松本　紀子　まつもとのりこ
埼玉（曠野）　220
松本　良子　まつもとよしこ
茨城（日本歌人クラブ）　112
松山　　馨　まつやまかおる
和歌山（さわらび）　112
松山　久恵　まつやまひさえ
岡山（まひる野）　112
松山　康子　まつやまやすこ
和歌山（水甕）　150
真部満智子　まなべまちこ
香川（香川歌人）　013
丸井　重孝　まるいしげたか
静岡（星雲）　261
丸原　卓海　まるはらたくみ
島根（湖笛）　150
丸山　英子　まるやまえいこ
長野（短歌新潮）　175
丸山　恵子　まるやまけいこ
島根（塔）　040

［み］

三浦　　敬　みうらたかし
青森（歩道）　227
三浦ふじゑ　みうらふじえ
青森（波濤）　262
三浦　好博　みうらよしひろ
千葉（地中海）　262

宮原志津子　みやばらしづこ
長野（未来山脈）　068
宮渕由紀子　みやぶちゆきこ
千葉（表現）　220
宮邉　政城　みやべまさき
福岡（朱竹）　114
宮森　正美　みやもりまさみ
埼玉（響）　195
宮脇　瑞穂　みやわきみずほ
長野（波濤）　114
三好　恭子　みよしきょうこ
徳島（徳島短歌）　176
三好　春冥　みよししゅんめい
愛媛（未来山脈）　014

［む］

向山　文昭　むかいやまふみあき
長野（塔）　263
武藤　久美　むとうくみ
岐阜（新アララギ）　058
武藤　敏春　むとうとしはる
群馬　263
武藤ゆかり　むとうゆかり
茨城（短歌人）　263
村井佐枝子　むらいさえこ
岐阜（中部短歌）　212
村上太伎子　むらかみたきこ
京都（好日）　263
村川　昇　むらかわのぼる
香川（やまなみ）　151
村田　泰子　むらたやすこ
京都（水甕）　058
村田　泰代　むらたやすよ
東京（まひる野）　206
村松とし子　むらまつとしこ
三重（歩道）　189
村山　重俊　むらやましげとし
茨城　263
村山千栄子　むらやまちえこ
富山（短歌人）　040
村山　幹治　むらやまみきはる
北海道（新墾）　068
村寄　公子　むらよせきみこ
福井　206
室井　忠雄　むろいただお
栃木（短歌人）　114

［め］

銘苅　真弓　めかるまゆみ
沖縄（未来）　114

［も］

毛利さち子　もうりさちこ
京都（未来山脈）　133
望月　孝一　もちづきこういち
千葉（かりん）　206
本木　巧　もときたくみ
埼玉（長風）　264
森　ひなこ　もりひなこ
広島（真樹）　029
森　弘子　もりひろこ
千葉（りとむ）　264
森　美恵子　もりみえこ
宮城　176
森　みずえ　もりみずえ
千葉（晶）　213
森　安子　もりやすこ
佐賀（麦の芽）　058
森　利恵子　もりりえこ
東京（新暦）　058
森　玲子　もりれいこ
東京（鎌倉歌壇）　195
森下　春水　もりしたはるみ
東京（歌と観照）　189
森島　章人　もりしまあきひと
長野　264
森田　悦子　もりたえつこ
大阪（白珠）　122
森田瑠璃子　もりたるりこ
和歌山（水甕）　069
森谷　勝子　もりたにかつこ
東京（潮音）　176
森本　平　もりもとたいら
東京（開耶）　114

山田　暁美　やまだあきみ
和歌山（水甕）265
山田　義空　やまだぎくう
大分（朱竹）228
山田　　訓　やまださとし
東京（青垣）207
山田　昌士　やまだしょうじ
鳥取 177
山田　直堯　やまだなおたか
愛知 177
山田　　文　やまだふみ
兵庫（ポトナム）116
山田　吉郎　やまだよしろう
神奈川（ぷりずむ）213
大和　昭彦　やまとてるひこ
宮城（波濤）041
山仲　紘子　やまなかひろこ
東京（笛）228
山中美智子　やまなかみちこ
富山（未来）122
山中　律雄　やまなかりつゆう
秋田（運河）116
山西えり子　やまにしえりこ
栃木 116
山村　泰彦　やまむらやすひこ
長野（朝露）265
山本　安里　やまもとあんり
東京 177
山本　幸子　やまもとさちこ
岡山（国民文学）152
山本　真珠　やまもとしんじゅ
広島（真樹）207
山本　　司　やまもとつかさ
北海道（新日本歌人）265
山本登志枝　やまもととしえ
神奈川（晶）177
山本　敏治　やまもととしはる
広島（潮音）177
山本登代子　やまもととよこ
徳島（潮音）116
山本　秀子　やまもとひでこ
宮城（歌と観照）021
山元　富貴　やまもとふき
大阪 059
山本美保子　やまもとみほこ
石川（国民文学）116
山本　保子　やまもとやすこ
福井 177
山本　雪子　やまもとゆきこ
東京（鼓笛）178
山本　　豊　やまもとゆたか
岩手（歩道）152
山元りゆ子　やまもとりゆこ
大阪（水星）117
山本和可子　やまもとわかこ
大分（歌帖）153

［ゆ］

湯浅　純子　ゆあさじゅんこ
北海道（新墾）078
結城　　文　ゆうきあや
東京（未来）213
結城千賀子　ゆうきちかこ
神奈川（表現）153
柚木まつ枝　ゆのきまつえ
東京（新暦）117

［よ］

横手　直美　よこてなおみ
東京（歌と観照）207
横山　岩男　よこやまいわお
栃木（国民文学）190
横山　鈴子　よこやますずこ
千葉（月虹）207
横山美保子　よこやまみほこ
岐阜（岐阜県歌人クラブ）265
横山代枝乃　よこやまよしの
香川（心の花）265
吉岡　恭子　よしおかきょうこ
神奈川（白珠）069
吉岡　正孝　よしおかまさたか
長崎（ひのくに）117
吉岡もりえ　よしおかもりえ
埼玉（香蘭）178

あとがき

巻頭に藤原龍一郎会長が書かれていますとおり、本巻では「新型コロナウイルス関連」という項目を立てました。そこには多くの作品が寄せられ、また、従来からある「生活」や「生老病死」「家族」などの項目にもコロナ禍を題材とした作品が含まれています。この世界的な、終息の見込みが立っていないウイルス感染症について、日本の小さな定型詩が、二〇二一年の時点でどう取り組んだか、伝えることとなりました、それは将来、貴重な記録ともなるかと思います。

なお私達の作業も、原稿チェック、校正などは、多く在宅作業とせざるを得ませんでした。

部立につきましては、もうひとつ、改定を致しました。前年までは「自然・四季」という大項目があり、その下に「自然」「四季春」「四季夏」「四季秋」「四季冬」という小項目が置かれていました。これを「春」「夏」「秋」「冬」「自然」と、小項目を大項目に独立させました。投稿の際に戸惑われた方にはお詫び申し上げます。

『現代万葉集』にまた一巻を加えることができました。まず、作品をお寄せ頂きました歌人の方々、また、投稿を御勧誘くださいました方々に心から感謝申し上げます。そして、版元の短歌研究社國兼秀二社長、菊池洋美様、スタッフの皆様、さらにデザイナーの岡孝治様、森繭様、また、本書の組版、校正、印刷、製本に関わられた方々に感謝申し上げます。

令和三年十月

日本歌人クラブ中央幹事　上條雅通

日本歌人クラブ『現代万葉集』編集委員会
竹内由枝、桜井園子、斎藤知子、石井雅子
大西久美子、佐田公子、上條雅通

内容についての問い合わせ先
日本歌人クラブアンソロジー2021年版
『現代万葉集』
編者　日本歌人クラブ
代表　藤原龍一郎
住所　〒一四一—〇〇二二
東京都品川区東五反田一—一二—五
秀栄ビル二F
電話　〇三—三二八〇—二九八六
振替口座　〇〇一八〇—二—一三二二七四

日本歌人クラブアンソロジー2021年版
現代万葉集
二〇二一（令和三）年十一月三十日　第一刷発行
編　者　日本歌人クラブ
発行者　國兼秀二
発行所　短歌研究社
〒一一二—〇〇一三　東京都文京区音羽
一—一七—一四　音羽YKビル
電話　〇三—三九四四—四八二二
ホームページ　http://www.tankakenkyu.co.jp
振替　〇〇一九〇—九—二四三七五
印刷・製本　大日本印刷株式会社

ISBN978-4-86272-695-7 C0092